彭玲嫻 譯

潔思敏・沃德 JESMYN WARD

黑鳥不哭

Sing, Unburied, Sing

推薦序

不能呼吸，豈能歌唱？

關於潔思敏．沃德的《黑鳥不哭》

吳明益　國立東華大學華文系教授

白人文明與西方文化在黑人身上強加了存在性的偏差意識，我只能說黑人的靈魂只是白人的創造物。

——弗朗茲．法農《黑皮膚，白面具》（*Black Skin, White Masks*）

二〇二〇是人類世必定會註記的一年，一種新型的冠狀病毒奪走數十萬人的性命，還參與改寫人類的政治與經濟體制。病毒似乎沒有促進跨國跨種族間的一體感，國際間的對抗競合暗潮洶湧，城市生活節奏遽變，反而更讓人覺得寂寞疏離。

正當年中人們以爲疫情終將逐漸減緩之際，美國發生了一件並非「突如其來」的事件，它藉由Covid-19爆發，而讓美國這樣的西方強權正視了自身的隱疾。

疫情發生後美國數千萬人口失業，明尼蘇達州一名高大、被伙伴們稱爲溫柔巨漢的非裔黑人佛洛伊德（George Floyd）也是其中之一。他因爲持一張二十美元的僞鈔到熟識超市買菸而引發糾紛，在警察到場處理時被壓制在地，而在一陣莫名所以的混亂後遭白人警察紹文（Derek Chauvin）壓頸長達八分多鐘致死。

佛洛伊德的死引發全美各地示威活動不斷，激烈的抗議者開始攻擊警方，並且搶劫、放火。與上個世代類似案件常因為缺乏現場畫面而流於見證者的各自陳述不同，社群媒體將那八分多鐘，不同角度、不同拍攝者錄下的影片透過強大的即時流量傳遍世界——白人警察以膝壓制黑人脖子，直至他停止呼吸為止——這樣的畫面必然喚起錐心的話語：**不是黑奴解放了歧視就一併消弭**。這影像話語自有生命，因為它同時喚醒我們想起其他事，人類文化至今的諸多陰影，譬如性別、階級、文化、帝國、人權……敏感的人們會不禁自問，此刻的人類是活在曙光還是夕陽之下？

當潔思敏·沃德寫出《黑鳥不哭》時，距離史托夫人（Harriet Elizabeth Beecher Stowe）發表《湯姆叔叔的小屋》（*Uncle Tom's Cabin*, 1852），已經接近一百七十年。《湯姆叔叔的小屋》提出了黑奴處境問題，引發了廣度的共鳴，甚至有人認為它是促成了北方將解放黑奴視為南北戰爭主軸的力量。正如我在《林肯在中陰》的導讀裡就提過，現今史學家多半不會認為林肯當時指揮的是一場廢奴戰爭，而是階級、經濟、文化上落差所造成的複雜衝突。

值得注意的是，因為這本書引發的政治效應，當時不少南方作家投入了「反湯姆小說」（Anti-Tom literature）的創作。因為他們認為這部作品虛構不實，因而寫作黑人奴隸活在幸福的主人家庭之中的故事。《湯姆叔叔的小屋》甚至引發了國際效應，許多英國評論者支持這部作品，是由於對美國的厭惡，而非它的文學成就。

更值得一提的是，一部作品在時間之中流轉的評價轉變。一百年後，當初史托夫人創造的正直、高貴的湯姆叔叔，在黑人的藝術運動裡被視爲負面形象，許多人批判這個角色刻板化黑人，只是被動地接受命運。尤有甚者，「湯姆叔叔」這個詞變成了「投靠白人的非裔美國人」的綽號。這種轉變意味著從制度平權、自我覺醒到建立自我意識漫漫長路裡的諸多變化。

過去我讀到另一本迴異《湯姆叔叔的小屋》的作品是童妮．摩里森（Toni Morrison）的《寵兒》，這部小說讓我對黑奴文學有了全新的認識。摩里森《在黑暗中競賽：白人與其文學想像》（*Playing in the Dark: whiteness and the Literary Imagination*）提到，在她研究了諸多美國文學作品後（包括梅爾維爾、海明威等人），發現這些作品雖然都觸及「自由、個人主義、男子氣概、天眞純潔」等人性議題，卻對黑人了無意義。因爲**黑是附屬於白人的白**，只是一種背景，只是用來替白人的恐懼和慾望作爲注解而已。摩里森說：「我認爲在白人作家的想像裡，黑人根本就沒有意義，或意義很稀薄，不過像叢林熱一樣，偶爾發作時才會注意。或者，只不過藉此提供一些地方色彩，呈現某種逼眞的效果，一些必須的道德姿態、幽默及感傷。而黑人終究沒有眞的被表現出來。」

《寵兒》的故事說的是蓄奴時代，肯塔基州農場「甜蜜之家」的故事。與《湯姆叔叔的小屋》不同，這本小說的開頭很像是那些「反湯姆小說」，農場主人加納夫婦很愛護且信任黑奴。不過，這一切在加納先生死亡，他的妹夫「學校老師」進了「甜蜜之家」之後發生改變。《寵兒》

的主角是一個幽魂，那是因爲逃亡的黑奴母親發現追捕者到來時，爲免女兒將來遭到和自己一樣的命運，遂將女兒殺死，之後女兒遂化爲幽魂與母親痛苦糾纏。

這本小說裡最驚人的莫過於「殺死女兒」的母親。在美國的蓄奴時代，奴隸被任意買賣，黑奴無法維繫正常家庭，產下的子嗣決定權也在於奴隸主身上。許多黑奴孩子並不知其父，母親是他們記憶裡唯一的親族。《寵兒》描述了「母性」（Motherhood），只是這母性最大的慈悲卻是殺害自己的小孩，這種恐怖讓人至今讀來戰慄。

隨著時間過去，現今黑人在美國社會中擁有經濟與政治地位的都不乏其人，種族壓迫的年代看似逝去了，但昔日的創傷幽魂已獲重生了嗎？惡靈已然驅逐了嗎？或許，佛洛伊德在社群媒體上痛苦地吐露的那句「我不能呼吸了」的話語，會是一個警醒。

沃德的《黑鳥不哭》，在整體的概念上，我個人認爲有不少和《寵兒》對話之處，或者說，是和從《湯姆叔叔的小屋》以來，黑人處境文學的漫長對話。沃德在訪談裡提到，她從三歲起就在密西西比州的迪來爾鎮（DeLisle）長大，這是一個人口僅一千多人的地方。因爲成績優異，從小白人和黑人孩子都會霸凌她。也就是說，她感受不到和自己站在一起的黑人朋友，而在膚色上，她又受到白人的差異對待。

外貌、文化行爲、身分（經濟階級、社會階級），構成了今天種族間歧異的複雜面貌，白色霸權（White Hegemony）指的不只是膚色，也包括後兩者。許多黑色人種在認同白人文化，取得身分地位後，與底層黑人分道揚鑣，也因此，底層黑人對「像白人」的黑人有著不同的情感反應。族群辨識是一種矛盾、衝突、競合反覆出現的複雜過程。

血緣複雜的蘭斯頓・休斯（James Mercer Langston Hughes）是二十世紀美國黑人民權運動的代表作家，他反對部分知識分子用迎合西方主流趣味的文化表現和思想觀念來提高黑人地位，他強調反映黑人底層社會的眞實生活場景，突出和張揚黑人下層階級的思想和感情，是一個黑人作家的責任。

休斯這樣的觀念建立充滿矛盾，他的父親身爲黑人，卻鄙視黑人文化、非裔生活方式，甚至是自身承繼的黑人血統，爲了避開歧視，甚至舉家遷移墨西哥。休斯長大後回到美國讀書，但他刻意在日常生活的言行舉止中，保留和發揚黑人的做派和非洲元素。一九二三年，年輕的休斯踏上他的「歸鄉」之旅，「回到」父裔所在的非洲，但當他在法屬塞內加爾上岸時，當地人都說他是「白人」，因爲塞內加爾的黑人把外來的黑人都視爲白人的幫助者，等同於白人。休斯受到衝擊，從而漸漸從創作與思考中找出身體裡那條血脈，那條「黑色的河流」，他已不等同於在黑色大陸的同胞，他是美國黑人，是「西方價値」、「西方體系」下存活的黑人。

沃德作爲台灣讀者陌生的作家（我在讀本書之前也一樣陌生），這部作品給我的啓示正是如此：作爲一個敏銳的作家，沃德當知黑人的處境早已不是《湯姆叔叔的小屋》那時的意識型態，她得找出那條黑暗之河來自哪裡，流過哪裡，此刻她身處何方。她得寫出摩里森《寵兒》裡那個「不可跳過的故事」（This is not a story to pass on）的故事。

《黑鳥不哭》正是屬於她的「不可跳過的故事」。（以下不可避免提到部分情節，建議初讀小說的讀者可跳過）

《黑鳥不哭》的主述者是黑人婦女莉歐妮，以及她的混血兒子喬喬，除了第六、九、十二章標題是由「阿財的鬼魂」所敘述，其餘皆由這兩人的觀點交錯展開。小說從喬喬對其外祖父「阿拔」如父的崇拜寫起（這個名字是譯者別具巧思的譯法），這讓我們警覺到這是一個「失父」的故事。隨著敘事開展，我們知道他的白人父親邁可入獄，而小說的動能正是莉歐妮與好友蜜絲蒂，帶著喬喬與小娜這對感情深厚的兄妹出發迎接缺席的父親出獄。

在這趟旅程中，我們漸漸看到這家族的概貌，而兩人敘事的不足，除了由喬喬視角裡的阿拔轉述外，還有兩個幽魂加以「補足」，他們分別是和「阿拔」同獄的阿財，以及莉歐妮的兄長阿賜。阿賜的死是莉歐妮與白人邁可相戀而生下兩個孩子的關鍵，作者把謎題放在阿財的身上。和溫柔的阿拔同在甘可仁監獄的阿財，又是如何死去的呢？

沃德的筆觸詩意迷人，也因此更顯殘酷。年輕時我相信一些評論，誤以為「讓特定人說特定話語」是小說成功的關鍵，但那不過是某種寫實主義的寫法而已，這在沃德以詩意驅動的魔幻寫實裡就不必然。我們得拋掉對教育程度不高的莉歐妮，以及十來歲少年喬喬的身分質疑，自願性地沉浸在沃德的筆觸裡，才能漸漸地進入那個陰陽相處的車廂裡，也才會逐漸體會這對兄妹是如何活在一個「母性」與「父性」俱皆欠缺的家庭裡，在顚簸與高熱中成長，漸漸面對謎底眞相的苦痛。

這篇文章的標題，我原本把它定為「不能呼吸，只好歌唱」，但不能呼吸的狀況下，其實是無法歌唱的，因此這樣的標題顯得不合理。但我想起許多弱勢族群、弱勢文明往往在強勢者的壓制下，被刻意強調某些部分的優秀，比方說黑人很會唱歌、運動（台灣人提到台灣原住民時亦然），其實是暗示著他們除了唱歌與運動一無可取，讓我們遺忘了他們與我們同等的文化尊嚴與生命權利，是一種歧視的偽裝術。於是，我將標題再改為「不能呼吸，豈能歌唱？」。

確實，時至今日，黑人文化（與其他原住民文化）已經成為全球流行文化的重要元素，帝國與殖民，種族主義時代「看似」離我們遠去了。那是因為遠方的我們，只會看到諸如NBA或是好萊塢明星的身影。著名的思想家法農的《黑皮膚，白面具》就表達過黑人自身也帶有這種文化崇拜、對白人的過剩迷戀，裡頭往往帶著的是對自我尊嚴的否定。

潔思敏．沃德的「作品真實」，正是奠基在這種感受之上，因此莉歐妮對邁可的愛戀帶有我們作為遠方觀看者感覺上「不合理」，而喬喬對於阿拔的崇拜，也終究帶著潛藏的苦痛與破滅。

我常跟學生說，要去讀世界上和自己年紀相當的優秀作家的作品，那會讓我們自省、自卑，並且啓發而成長。作為美國年輕一輩的作者，我認為沃德從童妮．摩里森的手中，接下了這個探索那條流經每個黑人內心黑色河流的任務，那條河流流經之處皆長滿了樹，樹上棲息了難以盡數的黑鳥。這是一部啓發性的作品，沃德用文學的詩意，把它昇華成一首唱不出來的歌。一首安魂曲。

獻給我的母親諾麗·依麗莎白·德多（Norine Elizabeth Dedeaux），她在我尚未呼吸第一口氣之前便愛著我。在我生命中的每一秒，她都讓我看見她的愛。

我們在找誰？我們在找誰？
我們在找艾奎亞諾
他去河邊了嗎？讓他回來吧
他去農場了嗎？讓他回來吧
我們在找艾奎亞諾

——克瓦語頌歌，哀悼失蹤的非洲男孩艾奎亞諾[*1]

記憶是有生命的，它也在變動中。但在記起的那一刻，記憶中的一切——年老的與年少的、過去的與現在的、活的與死的——都互相融合，且生氣蓬勃。

——尤朵拉・魏爾提，《一位作家之始》[*2]

海灣熠熠放光，滯悶如鉛
德州海岸閃爍如金屬邊緣
只要當炭火以上主之名，堆在
所有以鞭與火為福音的
一代代不施教的死者頭上
夏日仍汩汩沸騰，我便沒有家

——德瑞克・沃克特，《海灣》[*3]

*1 克瓦語（Kwa）為非洲的一個語族。艾奎亞諾（Olaudah Equiano，一七四五—一七九六）出身奈及利亞（但一說出身美國南卡羅萊納州），十一歲時被捕捉為奴隸，二十歲左右賺錢贖身重獲自由，後參與廢除奴隸運動。

*2 Eudora Welty，一九〇九—二〇〇一，美國作家，與本書作者同樣出身密西西比州，同樣以美國南方為主要創作背景，曾獲普立茲文學獎。《一位作家之始》（*One Writer's Beginnings*）一九八四年出版，為尤朵拉．魏爾提的自傳文集。

*3 Derek Walcott，一九三〇—二〇一七，聖露西亞詩人，一九九二年諾貝爾文學獎得主。「海灣」（The Gulf）指墨西哥灣。詩人以海灣暗喻黑白種族之間的鴻溝。炭火堆於頭上典出新約聖經〈羅馬書〉第十二章第十九—二十節：「親愛的弟兄，不要自己伸冤，寧可讓步，聽憑主怒（或作：讓人發怒）；因為經上記著：主說：伸冤在我；我必報應。所以，你的仇敵若餓了，就給他吃，若渴了，就給他喝；因為你這樣行就是把炭火堆在他的頭上。」鞭子與火焰既指奴隸時代白人對黑人的凌虐奴役，也指黑人對白人的暴動復仇。本書故事中亦有白人對黑人施以鞭刑與火刑的橋段。由於代代先人於種族衝突中喪命，後人仍未學到教訓，種族衝突依舊頻仍，故稱「不施教的死者」。

第一章

喬喬

我喜歡以爲我知道什麼叫做死亡，喜歡覺得我不會怕直接面對死亡。阿拔說要我幫忙，而且把那把黑黑的刀子插在褲腰上的時候，我跟著阿拔走出門去，用力把背挺得跟阿拔一樣直，肩膀挺得像衣架一樣平。阿拔就是這樣走路的。我裝成好像覺得這件事情很普通很平常的樣子，這樣阿拔才會覺得我這十三年沒有白活，才會知道要我把該拔出來的東西拔出來、把內臟跟肌肉分開、把器官從身體裡面挖出來，我都辦得到。我要阿拔知道我不怕血。今天是我生日。

我抓住門，很小心地扣在門框上，免得它砰一下關起來。我怕阿嬤或小娜醒了，會發現我們沒一個在家，我不要把她們吵醒，她們兩個還是睡覺比較好。我妹妹小娜還是睡覺比較好，因爲晚上莉歐妮出門上班的時候，小娜每隔一小時就醒一次，在床上坐起來尖叫。阿嬤還是睡覺比較好，因爲化療把她榨得乾乾的，掏得空空的，就像陽光跟空氣把水櫟樹榨得乾乾掏得空空一樣。阿拔在樹叢中間穿過來穿過去，又高又瘦，全身都是棕褐色，好像一棵小松樹。他往乾乾的紅土吐了一口口水，風吹得樹一直搖。天好冷，春天很固執，常常不肯放暖空氣通行，冷天就跟堵塞的水槽裡面那些水一樣，賴著不走。我把帽T忘在莉歐妮房間的地板上了，我都睡那個房間的。現在身上這件T恤很薄，可是我才不要揉搓手臂咧。要是這一點點冷我都受不了，等一下看到山羊，看到阿拔割山羊的脖子，我會發抖或皺眉，會被阿拔看到。阿拔很厲害的，他會看到。

「讓寶寶繼續睡覺比較好。」阿拔說。

我們家是阿拔親手蓋的，靠近馬路的前側又窄又長，這樣子，土地的其他部分就可以保留很多樹。他把豬圈、羊欄還有雞舍都蓋在樹林裡面的小片空地上。要走到羊群那邊要先經過豬圈，豬圈的泥土裡都是豬糞，又黑又黏。我六歲的時候，有一次沒穿鞋在豬圈裡面亂跑，阿拔把我海扁了一頓。他說，**會長寄生蟲**。從此以後我再也不敢光腳到這邊來。海扁我的那天晚上，阿拔跟我說，他跟他的兄弟姊妹小時候都光著腳到處玩，因爲他們每個人都只有一雙鞋，上教堂的時候才可以穿。結果他們全都長了寄生蟲，上廁所的時候會從屁股拉出蟲來。我沒跟阿拔說，他講這個比海扁我更有用。

阿拔挑出了倒楣的羊，拿根繩子像絞繩一樣套在牠腦袋上，牽著牠走出羊欄。別的羊都在咩咩叫，往阿拔身上衝，用角去頂阿拔的腿，舔他的褲子。

「走開！走開！」阿拔一邊說，一邊把那些羊踢開。我覺得那些羊彼此是瞭解的，牠們用腦袋頂阿拔，咬著阿拔的褲子猛扯，我從牠們那個凶凶的樣子看得出來，牠們互相是瞭解的。我覺得牠們知道套在脖子上那個鬆鬆的繩索代表什麼意思。那隻身上有黑斑的白羊左邊扭一下，右邊扭一下，用力抗拒，好像嗅出了自己會碰上怎樣的命運。阿拔拉著牠穿過豬圈，豬都跑到欄杆旁邊，對著阿拔哼哼哼哼討吃的。阿拔牽著羊，沿著小路往小工棚走，小工棚比較靠近我們住的房子。樹葉打在我的肩膀上，乾乾地刮過去，我的手臂被劃出一道一道的白痕。

「阿拔，你爲什麼不清多一點空地出來？」

「地方不夠大。」阿拔說：「而且我不要別人看見我後面這邊有什麼東西。」

「可是動物的聲音前面也聽得見，大馬路都聽得見。」

「但是如果有人要來動我的動物，我會聽見他們穿過樹林的聲音。」

「你覺得這些動物會讓別人偷嗎？」

「不會，羊很凶，豬比你以爲的聰明，而且也很凶。如果有陌生人靠近，不是平常餵牠們的人，牠們會咬那個人。」

我跟阿拔走進小工棚，阿拔把羊栓在他之前打進地裡的一根木樁上。羊對著阿拔哇哇叫。

「你看過誰家把家畜養在野外不關起來的？」阿拔說。他說得對，全野林鎮沒有人把家畜養在野外，也沒有人養在前院。

羊的頭甩來甩去，往後縮，想要把繩索甩掉。阿拔跨坐在羊背上，一隻手鉤住羊的下巴。

「大喬瑟家。」我說。說這句話的時候，我很想轉頭看小工棚外面，很想看看外面冷颼颼、綠油油的風光，可是我強迫自己盯著阿拔，盯著羊看。羊的脖子被抬起來，就快要被宰掉。阿拔哼了一聲。我本來沒打算說出大喬瑟的名字。大喬瑟是我的白人爺爺，阿拔是我的黑人外公[1]，我從出生就跟阿拔住在一起，可是只看過我的白人爺爺兩次。大喬瑟又高又胖，跟阿拔一點也不像。他跟我爸邁可也不像，邁可瘦瘦的，身上有一塊一塊的刺青。他蒐集刺青跟蒐集紀念品一樣，在野林鎮啦、在海上工作的時候啦、在牢裡的時候啦，都讓一些自以爲是藝術家的人給他刺青。

「我就說吧！」阿拔說。

阿拔好像跟人搏鬥一樣地跟那頭羊糾纏，羊的腿軟掉了，往前撲倒在泥土地上，頭轉到一邊，剛好就瞅著我，臉頰在小工棚血淋淋的泥土地上擦來擦去，水汪汪的眼睛朝著我，可是我不要轉開視線，連眨眼都不眨。阿拔拿刀子割下去，羊嚇到了，咩一聲叫起來，可是咩聲馬上就被咕嚕咕嚕聲淹沒，然後就滿地都是血跟泥巴了。羊腿變成鬆垮垮軟綿綿的，阿拔沒再用力了，一下子站起來，拿條繩子綁住羊的腳踝，把羊屍體倒掛在屋頂橫梁的鉤子上。羊的眼睛還是濕的，死盯著我，好像割斷牠脖子的人是我，害牠流血流到乾、把牠整張臉染成紅通通的人是我。

「準備好沒？」阿拔問。他很快地看我一眼，我點點頭，眉毛皺起來，臉繃得很緊。我努力想要放鬆一點。阿拔沿著羊腿劃刀，給羊劃出了褲子縫、襯衫縫，一道一道的線條。

「掏這裡。」阿拔指著羊肚子上的一條線跟我說，所以我就把手伸進去掏，裡面還溫溫熱熱而且溼溼的。不要凸槌，我跟我自己說，不要凸槌。

「拉出來。」阿拔說。

我往外拉。羊現在裡外相反了，到處都黏黏臭臭的，有一種很嗆鼻的腐味，像有人好幾天沒洗澡的味道。剝羊皮就跟剝香蕉一樣，只要這樣一拉，羊皮就會輕易脫落下來，我每次都覺得好吃驚。阿拔在另一頭用力扯，在羊腳把羊皮割斷扯下來。我把羊皮從羊腿拉到羊腳，可是沒辦法像阿拔一樣把羊皮扯下來，所以他就用割的。

「另一邊。」阿拔說。我抓住靠近心臟的那條縫，這邊比剛剛那邊更溫熱，我想，是不是牠剛剛害怕的時候，心臟跳得很快，所以胸膛熱起來？可是我看了阿拔一眼，他已經把他那一側的羊皮從羊腳旁邊扯下來了，我發現我這樣胡思亂想，動作會變慢，我可不希望阿拔以爲我這樣慢吞吞是因爲害怕或者是沒出息，或者是年紀還太小，不能像大人一樣面對死亡，所以我抓住羊皮開始扯。阿拔把羊皮從羊腳的地方扯下來，羊屍變成粉粉肉肉的，在天花板下面搖來搖去，屋子裡面只有一點點光，可是羊屍反射著那一點點光，在黑暗裡面閃閃發亮。現在羊身上就只有毛茸茸的臉還完整了，可是現在那張臉比阿拔割牠喉嚨之前還要恐怖。

「去把水桶拿來。」阿拔說。我跑去小工棚後側的架子拿來鐵桶，放在羊屍下面，撿起羊皮丟進桶子裡，羊皮現在有四塊，已經慢慢變硬了。

阿拔在羊肚子的正中央劃一刀，內臟都滾出來，噗通噗通掉進桶子裡。阿拔一直割，臭味濃得不得了，就好像臉上沾滿了豬糞一樣。臭得像有覓食動物死在茂密的樹林裡，屍體爛掉，留下的唯一痕跡就是那個臭，還有禿鷹在上面繞來繞去，飛起來落下去。臭得像壓扁在馬路上的負鼠或犰狳，腐爛在熱烘烘的柏油上。可是現在的這個臭味更臭，比那些都臭，這是死亡的臭味，來自某種剛剛還活著、還溫溫熱熱有血有生命的東西。我皺著眉頭，想做出小娜的臭臉，就是她生氣或不耐煩的時候做出的那種表情。其他所有人都覺得她那個表情好像是聞到了什麼臭味，綠綠的眼睛瞇起來，鼻子拱成一顆蘑菇，十二顆小乳牙從張開的嘴巴露出來。我想要做出那個表情，因爲皺起鼻子把氣味擠開可能會好一點，可以擋掉那個死亡的臭味。我知道眼前其實是胃和腸子，可是我看到的卻是小娜的臭臉，還有水汪汪的羊眼睛，然後我就撐不住了，沒辦法再看下去，我衝到門外面，在草地上狂吐。我的臉熱烘烘的，手臂卻是冷的。

阿拔從小工棚走出來，手上握了一根肋條。我抹抹嘴巴，看著阿拔，可是阿拔沒有看我，他看著我們家，往屋子歪了一下頭。

「我好像聽見寶寶在哭，你去看一下。」

我把手插在口袋裡。

「你不需要我幫忙嗎？」

阿拔搖搖頭。

「我一個人就夠了。」他說。然後他終於往我這邊看了，眼光沒有像剛剛那麼嚴厲。「你去吧！」說完他就轉身回小工棚裡去了。

阿拔一定是聽錯了，小娜根本就沒有醒。她穿著襯褲和黃T恤睡在地板上，臉歪在一邊，兩條腿開開的，兩條手臂也開開的，好像要擁抱空氣。有一隻蒼蠅停在她的膝蓋上，我揮手把牠趕走，心裡希望剛剛我跟阿拔在小工棚的時候，這隻蒼蠅沒有一直停在小娜身上。蒼蠅吃腐爛的東西，以前我小一點的時候，還管莉歐妮叫媽媽的時候，她跟我說蒼蠅都吃大便。那時候好的事情比壞的事情多，那時候我邊阿拔掛在前院胡桃樹上的鞦韆，莉歐妮還會推我，我們一起坐在沙發上看電視，她還會摸我的頭。那時候她比較常待在家裡，不會一天到晚往外跑，也還沒開始吸壓碎的藥丸。那時候她還沒跟我講一大堆不好聽的話，那些話一點點一點點地累積起來，像泥沙卡在破皮的膝蓋裡一樣卡在我的腦筋裡。那時候我還管邁可叫爸爸，那時候他還跟我們住，還沒搬回去跟大喬瑟住。那時候警察還沒把邁可抓走，小娜也還沒出生。警察是三年前把他抓走的。

每次莉歐妮跟我講什麼不好聽的話，阿嬤就會叫她別惹我。莉歐妮會說，我只是跟他玩呀。她每次都笑得好開心，用手去撥她額頭前面挑染過的短髮。她跟阿嬤說，我挑那種能襯托我皮膚的顏色，把我的黑皮膚襯得發亮。然後她又加一句：邁可喜歡這樣。

我拉起毛毯蓋住小娜的肚子，躺在她旁邊的地板上。她的小腳握在我的手裡很溫暖。她還在睡，可是踢掉了毛毯，抓住我的手臂，把我的手拉到她的肚子上，所以我就抱住她，重新躺好。她嘴巴開開，我把繞著她轉的蒼蠅揮走，小娜發出小小的鼾聲。

我又跑回去小工棚那邊，阿拔已經把髒髒的東西都清乾淨了。他把臭烘烘的腸子拿去林子裡面埋掉，用塑膠袋把我們幾個月以後要吃的肉包好，冰進角落的小冷凍庫裡，關上小工棚的門。我們經過羊欄的時候，我忍不住要躲開羊群，羊都跑到木頭柵欄旁邊咩咩叫，我知道牠們在問牠們的同伴怎樣了，就是我幫忙殺掉的那個同伴。阿拔現在手裡還拿著那個同伴的屍塊——柔軟的肝是要給阿嬤吃的，阿拔會把那個肝稍微炙烤一下，這樣他派我去餵阿嬤吃羊肝的時候，血水就不會沿著阿嬤的嘴角流下來。羊腿是給我的，他會用水煮上好幾小時，然後用煙燻，再燒烤一下，來慶祝我的生日。有幾頭羊跑開去吃草，有兩頭公羊撞在一起，其中一頭用腦袋去頂另一頭，兩頭羊打了起來。然後其中一頭跛著腳走開，打贏的那頭是一隻髒兮兮的白羊，牠開始欺負一頭灰色的小母羊，想要騎到牠身上，我把手臂縮到袖子裡。母羊踢了公羊一腳，咩了一聲，阿拔在我旁邊停下腳步，把新鮮羊肉在空中揮了一下，要趕走蒼蠅。公羊咬了母羊的耳朵一口，母羊發出像咆哮的聲音，一口咬回去。

「動物愛愛都這樣的嗎？」我問阿拔。我看過馬把兩隻腳騰空站起來，騎到對方的身上去，看過豬在泥漿裡面發情，聽過野貓在半夜裡製造小貓咪的時候鬼吼鬼叫的聲音。

阿拔搖搖頭，把那個上選羊肉往我這邊舉過來，好像笑了一下又好像沒笑，嘴角露出牙齒，像刀子一樣尖，可是那個笑一下子就消失了。

「不是，」他說：「不是都這樣的，可是有時候是。」

母羊用很尖的聲音咩咩叫，還用頭去頂公羊的脖子，公羊輕輕地頂回去。我相信阿拔的話，眞的相信，因爲我看過他跟阿嬤的相處。可是之前莉歐妮跟邁可大吵的樣子，我也記得好清楚，清楚到好像我現在就在現場一樣。他們吵完那一架之後，邁可就丟下我們，搬回大喬瑟家去住了，又過沒多久，他就被抓進牢裡去了。他搬走的時候，把他的球衣、迷彩褲還有喬丹球鞋統統扔進好幾個黑黑的大垃圾袋裡面，然後拖到門外去。離開之前他抱了我一下。他的臉靠過來的時候，我只看到他的眼睛綠得跟松樹一樣，臉上一塊一塊紅紅的，臉頰、嘴巴、鼻子的邊緣都紅紅的，皮膚底下有像紅色小溪流一樣的血管。他用手環住我的背，拍了一下，又拍了一下，拍得好輕，不像是擁抱，可是他的臉上有什麼東西繃得好緊，怪怪的，好像皮膚底下交叉貼了膠帶一樣。好像他就快要哭出來了。那時候莉歐妮肚子裡懷了小娜，小娜的名字都取好了，兒童座椅上也已經用指甲油寫上了她的名字，那個座椅原本是我的座椅。莉歐妮越變越大隻，肚子大得好像衣服裡塞了一顆大海綿球一樣。她跟著邁可走出門，走到前廊，我站在前廊，還感覺得到邁可剛剛在我背上輕輕拍的那兩下，輕得跟微風一樣。莉歐妮抓住邁可的領子，往前一拉，一巴掌甩過去，甩在他腦袋側邊，好用力，聲音又響又清脆。邁可轉過身來，抓住莉歐妮的手臂，兩個人互相吼來吼去，喘氣好大聲，在前廊拉拉扯扯。他們兩個靠得好近，屁股、胸部、臉，全部都靠得好近，好像結合成一個人，笨手笨腳地在小跑步，像沙灘上的寄居蟹。然後他們兩個靠得很近說話，說話的聲音聽起來像呻吟。

「我知道。」邁可說。

「你知道個屁！」莉歐妮說。

「妳幹嘛這樣推我？」

「你愛上哪兒去就上哪兒去，我不攔你！」莉歐妮說。說完她就哭了，然後他們兩個就親親起來，一直到大喬瑟把卡車開上泥土車道停下來，他們兩個才分開。車子開上泥土車道是因爲這樣才可以停在院子裡，不會在大街上。他沒有按喇叭，也沒有揮手，什麼都沒有，就是坐著等邁可。莉歐妮走開了，跑回屋子裡，砰一聲關上門。邁可低頭看著腳，他忘記穿鞋了。他大聲地喘氣，抓起那些大垃圾袋，白皙的背上刺青動來動去，肩膀上的龍、手臂上的大鐮刀、兩個肩胛骨中間的死神，還有頸子根部我小嬰兒時的兩隻小腳印，中間有我的名字——喬瑟，全部都動來動去。

「我會回來的。」他說。然後他搖著頭，垃圾袋扛到肩頭，從前廊跳下去，走向卡車，他的老爸大喬瑟在卡車裡等他。大喬瑟一次也沒叫過我的名字。卡車從車道開出去的時候，我有點想對他比中指，可是我怕邁可會跳出車子跑回來揍我，所以我沒有比。那時候我還搞不清楚邁可什麼會注意到、什麼不會注意到。有時候他會看見我，可是有時候，他好幾天或好幾個禮拜都不會注意到我。那時候我還沒搞清楚，他離開的那個時候，我對他一點都不重要。他跳下前廊之後，一次也沒有回頭看。他把垃圾袋扔上卡車的車斗然後坐上卡車的前座之後，連抬頭看一下都沒有，好像還在注意他紅通通的赤腳一樣。阿拔說，是男人就要勇敢正視另一個男人的臉，所以我站在那裡，看著大喬瑟倒車，看著邁可低頭看他的膝蓋，一直看到他們開離車道，開上大街走掉。然後我像阿拔一樣，朝他們吐一口口水，跳下前廊，跑去後院林子裡動物的祕密空間。

「來吧，阿弟仔！」阿拔說。阿拔開始往房子那邊走，我跟在後面，努力要把莉歐妮跟邁可吵架的記憶留在屋子外面，讓它像霧一樣懸浮在濕濕冷冷的空氣裡。可是那個記憶一直跟著我，阿拔那些軟軟嫩嫩的羊內臟在泥土地上留下了血跡，那是指路的記號，愛的記號，跟糖果屋故事裡面小兄妹沿路灑麵包屑做的記號一樣清楚。我沿著那條血跡走，記憶也跟著我走。

羊肝在平底鍋裡炙燒的濃濃氣味卡在我的喉嚨，甚至還穿透了阿拔事先滴在鍋子裡的培根油的氣味。阿拔把羊肝盛到盤子裡，羊肝發出臭味，可是他用來塗在羊肝上的肉汁在肝的周邊圍成了一個心形，我不知道阿拔是不是故意的。我把盤子端到阿嬤房間的門口，阿嬤還在睡覺，所以我又端回廚房，阿拔在上面蓋了一張紙巾，以免涼掉。然後我看著阿拔把羊肉切成一塊塊，用大蒜、芹菜、甜椒還有洋蔥調味，放進水裡煮。洋蔥刺得我眼睛痛。

莉歐妮跟邁可吵架的那天，阿拔跟阿嬤要是在家的話，一定會勸架。阿拔會說，幹嘛讓小孩看你們吵架？或者阿嬤會說，不要讓小孩以為跟人相處應該這樣相處的。可是那天他們不在家。他們很少不在家，可是因爲阿嬤被檢查出得了癌症，阿拔帶阿嬤來來回回去看醫生。那是我記憶裡他們頭一次必須要拜託莉歐妮照顧我。邁可跟著大喬瑟走掉之後，我跟莉歐妮對坐在餐桌前，我做炸馬鈴薯三明治，莉歐妮盤著腿，抖著腳，對著空氣發呆，香菸的煙從她的嘴唇漏出來，在她的頭頂繞圈圈，好像一頂面紗。阿拔跟阿嬤最討厭莉歐妮在家裡抽菸，可是她不管。這樣對坐感覺好怪異，跟莉歐妮單獨相處感覺好怪異。她彈掉煙灰，把香菸摁熄在她剛剛喝掉的空可樂罐裡。我咬了一口三明治，她說：「你這樣吃看起來好噁心！」

她抹掉剛剛跟邁可吵架流的眼淚，可是我還是看得出她臉上眼淚流過的痕跡，乾乾亮亮的。

「阿拔也是這樣吃的。」

「你什麼都要跟阿拔一樣？」

我搖頭，因爲我覺得她希望我搖頭，可是阿拔做的事情我大部分都喜歡，譬如說他站著講話的樣子啦、他把頭髮從臉前面往後梳然後抹上油的樣子啦——他那樣梳，看起來就像我們在學校念的那些講喬克托和克里克族[2]的書裡面的印地安人。我也喜歡他讓我坐在他大腿上，開著他的牽引機在屋子後面跑，還喜歡他吃飯的樣子，又快又俐落，還有他跟我講的床邊故事，我都好喜歡。我九歲的時候，阿拔做什麼事情都一把罩。

「你看起來就像是什麼都要跟阿拔一樣。」

我沒答腔，只是用力把嘴巴裡的東西吞下去。馬鈴薯又鹹又稠，美乃滋跟番茄醬抹太少了，所以馬鈴薯有點黏在我的喉嚨上。

「你吞的聲音也很噁心。」莉歐妮說。她把香菸丟進可樂罐子裡，然後把可樂罐推到我站著吃三明治的地方，說：「拿去丟掉。」

她走出廚房，到客廳去，撿起邁可掉在沙發上的一頂棒球帽，戴在頭上，低低地蓋住臉。

「我出去一下，馬上回來。」她說。

我手上拿著三明治，趕快跟著她走。她把門砰一聲關上，我又把門推開。我想要問她：妳要把我一個人丟在家裡哦？可是三明治像一顆球一樣卡在我喉嚨裡，卡在從我胃裡冒出來的驚恐上頭。我從來沒有一個人在家過。

「阿拔跟阿嬤馬上就回來了。」莉歐妮一邊砰一聲關上車門，一邊說。她開一輛矮矮的棗紅色雪佛蘭邁銳寶（Chevy Malibu），是她高中畢業的時候，阿拔跟阿嬤買給她的。她開下車道，一隻手伸出車窗，不曉得是要吹風還是要揮手，我分不清，然後她就不見了。

一個人待在太安靜的房子裡很恐怖，所以我在前廊坐了一下，可是後來我聽到有個男的在唱歌，聲音很高，可是五音不全，一直重複同一句歌詞：「噢，史塔戈噢，你爲什麼不眞心對我？」[3]唱歌的是阿拔的大哥史塔戈，手裡拿了一根長長的手杖。他的衣服看起來硬硬又油油的，手杖拿在手裡揮呀揮，好像揮斧頭一樣。我每次看到他，都聽不懂他在說什麼，他說的話聽起來像外國話，可是我知道他說的其實是英文。他每天都在野林鎮到處走來走去，一邊唱歌一邊揮舞手杖。他跟阿拔一樣，走路的時候背脊挺得好直，也跟阿拔一樣很有自信，鼻子長得跟阿拔一模一樣，可是其他方面就跟阿拔一點也不像，感覺好像是阿拔被當一條溼抹布擰乾以後，曬乾成怪怪的形狀，就變成史塔戈了。我有一次問阿嬤，史塔戈是哪裡有問題，爲什麼他身上老是有狁狳的味道，阿嬤皺著眉頭說：喬喬，他腦筋有問題。然後又說，你別問阿拔這個問題。

我不希望他看到我，所以就跳下前廊，跑到屋子後面的林子裡去。林子裡面讓人感覺很安心，聽豬在那邊扭打，羊在那邊扯著葉子吃草，看見雞在那邊又啄又抓，我就不會覺得自己好小好孤單，感覺很安心。我蹲在草叢裡看那些動物，幾乎可以聽見牠們跟我說話，也聽見牠們彼此之間互相說話。有時候我看著那隻側面有黑斑的胖豬，牠會咕嚕一聲，搧搧耳朵，我覺得牠是要說：小子，幫我抓抓這裡。那些羊舔我的手，咬我的指頭，用腦袋撞我而且咩咩叫的時候，我聽見牠們說：鹽真是又嗆又好吃，再來一點鹽吧！阿拔養的那匹馬低下頭，抖抖身體弓起背，軀幹的側面就像密西西比河溼溼的紅泥巴一樣閃閃發亮，我知道牠在說：小子，我可以從你頭上跳過去，噢，我可以一直跑一直跑，快到讓你看都看不到。我可以嚇得你皮皮挫。可是聽見牠們說話、聽懂牠們說話很恐怖，因爲史塔戈也聽得懂動物說話。有時候他會站在大街上，跟我們社區裡那隻黑色長毛狗卡士柏聊上大半天。

可是想要不聽見動物說話也不可能，因爲我看著牠們，馬上就聽懂牠們在說什麼了，就好像看見一個句子，就會看懂裡面的每一個字，是一下子就懂的。所以莉歐妮出去之後，我在後院坐了一會兒，聽著豬和馬說話，史塔戈老頭的歌聲就像狂風停歇一樣安靜了下來。我在畜欄跟畜欄中間走來走去，一邊走，一邊觀察太陽，計算著莉歐妮出去多久了，阿拔和阿嬤出去多久了，他們多久才會回來，我才可以回到屋子裡去。我仰著頭走路，努力聽有沒有輪胎輾地的聲音，所以沒看到泥土裡有個鋸齒狀的罐頭蓋子突出來，很自然地踏步，就一腳踩了上去。蓋子刺得很深，我尖叫一聲，抱著腿跌在地上。我知道那些動物也聽懂了我的尖叫聲：大牙齒，放開我！不要咬我！

可是大牙齒沒有放開我，它刺得我又痛又流血，我坐在養馬的那塊空地上，抓住腳踝大哭，喉嚨裡有番茄醬還有胃酸刺刺的味道。我不敢把蓋子拔起來，然後我聽到關車門的聲音，再來就沒聲音了，後來才有阿拔叫我的聲音，我應他，他跑來，看到我坐在地上，吸著鼻子抽抽搭搭，整張臉都溼掉了。阿拔跑到我旁邊，像平常檢查馬蹄鐵的時候摸摸馬腿一樣地摸摸我的腿，然後一秒鐘就把蓋子拔起來，我放聲大哭。這是我第一次覺得阿拔做了不好的事。

晚上莉歐妮回來，什麼話也沒說，好像根本沒注意到我的腳，後來阿拔吼她，一直吼一直吼。夭壽啊，莉歐妮！然後她才注意到。我吃了止痛藥，昏昏沉沉地打瞌睡，抗生素弄得我好癢，我腳上纏了白白的繃帶，纏得好緊，然後我看著阿拔罵莉歐妮，每罵一聲就往牆上敲一下：莉歐妮！莉歐妮嚇得縮起來，躲遠了一點，小小聲說：你在他這年紀已經在碼頭剝蚵仔了，阿母已經會幫小朋友換尿布了，喬喬夠大了。她問我：你還好嗎，喬喬？我看著她說：不好，莉歐妮。這是從來沒有過的事，我看著她摩搓她的手，看著她喋喋不休的嘴巴裡歪歪扭扭的牙齒，腦子裡冒出來的字不是媽咪，而是她的名字莉歐妮。我說出這幾個字的時候，莉歐妮大笑，那個笑聲從她的身體裡面爆出來，好像是用一把很堅固的鏟子硬撬出來的一樣。阿拔瞪著她，看起來像是很想要賞她一巴掌，可是轉瞬表情就變了，他用鼻子哼一聲，就好像他種的作物沒長大，或是母豬生出一窩小豬結果死掉一半的時候一樣，是很失望的表情。我們的客廳有兩張沙發，阿拔坐在其中一張沙發上陪我。那是他頭一次讓阿嬤一個人睡床上。我睡兩人座沙發，阿拔睡長沙發。後來阿嬤的病越來越嚴重，阿拔就一直睡那張沙發。

羊肉用水煮的時候，聞起來很像牛肉，就連看起來也像，放在鍋子裡顏色很深，又很結實。阿拔拿一根湯匙戳戳羊肉，看嫩不嫩，然後把鍋蓋翹一點點起來，煙就一大團一大團冒出來。

「阿拔，你要不要再跟我講你跟史塔戈的故事？」我問阿拔。

「什麼故事？」阿拔問。

「甘可仁[4]的故事。」我說。阿拔把兩隻手抱在胸前，彎下腰去聞羊肉的味道。

「我不是已經講過了嗎？」阿拔問。

我聳聳肩。有時候我覺得我的鼻子跟嘴巴長得像史塔戈。又像史塔戈，又像阿拔。我想知道他們兩個的不同點在哪裡，我們所有人的不同點又在哪裡。「講過了呀，可是我還是想聽。」我說。

只有我跟阿拔兩個在的時候，阿拔就會給我講故事。我們一起坐在客廳，很晚都還沒睡的時候，還有在院子裡或林子裡的時候，他就會跟我講故事。他的爸爸去沼澤地採香蒲，然後他們吃香蒲的故事。他的媽媽和家人去採松蘿菠蘿來塞床墊的故事。有時候他同一個故事會講三遍甚至四遍。聽他講故事感覺好像他的聲音是一隻手伸過來，好像是在揉搓我的背，好像我可以躲開那些讓我覺得我永遠不會長得跟阿拔一樣高、像阿拔一樣有自信的東西。他的故事讓我冒汗，讓我黏在廚房的椅子上。爐子上燉的羊肉把椅子烘得好熱，窗戶都起霧了，整個世界好像都縮成只有這個房間，只有我和阿拔。

「拜託嘛！」我說。阿拔搥打還沒放進鍋子裡煮的羊肉，這樣打是要把肉打成又軟又嫩。他清清喉嚨，我把手肘支在桌子上聽他說：

我跟史塔戈是同一個爸爸生的，我其他弟妹的爸爸就不一樣了，因為我爸爸很早就死了。好像是四十出頭就死掉了。我不知道他幾歲，因為連他自己都不知道自己幾歲，他說他爸媽要躲戶口普查，普查員問問題的時候他們都亂答，有幾個小孩也亂答，從來都沒有去報戶口。他們說普查員是故意來調查資訊的，想要管控他們，要把他們當家畜一樣關起來，所以他們都不甩公務機關那一套，就自己照老規矩做事。我爸爸死掉之前教過我們一些事，怎樣打獵追蹤啦、怎樣養動物、怎樣算帳啦，還有一些生活的道理。我都有認真聽，每次都認真聽，可是史塔戈都不聽。我們還小的時候，他就成天去外面跟狗玩、去溪邊玩水，都不肯坐下來聽爸爸說話。後來他大一點，就去混那種有點唱機的酒吧。爸爸說他太帥了，生下來就跟女生一樣漂漂亮亮，才會惹上這麼多麻煩，因為大家都喜歡漂亮的東西啊，所以他什麼東西都到手得太容易。媽媽聽到爸爸這樣說，就會噓他，媽媽說史塔戈只是對事情的感覺太強了，就只是這樣而已。她說就是因為他的感覺太強了，所以很難坐下來好好想事情。我覺得他們兩個說得都不對，可是我沒這樣告訴他們。我覺得史塔戈覺得自己的內在已經死掉了，所以才沒辦法靜靜坐下來聽人說話，所以我們去河裡游泳的時候，他才會非要爬到最高的懸崖頭朝下跳水不可。所以他十八、九歲的時候才會幾乎每個週末都去有點唱機的小酒吧喝酒，才會兩隻鞋子各藏一把刀，兩隻袖子裡又各藏一把刀，才會一天到晚拿刀跟人打架，一天到晚帶著刀傷回家。因為他要做這些事情，才會感覺他活著。如果沒有那個海軍出現，他本來可能會一直這樣下去的。那個海軍是派駐在希普島[5]的北方白人，大概想跟有色人種混一混吧，結果在酒吧碰上了史塔戈，兩個人一言不合，那傢伙拿酒瓶砸碎在史塔戈頭上，史塔戈就拿刀捅他，沒把他捅死，只是捅傷，這樣史塔戈趁機逃跑的時候，他就追不上史塔戈，可是史塔戈還沒來得及跑，就被那個白人的朋友痛扁了一頓。史塔戈逃回家的時候，只有我一個人在家，媽媽去阿姨家照顧阿姨了，爸爸在田裡工作。那些白人跑來找史塔戈，把我們兩個綁起來，帶著我們沿著馬路走。他們說，你們這些小子可要吃點教訓了，要受點法律的制裁了。你們這些小子要去甘可仁蹲苦牢了。

那年我十五歲，但我可不是年紀最小的一個，阿拔說。最小的是阿財。

小娜忽然醒了，翻過身子撐起來，笑嘻嘻的，頭髮亂七八糟，像松樹上的藤蔓一樣纏成一團。她的眼睛跟邁可的眼睛一樣綠，頭髮是莉歐妮髮色跟邁可髮色中間的顏色，還帶一點點乾草色。

「喬喬？」她叫我。她每次都要叫我，就算莉歐妮跟她一起睡在床上，她也都要叫我，所以我才不能繼續跟阿拔一起睡客廳。小娜還是小嬰兒的時候，習慣了半夜都是我拿奶瓶餵她。所以我都睡在莉歐妮床旁邊的地板上，不過小娜後來多半都是跟我一起打地鋪，因爲莉歐妮常常不在。小娜的嘴巴旁邊有不知道什麼東西黏糊糊的，我舔舔我的衣角，幫她擦擦臉頰，她甩開我的手，爬到我的膝頭。她三歲，可是有點矮，所以她縮到我懷裡的時候，腳都不會掛在我的膝頭外面擺盪。她聞起來有曬過太陽的乾草味，還有溫牛奶跟爽身粉的味道。

「妳渴不渴？」我問。

「渴。」她小小聲說。

她喝完水，把吸吸杯扔在地上。

「聽歌歌。」她說。

「妳要聽什麼歌歌？」她從來不回答這個問題，但我還是問她。就像我喜歡聽阿拔講故事一樣，小娜喜歡聽我唱歌。「公車輪子轉呀轉，好不好？」這首歌我從上啓蒙教育課[6]的時候就會唱了。有時候社區的修女會像背獵槍一樣背著吉他跑來學校，唱這首歌給我們聽。所以我就壓低聲音唱起來，以免吵醒阿嬤。我的聲音又低又啞，像破鑼嗓，可是小娜還是揮著小手臂，在房間裡走來走去。阿拔不再照管啵啵滾的鍋子，走到客廳來，我這時候正喘得上氣不接下氣，兩條手臂痛得像火燒。我在唱「一閃一閃亮晶晶」，這又是一首啓蒙教育課教的歌。我一邊唱歌，一邊把小娜往空中拋，幾乎快要拋到天花板了，然後掉下來的時候我再接住她。還好小娜不愛尖叫，要是她很愛叫，我就不敢這樣拋她了，因爲那樣肯定會把阿嬤吵醒。可是空氣裡瀰漫著洋蔥、大蒜、彩椒還有芹菜在奶油裡煮的味道，小娜起起落落，手跟腳在空中亂揮，眼睛閃閃發亮，嘴巴笑得開開的，開到像是在尖叫。

「還要！」小娜喘著氣說。我接住她，準備要再拋一次，她又喃喃地說：「還要！」

阿拔搖搖頭，可是我還是繼續拋小娜，因爲我看阿拔用抹布擦乾手，然後靠在木頭門柱上的樣子，好像並沒有不贊成我這樣拋。那個木頭門柱是他自己做的，他把木頭刨平打釘，做成拱門。阿拔把天花板蓋得很高，十二呎高，這是故意的，因爲阿嬤要他這樣蓋，阿嬤說，從地板到天花板的空間越大，房子裡就越涼。阿拔知道我不會傷到小娜。

「阿拔，」小娜這次落在我的胸口而不是臂彎裡，我喘得要命：「你把肉放到煙燻爐裡之前，是不是會把故事講完？」

「注意寶寶。」阿拔說。

我接住小娜，把她轉了一圈，放到地上。小娜嘟起嘴巴，我從沙發底下拉出我以前玩的家家酒玩具組，吹掉上面的灰塵，推到小娜面前。玩具組裡有一頭牛和兩隻雞，紅色的穀倉門有一扇壞掉了，但小娜還是趴到地上開始玩，讓塑膠動物跳跳跳。

「喬喬你看！」小娜拿著山羊，讓它在地上跳。「咩！咩！」她說。

「她沒問題。」我說：「她根本不會管我們。」

阿拔在小娜後面的地板坐下來，彈了一下沒壞的那扇穀倉門。

「黏黏的。」他說，然後抬頭看看有一顆顆凹洞的天花板，嘆著氣說出一個句子，然後又說出一個句子。他重新開始講故事了。

他叫阿財，真正的名字是瑞才，他才不過十二歲，因為偷東西所以被判三年牢，偷醃肉。很多人都是因為偷吃的東西進去的，因為那時候大家都很窮啊，都沒飯吃，白人就算不能叫你做白工，也會盡量不雇用你，這樣就不用付你錢。阿財是我在甘可仁看過年紀最小的一個人。那裡面有幾千個人，分屬於幾個農場，加起來有好多畝地，將近五萬畝地。甘可仁那種地方會故意讓你以為那裡不是監獄，第一眼看過去還以為那裡也沒多糟，因為連圍牆都沒有。我們那個年代，那裡面只有十五個營地，每個營地周圍都用鐵絲網圍著，沒有磚牆，沒有石頭牆。我們這些囚犯都叫做槍手，因為我們歸模範槍手[7]管，模範槍手也是囚犯，典獄長給他們配槍，讓他們監督我們其他人。模範槍手是那種走進房間裡會第一個開口說話的人，是那種會故意吸引人家注意他的人，都喜歡吹牛說大話，會吹噓他們在外面怎樣揍人怎樣捅人怎樣殺人才被抓進來，因為這樣被人注意，就會感覺自己好像很大尾，走路有風。看到別人怕他們，他們就覺得自己是堂堂男子漢。

我剛到甘可仁的時候，被派到田裡工作，種菜、除草、收割。甘可仁根本是個農場，我們工作的田地是開放的，鐵絲網可以看穿過去，看起來好像一隻腳踏上去，一隻手抓一下，就可以越過去了，而且他們把樹都砍光了，整片地空空曠曠無邊無際的，你會想，只要我打定主意，就可以從這邊逃出去。只要認對星星，跟著星星往南走，就可以一路走回家了。可是會這樣想是因為你還沒看到那些模範槍手，也還不認識監獄的巡佐，你不知道這個巡佐的祖先世世代代都被教育成要把人當牛當馬使喚，不但要把你當牛當馬使喚，他們還自以為可以讓你喜歡被使喚。你不知道那個巡佐的家族世世代代都是奴隸主。你不知道那些模範槍手被抓進甘可仁不是因為在點唱機酒吧打了一架，而是做了更壞更嚴重的事。那些叫做模範槍手的囚犯班長被抓進來，是因為他們喜歡殺人，而且會用各式各樣卑鄙低級的手法殺人，而且不只殺男人，連女人也殺……

我跟史塔戈被分到不同的營地，史塔戈被判了攻擊罪，我被判藏匿犯人罪。我以前也做過工，可是沒辛苦成那樣，沒有從太陽出來到落山都在棉花田裡賣命過，沒有在那樣的熱天裡賣命過。北部那邊不一樣，那種熱，沒有水可以把風冷卻一下，讓天氣涼一點，所以熱氣散不掉，像烤箱一樣，像個溼溼的烤箱。沒有多久，我的手就變粗了，腳就長了硬皮，而且流血，然後我就發現，在田裡工作的時候，腦子裡什麼都不能想，不能想爸爸或史塔戈，也不能想巡佐或模範槍手或狗。那些狗在田的邊界一直叫，口水一直流，夢想著要撕咬哪個人的腳跟還是脖子。我忙著彎腰，站起來，彎腰，站起來，忙得什麼都忘了，只想著我媽媽，想著她長長的脖子、穩穩的手，還有她把頭髮往前梳成辮子，好遮掩她彎彎曲曲的髮線。想念媽媽是冷天夜晚裡快燒完的爐火的小小亮光——溫暖又歡迎著人。只有想著她，我才能讓我的精神脫離身體，像風箏一樣高高飛在田地上。我非得要這樣不可，不然在監獄待上五年，我會倒在泥土地裡死掉。

阿財沒有待到五年那麼久。那種生活對十五歲的男人來說已經夠辛苦了，但對個小孩呢？十二歲的小孩要怎麼承受那種生活？阿財是我進去一個月又幾個禮拜之後進去的，進到營地的時候，他一邊走一邊哭，可是沒有哭出聲，也沒有抽噎，只是眼淚流在臉上，流得臉頰亮亮的。他腦袋很大顆，像洋蔥，身體是皮包骨，腦袋跟身體比起來好像太大顆了。他的耳朵是招風耳，從腦袋凸出來，像快要從樹枝脫落的樹葉。他的眼睛對臉來說也是太大了，都不眨眼。他的動作很快，走路很快，不像大多數人進監牢的時候都是拖著腳走路，他是抬高了腳走路，膝蓋舉到空中，像馬一樣。他們解開他的手銬，帶他到牢房，到他的臥鋪，他在黑暗裡躺下來，躺在我旁邊，我知道他還在哭，因為他小小的肩膀像鳥落地時的翅膀，往裡面彎，可是還在拍打，不過他還是沒有發出聲音。牢房門口的夜班警衛在休息，十二歲的小孩萬一是個愛哭鬼，在黑暗中可是會出事的。

早晨天還黑黑的時候，他醒來，臉已經乾了。他跟著我去廁所，跟著我去吃早餐，在我旁邊的泥土地上坐下來。

「你超小的，這麼小就進來了。幾歲呀？八歲？」我問他。

他看起來好像覺得我侮辱了他，皺起眉頭張開嘴。

「這麵包怎麼這麼難吃？」他用手遮著嘴，我還以為他要把麵包吐出來，可是他還是吞進去了，然後說：「十二歲啦！」

「還是超小的。怎麼就進來了？」

「我偷東西。」他聳聳肩：「我很厲害唷，從八歲就會偷了。我有九個弟弟妹妹，整天哭著要吃的，還有哭著說不舒服，說他們背痛啦、嘴巴痛啦、手上腳上長紅疹啦，臉上疹子多到臉都看不見了。」

我知道他說的那種病，我們叫它癩皮病，聽說有醫生說，得這種病的多半都是窮人，只吃肉、粗穀粉還有糖漿的人會得這種病。我真想告訴醫生，命好的人才吃這些東西，我聽說密西西比三角洲那邊有人吃泥土餡餅的。阿財雖然說被抓了，可是跟我說他的事蹟倒是說得很自豪。他說話的時候身體往前靠過來，說完以後看著我，我可以從他的神情看出來，他在等我讚美他。我那時候就知道我甩不掉這小孩了，更何況他到處跟著我，臥鋪又正好在我旁邊。他看我的樣子看起來好像我可以給他什麼別人不能給他的東西。太陽從樹的中間升起來，像新燒起的火一樣把天空照亮，我的肩膀、背、手臂都感覺到陽光了。我咬到麵包裡夾著的什麼東西，咬起來喀滋喀滋的，我快快吞下去——最好別去想那是什麼東西。

「小子，你叫什麼名字？」

「瑞才，可是大家都叫我阿財，比較好叫。聽起來很好笑。」他揚起眉毛看著我，臉上帶著很小很小的微笑，小到差不多只是咧開嘴巴露出擠成一團的白白牙齒。我沒聽懂好笑在哪裡，他身體垮下來，拿湯匙比劃著解釋給我聽：「因為我偷東西，所以發財了。」

我低頭看看我的手，一點麵包屑都不剩，可是我感覺還是像什麼也沒吃到。

「很好笑。」他說。他不過是個小孩，所以我成全他的願望，我笑了。

有時候我覺得我什麼都弄得懂，就是弄不懂莉歐妮。莉歐妮站在門口，手上抱的雜貨紙袋遮住了她的身影。她猛一拉紗門，用腳踢開，然後側著身體擠進門來。門砰一下關上，小娜嚇得朝我衝過來，一把撿起吸吸杯吸了一陣，然後開始揉我的耳朵。被她的小手指又揉又捏，其實有點痛，但這是她的習慣，所以我把她抱起來，隨便她揉。阿嬤說她小時候不是吃母奶，所以用這種方法尋求安慰。可憐的小娜，阿嬤每次都這樣嘆息。莉歐妮最討厭阿嬤和阿拔跟我一樣叫她小娜。莉歐妮說，她有名字的，而且是用她爸爸的名字取的。阿嬤說，她看起來就像該叫小娜。可是莉歐妮從來不叫她小娜。

「嗨，梅可娜寶貝。」莉歐妮說。

一直到我站在廚房門口，看見莉歐妮從她那些袋子裡拿出一個小小的白盒子，我才想到，這是第一次我生日阿嬤不會幫我做蛋糕，然後因為這一天竟然到了這麼晚，我才想到這件事，我覺得很羞愧。阿拔會做晚飯，可是我應該要知道阿嬤不能做飯了。癌症一下子又來，一下子又好，一下子又復發，就像沼澤裡的水跟著月亮漲潮退潮一樣。阿嬤被這個來來去去的癌症搞得病奄奄。

「我幫你買了蛋糕。」莉歐妮說。說得好像我很笨，看不出來那個盒子裡裝的是什麼一樣。莉歐妮知道我不笨，她自己這樣說過。有一次老師把她找去學校，說要談談我的行為。老師跟莉歐妮說：他上課不會亂講話，可是也不注意聽講。有一次放學，大家在教室裡等著要去搭校車的時候，老師也這樣跟全班同學說。她叫我坐最前排的位子，就是離老師最近的位子，然後每隔五分鐘就問我：你有沒有在專心聽講？不管我在做什麼事，這樣一直問當然都會打斷我，我就根本不可能專心了。那個時候我十歲，已經開始會注意到別的小朋友沒注意到的事情，譬如說老師老是把指甲咬得禿禿的，還有她有時候會搽好厚好厚的眼影，遮掉被人揍出來的瘀青。我知道被揍之後的瘀青是什麼樣子，因為邁可和莉歐妮吵架過後，他們的臉就會變那樣。我不禁會想，不知道我們老師家裡是不是也有個邁可。莉歐妮被叫去學校談的那天，她說：他可不笨。喬喬，我們走！莉歐妮說「可不笨」的那個口氣讓我有點嚇到，她的身體不知不覺往老師逼近的樣子也有點把我嚇到。老師眨眨眼睛退後一步，躲開那個蠢蠢欲動的暴力，那個暴力蜷伏在莉歐妮的手臂裡，從肩膀一路流竄到手肘，到拳頭。

阿嬤一向都做紅絲絨蛋糕[8]給我慶生，從我一歲就開始做。我四歲就已經很會討蛋糕了，我會說「紅蛋糕」，然後指指賣場貨架盒子上的圖片。莉歐妮買的蛋糕小小的，大概只有我的兩個拳頭加起來那麼大，蛋糕上遍布著粉紅色和粉藍色的彩點，側面有兩隻藍色小鞋子。莉歐妮吸吸鼻子，對著她瘦巴巴的前臂咳了幾聲，然後拿出一小桶最便宜的冰淇淋，就是吃起來像冰凍口香糖的那種冰淇淋。

「生日蛋糕賣完了，可是這鞋子是藍色的，所以還是很合適。」

她沒說我還沒發現，莉歐妮幫她這個十三歲的兒子買了準媽媽產前派對用的蛋糕。我笑了，可是一點都不覺得溫暖或開心。這是個不是笑的笑，笑得好用力，嚇得小娜左看右看，又看看我，好像我背叛了她一樣。她哭了起來。

通常過生日，我最喜歡唱生日歌的那一段，因爲蠟燭一點起來，什麼東西看起來都跟金子一樣閃閃發亮，燭光照在阿拔和阿嬤臉上，會把他們照得跟莉歐妮還有邁可一樣年輕。他們對著我唱歌的時候都會笑笑的。小娜應該也是最喜歡這部分，因爲她也會結結巴巴跟著唱。她會要我抱她，會哭著猛推莉歐妮的鎖骨，把手伸向我，最後莉歐妮只好皺著眉頭把小娜交給我抱，說：「給你抱啦！」可是今年我最喜歡的不是唱生日歌，因爲我們不是在廚房唱，而是全家都擠到阿嬤的房間，莉歐妮就跟之前抱小娜一樣，把蛋糕捧得離自己遠遠的，好像就要把蛋糕丟下去。阿嬤醒著，可是看起來不大清醒，眼睛半睜半閉的，不太聚焦，眼光穿過了我和莉歐妮和小娜和阿拔。雖然她在流汗，可是她的皮膚看起來乾乾的，沒有血色，好像夏天幾個禮拜沒下雨之後，泥坑乾掉到變成什麼也不剩了。有一隻蚊子在我頭頂嗡嗡嗡轉來轉去，鑽進我的耳朵，又嗡嗡嗡飛出來，一副就要咬人的樣子。

開始唱生日歌的時候，只有莉歐妮一個人唱。她的聲音很好聽，是那種唱低音很有磁性可是唱高音會有點破音的嗓子。阿拔沒唱，他從來都不唱的。我小時候不知道，因為那時候有一家子的人對著我唱，阿嬤、莉歐妮、邁可都會唱。可是今年阿嬤生病不能唱，邁可又不在，小娜用自己亂湊的歌詞跟著旋律亂唱，所以我知道阿拔沒唱，他只有動嘴唇，用對嘴的，沒有聲音出來。莉歐妮唱到「喬瑟生日快樂」的時候，嗓子破音了。十三根蠟燭的燭光是橘色的，橘色的燭光沒有把誰照年輕，除了小娜以外，每個人看起來都不年輕。阿拔站得離火光太遠了，阿嬤灰白的臉上，眼睛快要閉上了，只剩一條縫，莉歐妮的牙縫看起來黑黑的。這個生日一點也不快樂。

「喬喬，生日快樂！」阿拔說，可是他說這句話的時候沒看我，他在看阿嬤，看著她的手。阿嬤的手在身體的兩側，手掌開開，鬆鬆的，手心朝上，像個死掉的什麼東西。我往前靠過去，要吹蠟燭，可是電話響了，莉歐妮跳起來，蛋糕也跟著她跳起來，火焰搖晃了一下，在我的下巴底下感覺更燙了，蠟油像小珠珠一樣滴在娃娃鞋上。莉歐妮帶著蛋糕轉過身，看著廚房流理臺上的電話。

「妳是要不要給小傢伙吹蠟燭呀，莉歐妮？」阿拔問。

「說不定是邁可。」莉歐妮說。然後蛋糕就不見了，因為莉歐妮跑去廚房，把蛋糕也帶著走了。她把蛋糕放在流理臺上那臺有黑色電話線的電話旁邊。火焰吃掉蠟燭的好多蠟，小娜尖叫著把頭往後縮。我跟著莉歐妮跑去廚房，跑到我的蛋糕旁邊，小娜笑了，伸手要去抓火焰。阿嬤房間那隻蚊子跟著我們飛出來，在我頭頂嗡嗡叫著說話，說得好像我是蛋糕或者蠟燭一樣。暖烘烘又香噴噴的。我揮手把牠揮開。

「喂？」莉歐妮說。

我抓住小娜的手臂，低頭往前靠向火焰。小娜專注看蠟燭，看得目瞪口呆，一直掙扎，想要掙脫我。

我吹了蠟燭。

「親愛的。」

有一半的燭火閃閃爍爍熄掉了。

「這星期嗎？」

另一半的燭火把蠟燭吃得只剩下一小截。

「你確定嗎？」

我又吹一次，蛋糕沒火了。蚊子停在我頭頂。真好吃呀，牠說，然後咬了我。我一掌把牠打扁，手心沾上了血跡。小娜伸手去抓。

「我們會過去。」

小娜滿手糖霜，鼻涕從鼻子流出來，金色的爆炸頭怒髮衝冠。她把手指頭塞進嘴裡，我幫她擦乾淨。

「小心點，小乖乖，小心點！」

電話另一頭是邁可，他是一頭動物，關在水泥跟鐵欄杆做的堡壘裡面，他的聲音沿著好幾英里的電線還有排排站著被太陽曬到褪色的電線杆傳過來。我知道他在說什麼，他說的就跟冬天呱呱叫著往南飛的鳥還有其他所有的動物一樣：我要回家了。

譯注

1 原文中，小男孩喬喬稱外公為Pop。Pop一字在英文中既可是對父親的稱謂，亦可是對祖父的稱謂，因此在不清楚兩人關係時，外人有時難以分辨二人究竟是父子關係或是祖孫關係，作者因此刻意製造此模稜兩可效果。由於中文中沒有既可用於父親、又可用於祖父的稱謂，因此採用略為模糊的稱謂，以求傳達模稜兩可之效果。

2 Choctaw and Creek，印地安族名。

3 美國歌手查克．貝里（Chuck Berry）的歌〈梅寶琳〉（*Maybelline*）的歌詞，但他更改了歌詞中的人名，原本的歌詞應是：Oh Maybellene, why can't you be true?

4 原文為Parchman，密西西比州立監獄的名稱，由於後文某處將此字字義拆解詮釋，故此處採意譯並取其諧音，而非採一般慣用之音譯。

5 Ship Island，密西西比州海岸邊的珊瑚礁島。

6 Head Start，美國聯邦政府針對低收入家庭的幼兒所開辦的學前教育課程，與一般幼兒園之不同主要在於不需繳納學費。

7 trusty shooters。模範制度（trusty system）為早年美國南方數州監獄特有的制度，即賦予部分囚犯較高權責，擔負監獄的管理任務，具有管理權責的囚犯稱為「模範囚犯」（trusties），其中獲准帶槍的稱為「模範槍手」（trusty shooters）。這些具管理權責的囚犯常對其他囚犯施予凌虐，早年外界不得而知，一九七〇年代始有人權律師奔走蒐證並協助囚犯提告，聯邦法院終在一九七四年以該制度違反憲法與人權為由，裁定廢止密西西比州監獄的模範制度，其他數州不久後亦跟進廢止。

8 red velvet cake，一種常見於美國南方的深紅色巧克力蛋糕，紅色來自於可可粉和甜菜，但現今多採用紅色色素。

第二章
莉歐妮

昨晚我掛上邁可的電話後，打電話給歌蘿莉，請她當晚讓我值班。歌蘿莉是我們酒吧的老闆，我上班的地方是間不起眼的小小鄉村音樂酒吧，開在偏僻的林子裡，用夾板和空心磚胡亂搭建而成，漆成綠色。我頭一次看到這間酒吧時，是和邁可一同開車往北部去，來到一條河邊。我們把車停在一條橫跨河面的高架道下方，沿著河漫步，想找一個適合游泳的所在。那什麼呀？我指著那裡問。布滿砂礫的草地上停了太多車，那東西低低矮矮蹲在樹木下方，我以爲並不是房子。是冷飲吧啊，邁可說。他身上的氣味恍若硬梨，一雙眼睛綠得猶似外面的青草地。賣可樂沙士那一類的嗎？我問。對呀。他說那裡的老闆是他媽媽的同學。許多年過後，邁可入監之後，我打電話給他媽媽，幸好接電話的是她，不是大喬瑟，眞的謝天謝地。若是大喬瑟接起，一定情願直接掛上，也不願同我說話。我是那個與他兒子生小孩的黑鬼。我對邁可的媽媽說，我需要找份工作，問她能不能替我向酒吧老闆美言幾句。那是我第四次和她說話，頭一次是我和邁可剛開始交往時，第二次是喬喬出生時，第三次是梅可娜出生時。但她還是答應了，要我直接北上到邁可和他爸媽在北部的家鄉殺戮鎮去，到酒吧向歌蘿莉自我介紹。我照她的話做了，歌蘿莉用了我，給了我三個月的試用期。試用期滿，她告訴我會繼續用我，笑嘻嘻地對我說，妳可真賣力呀！她畫了濃濃的眼線，一笑起來，魚尾紋就皺成一把精緻的扇子。比蜜絲蒂還賣力，她說，蜜絲蒂差不多可以說是住在這裡了。說完她便揮揮手，要我回去顧吧檯。我拿起端飲料的托盤。三個月很快就變成三年。打從我在冷飲吧工作的第二天起，我就知道蜜絲蒂爲什麼工作得這樣勤快了，因爲她每個晚上都嗑藥，止痛藥、古柯鹼、搖頭丸、安非他命，什麼都嗑。

昨晚我去冷飲吧上工之前，蜜絲蒂想必是狠狠灌了兩大份酒，因爲我們拖完地、打掃完整間店、關上門之後，回到她那間密西西比急難救助局設計的粉紅色組合屋，她就拿出一小包古柯鹼來。打從卡崔娜颶風之後，她就一直住在那個組合屋裡。

「所以說，他要回來了？」蜜絲蒂問。

蜜絲蒂打開所有的窗戶。她知道我嗑嗨的時候喜歡聽外面的聲音，我知道她不喜歡一個人爽，所以她才邀我去她家，所以雖然一旦開了窗，春天夜晚濕涼的空氣就像霧一樣滲進屋裡來，她還是打開了所有的窗戶。

「對呀！」

「妳一定很開心嘍！」

最後一扇窗啪一聲彈開並且卡緊了位置，蜜絲蒂坐在桌前，開始切割，把古柯鹼分成兩份。

我看著窗外，聳聳肩。昨晚我接到電話、聽見邁可說出我多少個月、多少年來殷殷期盼的話時，眞的很開心，開心到身體像條湧滿了一千條蝌蚪的壕溝。但是我放下電話走開時，喬喬和阿爸[1]坐在客廳裡看電視，看一個打獵的節目，喬喬抬起頭來看我，有那麼一瞬間，他那張臉的輪廓，五官皺起的模樣，看來就像邁可在我們某次嚴重爭吵之後的神情。那是失望的神情，對我的離開感到遺憾的神情。我甩不掉那神情，上班的整個時段，那張臉一直浮現在我眼前，害我要拿百威啤酒，卻拿成百威淡啤，要拿酷爾斯啤酒，卻拿成麥格啤酒。喬喬的臉之所以在我眼前揮之不去，是因爲我看得出他默默以爲除了那個急就章的蛋糕之外，我還會給他一份驚喜生日禮，某種不會三天就用光的東西，好比一顆棒球、一本書，或是一雙高筒的耐吉球鞋，給他唯一的一雙鞋添個伴。

我低頭趴到桌上，吸了一口，一股舒爽的灼熱感在我的骨骼間流竄，所有事都拋諸腦後。我沒買的鞋子、融化的蛋糕、那通電話、躺在我床上的寶寶和睡在地上的兒子。他睡在地上是因爲萬一我回家，跌跌撞撞進了門，會趕他到地上去睡。幹。

「樂歪了。」我說得很慢，一個字一個字慢慢吐出。就在這時，阿賜回來了。

小時候，學校同學會嘲笑阿賜的名字。有回他在校車上爲了這事，和一個穿迷彩服的紅髮壯小子在座位上扭打。回家之後，他腫著嘴唇，很洩氣地問阿母：你們幹嘛給我取這種名字？阿賜？什麼莫名其妙的名字？阿母蹲下來，揉揉他的耳朵說：叫阿賜，是因為這名字和你阿爸的名字阿河很配，也是因為我生你的時候已經四十歲，你阿爸五十歲了，我們以為我們不會有小孩了，然後上帝把你賜給了我們，所以叫阿賜。阿賜比我大三歲，他和那個迷彩小子在座位上翻滾纏鬥得不可開交的時候，我把書包往那個迷彩小子砸過去，砸中他的後腦勺。

這個不是阿賜的阿賜昨晚衝著我笑。阿賜十五年前就死了，每回我吸白粉或吞藥丸的時候，他就會來找我。他和我們坐在一起，坐在桌邊兩張空椅子的其中一張上，身體前傾，手肘支在桌上，像平時那樣看著我。他的臉長得像阿母。

「這麼開心呀？」

蜜絲蒂把鼻涕吸回鼻子裡。

「對呀！」

阿賜摸了摸他剃成光溜溜的頭頂，我發現活的阿賜和這個化學物製造出的虛幻阿賜還有其他的不同點。不是阿賜的阿賜呼吸不大正常，他根本沒呼吸。他穿了一件黑上衣，像一灘長滿蚊子的死水。

「萬一邁可變了，怎麼辦？」蜜絲蒂說。

「他不會變的。」我說。

蜜絲蒂把一團她剛剛用來擦桌子的溼紙巾朝我扔過來。

「妳在看什麼？」她問。

「沒看什麼。」我說。

「少來！」

「有誰會對著這麼乾淨的東西發呆這麼久，還沒在看什麼的？」蜜絲蒂把手往古柯鹼揮了揮，對我眨眨眼。她的無名指刺了她男朋友的名字縮寫，那些字母看來一會兒似蟲，一會兒又變回字母。她男朋友是黑人，這份跨種族的戀情是我們很快就成爲閨密的其中一個原因。她常對我說，就她而言，他們已經算是結婚了。她說她需要他，因爲她媽壓根兒不把她當回事兒。她有回告訴我，小學五年級她初經來潮，那時大約十歲左右吧，身體背叛了她，她不明白發生了什麼事，血跡在褲子背後如油漬一般愈染愈大片，大半天來她就這麼走來走去，後來她媽覺得丟臉得要命在學校停車場揍她，校長還報了警。反正我就是不符合她的期望，這也不過是其中的一件，蜜絲蒂說。

「我只是在享受這個快感。」我說。

「妳知道我怎樣知道妳在唬爛嗎？」

「怎樣知道？」

「妳像死人一樣動也不動。人都會動來動去的，說話的時候、不說話的時候，就連睡覺也會動來動去，會看著對方啦、轉開視線啦、笑一笑或皺皺眉頭之類，各種各樣的。可是說謊的時候，人就會像死人一樣動也不動，表情呆滯，手臂下垂，跟屍體一樣。我沒看過像妳這樣的。」

我聳聳肩。不是阿賜的阿賜也聳聳肩。她沒唬爛，他用嘴型說。

「妳會不會看見奇怪的東西？」我說。我還沒來得及思考，這話就衝口而出了。但是在那一刻，她是我最好的朋友，唯一的朋友。

「什麼意思?」

「妳嗑茫的時候?」我和她幾分鐘前一樣，朝著古柯鹼揮手，現在桌上的古柯鹼只剩小小的一堆塵土了。可能還夠吸個兩、三口。

「原來是這樣哦?妳有幻覺哦?」

「只是線條啦，像霓虹燈那樣一條一條的，在半空中。」

「妳以爲這樣揮兩下手就可以矇過去哦?眞有一套!說眞的，妳到底看見什麼了?」

我很想往她的臉一拳揍下去。

「我告訴妳了。」

「妳又在唬爛。」

但我知道這是她家，歸根究柢，我是黑人，她是白人，萬一有人聽見我們起爭執，跑去報了警，去坐牢的肯定是我不是她，就算是好麻吉也沒用。

「阿賜。」我說，說得很小聲，幾乎是氣音。阿賜彎過身來聽我說，放在桌上的手往我這兒滑，那隻指節粗大、骨骼細瘦的手，滑向我。像是要支持我似地。像是他有血有肉似地。像是他可以抓住我的手，帶著我走出這裡似地。像是我們可以回家似地。

蜜絲蒂的表情像是吃到了某種很酸的東西。她低下頭來，又吸了一口。

「我不是專家啦，但我很確定吸這個應該不會看到怪東西。」

她往後靠在椅背上，抓起一大束頭髮，往後一甩。畢沙喜歡我的頭髮，她有一次這樣談起她的男友。他愛不釋手。蜜絲蒂有一些不經意的習慣，玩頭髮是其中之一，她從沒意識到自己多麼輕鬆自然就玩起頭髮來，從沒意識到她的頭髮會怎樣地反射光線，沒意識到那頭髮美得傲人。我討厭她的頭髮。

「一粒沙可能會啦！」她繼續說：「安非他命說不定也會。可是這個？不會。」

不是阿賜的阿賜皺起眉頭，模仿她小女孩似的甩頭髮動作，用嘴型說：她知道個屁！他的左手仍在桌上，我渾身上下都恨不得伸手去碰他，碰碰他的皮膚、肌肉、堅硬乾燥的手，可是我不能。成長過程中，當有孩子嘲笑阿爸長得像稻草人、嘲笑阿母是個巫婆、嘲笑我長得和阿爸一模一樣，是一根衣衫襤褸的燒焦棍子，我數不清阿賜在校車上、學校裡、社區中為我們打過多少架。我的胃像一頭獸，在地洞裡翻滾，翻了又翻滾了又滾，只求在睡前尋得一點點溫暖與舒適。

我點起一根菸。

「可不是嗎？」

喬喬的生日蛋糕不耐保存，第二天吃起來就像已經放了五天之久，味如紙漿，但我還是繼續吃，我克制不了。我的口水不足，喉嚨拒絕吞嚥，牙齒卻持續大嚼特嚼。昨晚吸的古柯鹼讓我一整夜咀嚼不休。阿爸在對我說話，但我腦中想到的只有我的下顎。

「妳沒必要帶小孩一起去。」阿爸說。

阿爸通常比較年輕，就像喬喬在我印象中永遠只有五歲一樣。我從不注意歲月怎樣折彎阿爸的身子、揉皺他的皮膚，只看見他的白牙、挺直的背脊，還有和頭髮一樣又黑又亮的眼眸。有回我告訴阿母，我覺得阿爸有染頭髮，阿母對我翻翻白眼笑了——那時她還能笑。阿爸就是那個樣子啊，阿母說。蛋糕好甜，甜得幾乎有點苦。

「有必要。」我說。

我知道我可以只帶梅可娜，那樣會容易些。但我知道，如果我們到了監獄，邁可走出來，發現喬喬沒來，他會失望。喬喬的黑眼睛和棕皮膚、走起路來踩著前腳掌跳躍、身體的每個部位都打得筆直，各方面都已經太像我和阿爸了。如果喬喬沒有和我們站在一塊兒等著邁可出來，那感覺不大對。

「學校怎麼辦？」

「才不過兩天嘛，阿爸！」

「上學很重要，莉歐妮，小孩需要學習的。」

「他頭腦好，缺課兩天沒問題的。」

阿爸皺起臉，就在這當兒，我看見了他臉上的歲月。就和阿母一樣，歲月的線條無情地拖著他往下坡走去，往衰弱、往臥床、往土地和墳墓走去，一切都在往下走。

「妳一個人帶兩個小孩跑這麼遠的路，我覺得不妥，莉歐妮。」

「阿爸，我們不會繞路，直接往北，然後就回來。」

「世事無常，會怎樣妳也預想不到。」

我咬緊了嘴巴，透過齒縫說話。我的下巴在發痛。

「我們不會有事的。」

邁可入獄三年了，三年兩個月又十天。他們判他五年，但有可能提前假釋，現在果然提前了，原本只是可能的事，現在實現了。我的內臟都在震顫。

「妳還好嗎？」阿爸問。他看著我，那神情就和他的牲畜出了問題時，他看牠們的神情相同，像他的馬跛了，需要安裝新的蹄鐵，或是哪隻雞開始野性大發、行爲古怪，他看出了不對勁，打定主意要把問題解決掉，給脆弱的馬蹄裝上防護，隔離病雞，或是扭斷牠的脖子。

「我沒事。」我的腦袋像是裝滿廢氣，熱烘烘且輕飄飄。「好得很。」

有時我想我知道，爲什麼每次我嗑茫了，就會看見不是阿賜的阿賜。想當年我初經來潮的時候，阿母趁著阿爸外出工作，讓我坐在廚房桌邊，對我說：「我有事要告訴妳。」

「幹嘛啦？」我問。阿母用嚴厲的神情看我，我正起色來改口：「什麼事，媽媽？」

「我十二歲的時候，產婆瑪莉・特蕾絲來我們家接生我妹妹，她在廚房坐了一會兒，指揮我燒開水，然後打開一包一包的草藥，要我猜猜那些乾燥植物的作用。我看著那些草藥，忽然清楚地知曉，我說：這個是要讓胞衣出來、這個是要減緩流血、這個是要止痛、這個是要促進奶水分泌。就好像有人在我耳邊輕聲吟唱，告訴我這些草藥的作用一樣。瑪莉・特蕾絲當場告訴我，我遺傳了特別的天賦。我阿母還在隔壁房間喘得要命，瑪莉・特蕾絲慢條斯理地把手放在我胸前，向所有的聖母祈禱，向水之母[2]以及耶穌的母親聖母瑪利亞祈禱，祈禱我活得夠長，能看到我該看到的東西。」

阿母用手掩著嘴，好像誤說了什麼不該說的話，好像她可以用手把說出的話捧起來，塞回體內，塞進她的咽喉，沉入腹中，化為虛無。

「那妳有沒有呢？」我問。

「妳是說有沒有看到？」

我點頭。

「有。」阿母說。

我想問她，那妳看到了什麼？但我沒問。我閉著嘴等她說話，我想我是害怕問她，當她看著我時，看到了什麼？我會英年早逝？會終生覓不得真愛？又或者倘使我長壽，會一生勞碌困頓？會因為生命的饗宴賜予我的是綠芥末和生柿子，充滿了未實現的承諾與失落，而被這苦澀嗆辣的滋味扭了舌頭，一直到老？

「妳可能也有這種天賦。」阿母說。

「真的嗎？」我問。

「我想這是存在於血液中的，就像河水中的淤泥一樣，在轉彎處和沉沒的樹幹上堆積。」她搖搖手指頭：「在不同的世代浮上水面。我阿母看不到，但我聽她說過一次，她的姊姊蘿莎莉阿姨看得到。這個遺傳不是直系遺傳，有時會傳給姊妹，有時會傳給孩子，有時會傳給表親。它就是會浮出來，讓妳看到，讓妳運用。通常在第一次流血的時候，這個能力會開始出現。」

阿母用指甲撥弄嘴唇，然後敲敲餐桌。

「瑪莉・特蕾絲聽得到奇怪的聲音，她看著一個婦人，可以聽到唱歌聲。如果那個婦人是孕婦，她可以告訴對方她什麼時候會生產、寶寶是男還是女，可以告訴她未來會不會遇上困難，以及怎樣可以逃過災禍。如果她看到一個男的，可以看出黃湯有沒有吃掉他的肝臟、有沒有把他的內臟像香腸一樣醃漬，她可以從對方眼睛的黃疸和雙手的震顫中看出來。而且她說，還不只這樣。只要是活的東西，她就可以聽見它同時發出好幾種不同的聲音，她會去注意最響的那一個，因爲那是最可信的一個。最清晰的那個聲音會超越其他一大堆雜亂的聲音。她可以聽見雜貨店裡一個婦人的臉頰說：我和西德跳舞，菲利浦就拿刀劃破我。店老闆的一條腿說：血變黑而且鬱積了，腳趾頭爛了。有條牛的肚子說：小牛的蹄子會先出來。她是青春期開始聽見聲音的。她這樣解釋一番之後，我發現我其實是會聽見聲音的。我小時候，我阿母老是胃痛，說她有胃潰瘍。我聽見她的潰瘍說：我們吃，我們吃，我們吃吃吃。我很困惑，一直問阿母是不是餓了。瑪莉・特蕾絲指導我，把她所知道的一切都教給我，我和妳阿爸結婚的時候，就是在做這行業。我忙著接生寶寶、幫鄉親治病、製作非洲護身符。」阿母搓搓手，像在洗手似地。「可是現在生意不好了，只有老人才會找我治病。」

「妳會接生寶寶？」我問。她所會的另一件事，關於護身符的事，默默躺在我倆之間的餐桌上，就像奶油盤或糖罐一樣，顯而易見，不須明說。阿母眨著眼，笑嘻嘻搖搖頭，這動作只意味一個答案：是的。那一刻，阿母不只是我母親，不只是那個逼我在睡前唸玫瑰經、要求我一定要記得向諸聖母禱告的婦人。我起疹子的時候，她給我搽自製的軟膏，我生病的時候，她給我喝特製的茶，原來那些時候，她所做的不只是一般母親所做的事。她輕淺的笑容裡隱隱訴說著她這一生的祕密，訴說著她這一生所學過、說過、見過和經歷過的事，訴說著那許多的聖徒與鬼魂，在我還太年幼、還聽不懂她的禱詞時，她對那些聖徒與鬼魂說著話。阿賜走進門時，阿母輕淺的笑容偏轉了角度，蹙起了眉。

「兒子呀，我跟你說過多少次了？進門之前，髒兮兮的靴子要先脫掉！」

「對不起啦，老媽！」阿賜笑嘻嘻地說，彎下身子親吻阿母，然後站直起來，倒退著走出門，在門外踩著靴子的腳尖拔出腳來。隔著紗門看，他像一縷陰影。「妳哥連我說的話都聽不見，更別說是世間萬物的歌聲了。但是妳有可能會聽見。妳開始聽見聲音的時候，告訴我一聲。」她說。

阿賜在門前階梯蹲下來，把靴子往木頭上敲，要敲掉上面的泥巴。

「莉歐妮。」阿爸喊我。

我但願他可以用別的稱呼喊我。我小的時候，他喊我妹仔。我們一起餵雞，他說：妹仔，我知道妳有辦法把玉米扔更遠一點。我們給菜園除草，我抱怨背痛，他說：妹仔，妳還小，妳的背還很年輕，還不懂得什麼叫做痛。我帶成績單回家，得甲和乙的科目比得丙的要多，阿爸說：我們妹仔頭腦好！他說這話時總帶著笑，有時只是一彎淺笑，有時面無表情，但從不會語帶責備。現在他只喊我的名字，沒有其他的暱稱了，而他每回喊我的名字，聽來都猶似一巴掌打在我的臉上。我把剩下的生日蛋糕扔進垃圾桶，裝了一杯自來水來喝，如此便不用面對阿爸。我每吞一口水，就感覺下顎喀噠一聲。

「我知道妳想要當個好妻子，想親自去接他。不過他們會讓他坐客運車，這妳知道的吧？」

「阿爸，他是我小孩的爸爸，我應該要去接他。」

「那他的爸爸媽媽呢？說不定他們會想要去接他？」

我還沒想到這一層。我把空杯子放進水槽，就扔在那兒不管了。阿爸會碎唸我不洗餐具，但通常他一次只會和我吵一件事。

「如果他們要去接他，邁可會跟我說，可是他沒說。」

「妳可以等他下次打電話來再做決定。」

我發現我在按摩頭背，隨即停下來。我渾身都在痛。

「不行，阿爸，不能這樣。」

阿爸退開一步，仰頭望著廚房的天花板。

「妳出發前要跟妳阿母說一聲，跟她說妳要出門去。」

「出趟門有這麼嚴重嗎？」

阿爸抓住廚房的一張椅子，猛地一拉，拉了一、兩吋遠，把椅子拉正，然後就不動了。

不是阿賜的阿賜昨天整晚在蜜絲蒂家陪我，甚至跟著我出門到車上，直接穿過車門，坐上副駕駛座。我從蜜絲蒂家的碎石車道開上大馬路，阿賜眼睛直視前方。回家路上經過了幾條昏暗的兩線道鄉村道路，其中一條路面柏油磨損殆盡，輪胎在地面滾軋得吱嘎作響，讓我感覺這條路從未鋪平過。有隻負鼠赫然站在路中央，我猛然轉彎閃避。負鼠在車燈照耀下全然呆滯，拱起背脊一動不動，我幾乎相信我聽見了牠的吱吱叫。好不容易我的胸部不再起伏，不再感覺像個插滿熱燙大頭針的軟墊，我轉頭去看副駕駛座，阿賜不見了。

「我非去不可。我們非去不可。」

「爲什麼非去不可？」阿爸問。他的語氣幾乎顯得輕柔。擔憂使他的嗓音低了八度。

「因爲我們是他的家人。」我說。一股快意從我的腳趾噺噺往上燒，燒到肚腹，又一路噺噺燒到後腦勺，是昨夜那感覺的微微殘餘。但感覺過去了，我靜止，不動，感到一股憂鬱。阿爸的嘴角緊繃，他是條正在奮戰的魚，與魚鉤、釣線、某種比他更大的東西奮戰。但那緊繃消失了，他眨著眼看我，然後轉開了視線。

「他還有別的家人。孩子們也還有別的家人。」阿爸說，說完就走開了，去喊喬喬。

「阿弟仔！」他喊：「阿弟仔，過來！」

後門砰一聲關上。

「阿弟仔，你在哪兒呀？」

他的喊聲像輕柔的愛撫，像歌唱。

「邁可明天要出獄了。」

阿母把手掌撐在床上，聳起肩，想要撐起臀部，臉龐扭曲。

「要出獄了？」她的嗓音很輕，比吐氣聲大不了多少。

「對。」

她放棄了，又倒回床上。

「妳阿爸呢？」

「跟喬喬在後院。」

「我要找他。」

「我等一下要去買東西，出去的時候順便叫他。」

阿母搔搔頭皮，吐出一口氣，眼睛眯成縫。

「誰會去接邁可？」

「我。」

「還有誰？」

「小傢伙們。」

她又注視我了。我但願我能感受到那股嘶嘶的熱感，但那快意已經完全冷卻了，如今只剩下一種虛無的感受。空洞且乾燥。失落。

「妳的朋友不跟妳一起去？」

她指的是蜜絲蒂。蜜絲蒂的男友和邁可關在同一座監獄，我們每四個月會一塊兒開車北上一次。我壓根兒還沒想過要問她。

「我沒問她。」

在鄉下長大教會了我一些事，告訴我生命在經歷了最初的一段蓬勃之後，時間會吞噬許多東西，會使機器生鏽，會使動物成熟而毛髮脫落，會使植物枯萎凋謝。我每年都會在阿爸身上看見歲月的痕跡，隨著年華老去，他愈來愈精瘦，肌腱一年比一年突出，變得更堅韌也更僵硬，屬於印地安人的顴骨愈顯嚴苛。阿母生病之後，我得知疼痛也有同樣的效果，可以把人侵蝕到僅剩骨骼、皮膚，和一層薄薄的血液。可以吃去人的內裡，卻在不該腫脹的地方腫脹。阿母蓋在被子下的腳看來肖似就要爆炸的水球。

「妳應該要問問她的。」

阿母似乎想要翻身側躺，我看得出她在用力，最後卻只轉動了頭，望向牆壁。

「電扇打開。」她說。我拉開阿爸的椅子，扭開靠在窗上的箱型電扇。空氣開始在室內嚎叫，阿母把頭轉回來，面向我。

「妳大概覺得很奇怪……」她說到一半頓住了。她的嘴唇很薄，那是我最看得出歲月的地方，她的嘴唇。她的嘴唇從前是軟嫩豐厚的，我孩提時代，她會用那軟嫩豐厚的嘴親吻我的太陽穴、手肘、手掌，有時我洗過了澡，她甚至會親吻我的腳趾。如今在她臉龐凹陷的地勢中，那兩片唇不過是顏色稍有不同的皮膚。
「我怎麼都沒大驚小怪。」
「有一點。」我說。阿母正看著她的腳趾。
「阿爸很固執，妳也很固執。」
她結結巴巴地喘氣，我察覺那是笑，虛弱的笑。
「你們永遠都會大驚小怪。」她說。
她再度闔上眼。她的頭髮破敗稀疏到我可以看見她的頭皮，蒼白裡爬著青色血管，凹陷而有著淺坑，像陶藝家所做的不完美的碗。
「妳已經是成年人了。」她說。
我把手盤在胸前坐著。這麼盤著手可以把胸部突出一些。我仍記得十歲開始有了胸部時的恐懼。胸脯萌芽如小小石頭，那兩顆筋肉交錯而成的硬結有如某種背叛，有如有人向我謊稱了生命的樣貌，有如阿母沒告訴過我我會長大。會長成她的身體。長成她。
「妳要愛誰就去愛，要做什麼就去做。」
阿母看著我，那一刻她就只有眼睛仍然是飽滿的，與從前同樣渾圓，我若湊近了看，是淡褐色的，眼角有水積聚。這是光陰唯一沒有侵蝕的東西。
「要去接他就去接他。」她說。
這時我知道了，知道我的母親就要跟著阿賜而去，跟著她來得太遲去得太早的兒子而去。我知道我的母親就要離世。

阿賜高三的時候，也就是他辭世之前的那年秋天，打足球只有一個目的。地方球隊和州立大學的球探每個週末都來看他比賽。阿賜身材高大，體格結實，豬皮製的球只要到了他手上，他的腳就不沾地了。但儘管他對足球心無旁騖，當他不在練習也不在場上時，也是交遊廣闊的。他有回告訴阿爸，他那些隊友對他而言就如兄弟一般。他那些隊友有黑也有白，他說他們就像每星期五晚上一同上戰場，團結使他們比單獨的個人更威猛強盛。阿爸低頭看鞋子，往泥土地吐出一條棕色小溪。阿賜說，他要去殺戮鎮參加白人隊友的派對，阿爸勸他最好別去：兒子呀，他們看你時，看到的是你與他們的不同。你看到什麼不重要，重要的是他們看到什麼。阿爸這麼說，然後吐掉嘴裡嚼的整坨菸草。阿賜翻翻白眼，靠在那臺七七年出品的雪佛蘭諾瓦引擎蓋上。他們正在整修那臺車，好讓阿賜開。阿賜說，知道了啦，阿爸。他揚起頭看看我，眨眨眼。我很感激阿爸沒叫我進屋去，很慶幸我可以在這裡幫他們遞工具、提水、看他們修車，因爲我不想進屋去，唯恐阿母又會決定幫我上一堂植物課。我七歲那年她告訴我，我可以教妳草藥的知識。當時我但願隨便哪個人，大亨利還是那對雙胞胎當中的一個，會剛好沿著大街走來，會從一片綠油油中冒出來，這樣我們就會有人可以聊天。

阿賜沒聽阿爸的話。那年的暮冬，二月的時候，他決定和殺戮鎮的白人少年一同去打獵。他存錢買了一副很炫的打獵用弓箭，並且和邁可的堂哥打賭，說他可以在那堂哥用槍打倒一頭公鹿之前，就先用弓箭射死一隻。邁可的堂哥是個小個子，一隻眼斜視，像穿制服一樣一成不變地老穿牛仔靴和印有啤酒圖案的T恤。他是那種即使到了三十出頭，都還會和高中女生瞎混的人。阿賜跟著阿爸練習，放著功課不做，在後院花幾個小時練習射擊。因爲這樣長的時間挺直脊梁，渾身的每個線條都繃緊如弓，他這會兒走路和阿爸一樣抬頭挺胸。於是他就這麼繃緊了背脊練習，練到可以一箭射穿綁在五十碼之外兩棵松樹間的帆布。有個陰沉的冬日黎明，他贏得了賭局。之所以會贏，一半是由於他的技術確實一流，另一半是由於其他所有人，那些和他一塊兒打足球、一塊兒在更衣室裡打鬧、一塊兒在球場上汗流浹背的少年，都以爲阿賜絕對贏不了，因此那天早晨醒來，都把啤酒當柳橙汁喝。

當時我還不認識邁可。我在學校見過他幾次，他的金髮濃密又鬈曲，從來不梳，因此看上去像隨時要打結。他的手、手肘、腿，都是灰白色的。那天早晨他並沒有去打獵，因爲他不喜歡早起，但他伯父中午來找大喬瑟時，他聽見了。他堂哥那時酒已經醒了，臉色看上去像是聞到了某種臭味，像躲進牆間逃避冬季酷寒而被老鼠藥毒死的老鼠那樣的臭味。伯父說：他開槍射死了那個黑鬼！黑鬼贏了他，這他媽的渾小子居然就把他給殺了！大喬瑟當了多年警長，伯父問他：這下可怎麼辦？邁可的媽媽要他們報警，但大喬瑟不理會她，他們一夥人上山進了樹林，走了一個小時，發現阿賜長長的身軀動也不動倒臥在松針堆上，身下一汪黑黝黝的血水。那位眼睛不好的堂哥瞄準、射擊，槍聲一響，少年們扔下手中物品，像被光照到的蟑螂四散奔逃，阿賜的周身於是散落著一只又一只的啤酒罐。伯父甩了兒子一巴掌，又一巴掌。你這他媽的白痴，他說，現在可不是古早時代了！堂哥舉手投降，嘴裡咕噥：他應該要輸的呀，爸！一百碼之外，公鹿側身躺臥，頸子插著一支箭，肚子也插著一支，和我哥一樣，渾身冰冷僵硬。他倆的血液都凝結了。

就說，打獵發生意外，一夥人回家後圍桌而坐，大喬瑟拿著電話如此對他們說。接著堂哥的父親打電話報警。這位伯父和他兒子一樣身材矮小，但眼睛正常。寒冬的正午陽光透過窗簾照進來，伯父對著電話說，打獵發生意外。法庭上，弱視的堂哥說，打獵發生意外。他正常的那隻眼注視著大喬瑟，大喬瑟坐在律師身後，一張臉就和餐盤一樣冷硬而紋絲不動。但他壞掉的那隻眼飄向阿爸、阿母和我，我們三個在檢察官背後坐成一排，檢察官接受了那孩子的認罪協商，判他進甘可仁服三年徒刑，緩刑兩年。我不知阿母有沒有聽見那堂哥壞掉的眼睛哼唱什麼，有沒有聽見那眸子的飄忽之中傳達出一點點悔恨之情，我只看見她的眼神穿越了他，整個審判過程以淚洗面。

阿賜死後一年，阿母幫他種了棵樹。每年忌日都要種一棵，阿母說，聲音裡有痛苦的哽咽。我活得夠久的話，這裡就會變成一座森林，會輕聲說話的森林，會談起風、花粉和蠹蟲。她不說話了，把樹插進土裡，拍打樹根周圍的土。我聽見她透過拳頭說話。那個教瑪莉．特蕾絲特異功能的女人，她看得見。她是個老婦人，叫文琦阿姨，看起來簡直就像白人，她看得見死去的人。瑪莉．特蕾絲沒有這能力，我也沒有。阿母把紅紅的拳頭插進土裡。我夢見過，夢見我再次看見阿賜，看見他穿著靴子走進門，可是夢醒了，我看不見他。阿母開始哭。我知道他就在那裡，就在簾幕的另一邊。阿母就這麼跪著，一直到淚止了才坐起來，抹乾臉，把血和泥土都抹在了臉上。

三年前，我吸了一口海洛因，頭一次看見阿賜。那不是我頭一次吸海洛因，但那時邁可剛入獄，我開始變得常吸，每隔一天，我就會俯身在一張桌前，把粉末篩成一份份，深深吸進鼻腔。我知道我不該吸，我有孕在身，可是我不能自拔地渴望白粉吸進鼻腔、直衝腦門的感覺，那股暢快把邁可離我而去的悲傷與絕望都一掃而空。阿賜頭一次出現是在殺戮鎮的一場派對中，我看見我哥走進來，胸膛沒有彈孔，頸子也沒有彈孔，長手長腳，渾身完好無缺，就和從前一樣，但臉上並沒有得意的笑容。他沒有穿上衣，臉和頸子通紅，就像剛剛跑完步，胸膛卻石頭般靜止，想必就和邁可的堂哥剛剛射殺他的時候同樣靜止。我想起阿母的小森林，她在每個忌日以持續向外擴展的螺旋形栽種的樹，現在已經有十棵了。我盯著阿賜看，咬牙咬得牙齦痠疼。我用眼睛吞噬他。他想要對我說話，但我聽不見他的聲音，他愈講愈洩氣。我面前的桌上擺著鏡子，鏡子上擺著海洛因粉，他坐在鏡子上，我若是低頭去吸，臉就會抵上他的大腿，我因此無法低頭。於是我們坐著對望，我盡力別有所反應，以免同伴覺得我瘋了。同伴們正跟著鄉村音樂唱和，像青少年一樣在角落裡懶洋洋地接吻，手勾著手在黑暗中左一下右一下地前進。阿賜看我的眼神就像小時候我弄壞了阿爸給他的新魚竿時那樣殺氣騰騰。清醒之後，我奔跑著衝向我的車，顫抖到鑰匙幾乎插不進鑰匙孔。阿賜跟著我爬進車廂，坐上副駕駛座，轉過頭來，用冷若冰霜的表情看我。我要戒毒了，我說，我發誓我再也不嗑藥了。他一路跟著我回家，柔柔的陽光點亮了天空的邊緣，日出了，我撇下副駕駛座上的阿賜，一個人悄悄進了阿母房間，看著她睡覺。我給她的神龕撢撢灰，聖母瑪利亞的塑像立在角落，身上垂掛著阿母的念珠，周遭圍繞著青灰色的蠟燭、幾顆溪間石頭、三根乾燥香蒲，和一個甘藷。我頭一次看見不是阿賜的阿賜時，並沒有告訴阿母。

只要打個電話給邁可的爸媽，我就可以得知我所需要知道的一切。我大可以拿起話筒，撥號，祈求接電話的是邁可的媽媽。這將會是我們的第五次對話，我會說，萊德納太太您好，不曉得您知不知道，邁可明天要出獄了，我和孩子們還有蜜絲蒂會一起去接他，所以您不用去了，就這樣，掰！但我不希望大喬瑟接起電話，我會坐在電話這頭，對著話筒呼氣，一聲不吭，大喬瑟也會一聲不吭，然後掛掉我的電話。這個時候，至少我會知道，如果我再打一次，大喬瑟會叫萊德納太太去接電話，無論對方是惡作劇的傢伙、催收帳款的人、打錯電話的，或是那個和他兒子生小孩的黑鬼，他會叫他太太去應付。但我不想面對這種事，不想吞吞吐吐地和邁可的媽媽說話，也不想忍受大喬瑟沉重的沉默。於是我開著載滿大桶大桶瓶裝水和溼紙巾、衣物、睡袋的卡車，北上到殺戮鎭，去他們位於車道最尾端的信箱裡留張字條，沒有標點，上氣不接下氣，一口氣把我要說的話寫完，署名：莉歐妮。

那之前邁可沒和我說過話。阿賜死去一年之後某個上學日的午餐時間，邁可在我身旁的草地坐下，碰碰我的手臂說：真抱歉我堂哥是個他媽的蠢蛋。我以爲就這樣了，以爲道完歉之後他就會走開，從此和我不相往來，可是不是這樣，幾個星期後，他問我要不要和他一起去釣魚，我說好啊，然後正大光明從前門走出去和他約會。我爸媽陷在悲傷之中，困在悲傷的蜘蛛網裡，被蜘蛛絲蒙蔽了雙眼，我因此沒有必要偷偷摸摸。頭一次約會時，我們帶著釣竿走到伸出海灘的碼頭上，我把阿賜的釣竿供品一般舉在前方。我們聊著家庭，聊起他爹，他說：他是個老……老古板。他不用多說，我也知道他要表達的是什麼：他要是知道我跟妳出來玩，而且夜晚結束前打算要吻妳，一定會氣死。或者長話短說是這樣：他管黑人叫黑鬼。他老爸很難相處的這件事我沒放在心上，因爲老爸是老爸，兒子是兒子呀，我想。因爲在碼頭底端的眺望臺下，在那斑駁的黑暗中，我看著邁可，看得出他身上有大喬瑟的影子，在他長長的頸子和臂膀、精瘦而肌肉發達的軀幹、細緻的肋骨中，我看得出歲月將如何軟化他強硬的身軀，把他化爲他的父親，看得出肥油將會如何包圍他，他將會如何安住於自己碩大的骨架，一如房子安住於其下的土壤。我必須提醒自己：他們不一樣。邁可靠在釣竿上，眼眸變換著顏色，猶如風雨之前繚繞山頂的天邊雲彩——幽深的藍、水漾的灰、暮夏的綠。他的身高恰到好處，抱我的時候，下巴可以擱在我的頭頂，我被他圈在懷裡，像是我屬於他。因爲我但願邁可的嘴貼著我。因爲當我坐在學校牌匾的陰影下，看見他跨越草地來到我身邊，那一刻，他看見我了。他的眼光穿越我那如未加牛奶的咖啡一般的膚色、穿越我黑黝黝的眼睛、穿越我色如李子的嘴唇，看見了我，看見我是一個會走路的傷口，而前來做我的藥膏。

大喬瑟和邁可他媽住在一座小丘頂端一間低矮的鄉間大宅中，宅邸的壁板是白的，百葉窗是綠的。宅子看來寬廣，車道上停了兩輛卡車，陽光落在簇新的小卡車上又彈開，折射出一道道光亮。兩輛卡車一輛紅，一輛白，三匹馬在與宅子毗連的一畦畦農地間遊蕩，一群母雞在庭院裡蹦跳，鑽進卡車底，消失在屋後。我把車停在路旁，距離信箱一呎之遙。生著草的路肩不寬，路旁有深度及腰的水溝作爲邊界，因此我沒法兒把車停在路邊，直接從車上把字條塞進信箱，而不得不下車走過去。這附近已經有好些日子沒下雨了，我走向信箱時，乾燥的草地沙沙作響。他們住在殺戮鎮的高處，一條死路的尾端，大片大片的田野裡只有零星的房子和拖車，這條路上沒有別的車。

就在我準備打開信箱的當兒，我聽見微小的嗚嗚聲，嗚嗚聲逐漸轉變爲嗡嗡聲，嗡嗡聲又逐漸增強爲轟轟聲。有人在屋旁駕著一輛有鋼製螺栓刀盤蓋的大型割草機，是像曳引機一樣大的那種割草機，非常昂貴，大約和我的車同樣價錢。我把字條塞進信箱，那人轉個彎，駛向草地的北端，左轉，衝馬路而來。他想必是打算要以筆直綿長的直線，從院子的一端割向另一端。

我伸手抓住把手，拉開門，金屬摩擦金屬，發出了吱嘎的聲響。

「靠！」

他抬頭望，我鑽進車裡。

割草機加快了速度。我轉動鑰匙，車子吃力地發動，隨即熄火。我把鑰匙轉回來，低頭瞪著儀表板，好像只要我瞪得夠久，它就會發動似地。也說不定如果我祈禱，它就會發動。

「靠，靠，靠！」

我再次轉動鑰匙，引擎哼哼唉唉地動了起來。那開割草機的人，我現在看清楚了，是大喬瑟，他放棄了先把院子一端割乾淨的計畫，現在斜斜跨越草坪，朝著我和信箱割來。他伸手指著什麼，我這才看到距離信箱一呎之遙的一棵樹上釘著一面牌子：禁止進入。

他加快了速度。

「可惡！」

我把排檔換到前進檔，回頭看看路況，有輛車開過來，是輛灰色的休旅車。恐懼從體內升起，升到肩膀，升到頸子，鯁在喉頭，騰騰冒泡。我不知道我是在怕什麼，除了怒罵之外，他還能把我怎樣？我又沒在他家車道上，大馬路的路邊不是屬於縣政府的嗎？他能把我怎樣？那棵紅槲櫟樹高聳而枝葉向外伸展，種種不同色澤的深綠色樹葉與近乎墨黑的枝幹遮蔽在路面之上。大喬瑟加足馬力駕駛那臺割草機的速度、伸手指那棵樹的怒容、那棵樹向外延展的樣貌、大喬瑟衝著我來的狠勁，都讓我覺得暴力一觸即發。我猛踩油門，衝上馬路，後面那臺車打滑閃避，喇叭大作，我不理他。我的變速器尖聲嗚咽著換檔，我猛力掉轉車頭加快速度，灰色的休旅車開上一條車道，駕駛從車窗伸出手臂揮拳。大喬瑟正經過那棵紅槲櫟樹，停在我剛剛才倉皇逃離的信箱前。他吃力地爬下割草機，從割草機的駕駛座拿出了某種東西，大踏步走向信箱。那東西是支步槍，栓在割草機上，原本是要用來對付跑進林子裡覓食的野豬，但此時此刻，他不是要對付野豬，而是要對付我。

經過他身邊時，我從窗子伸出左手，握起拳，舉起中指。我哥哥最後一張照片的樣貌浮現眼前，那是他十八歲生日時拍的，他向後靠在廚房流理臺上，我把他最愛的甘藷胡桃蛋糕舉在他面前，好讓他吹蠟燭，他的手盤在胸前，黝黑的臉龐上笑容潔白，我們都在笑。我強力加速，車輪狂轉，捲起漫天塵埃。我希望大喬瑟氣喘發作，我希望他被塵土嗆死。

譯注

1 原文亦是Pop。莉歐妮對父親的稱呼與喬喬對外公的稱呼事實上是完全相同的。

2 Mami Wata，西非、中非、南部非洲及其他地區非裔人士崇拜的一種神祇，是一種水神。

第三章
喬喬

今天的早餐是澆了肉汁的冷羊肉配米飯。我生日已經過兩天了，那鍋羊肉還有大半鍋沒吃完。我醒的時候，剛好看到莉歐妮從我身上跨過去，肩膀上背了個包包，正要去抱小娜。「醒醒！」莉歐妮說。她沒有看我，只是皺著眉頭，小娜正嗚嗚咽咽醒過來。我爬起來，刷了牙，套上籃球短褲還有T恤，把我的包包拿出去放到車上。莉歐妮的包包是真正的行李袋，用棉布和帆布做的，只不過有點舊了，邊邊有點脫線。我的包包是超商的塑膠袋，我從來沒出去過夜過，所以莉歐妮從沒幫我買過行李袋。這是我們第一次跟她一起北上去監獄。我想吃熱的羊肉，想要用那個小小的棕色微波爐加熱。那個微波爐裡面的瓷釉都像油漆一樣剝落了，阿拔說這樣會釋放致癌物到菜上面，所以他什麼都不肯放進去加熱，可是莉歐妮不給他一半的錢來換新機。我把羊肉放進微波爐加熱，莉歐妮從旁邊走過去，說：「沒時間了。」我只好把我生日餐的殘羹剩飯裝進一個保麗龍碗，然後躡手躡腳走進房間去親親睡覺中的阿嬤，阿嬤咕噥著說寶貝，在睡夢中抽動了一下。然後我就走出門到車子旁邊去。

阿拔在等我們。他看起來好像昨天晚上直接穿著外出服睡覺，身上是硬挺挺的卡其褲還有短袖的扣子襯衫，渾身都是灰色和棕色，就跟他皮膚和頭髮的顏色一模一樣。他跟天空很配，天空陰陰的，像裝得滿滿快要漏水的銀色漏勺。外頭飄著毛毛雨，莉歐妮把她的包包扔到後座，又走回屋子裡。蜜絲蒂轉著車上的收音機，車子已經發動了。阿拔對著我皺眉頭，所以我沒繼續往前，拖著腳走到他面前，低頭看我自己的腳。我的籃球鞋是邋可的，我在莉歐妮的床底下找到這雙沒人要的鞋，是雙舊鞋，大概比我的腳大一吋，可是我不管，這雙是喬丹鞋，所以我還是穿了。

「路上可能會下大雨。」

我點點頭。

「你記得怎樣換輪胎嗎？怎樣檢查汽油跟冷卻器？」

我又點點頭。我十歲的時候，阿拔就教過我這些事了。

「很好。」

我想告訴阿拔我不想去，我想要留在家裡，也希望小娜一起留在家裡。要是阿拔看起來沒那麼生氣，嘴巴跟眉頭的皺痕看起來沒那麼像刻上去的，莉歐妮也沒抱著小娜走出來，我可能眞的會說出來。小娜天沒亮就被挖起來，所以揉著眼睛在哭。現在才七點鐘。我說不出想說的話，只好說我說得出的話。

「沒問題的啦，阿拔。」

他的眉頭鬆了一點點，只鬆了一下下，鬆開的時間剛好夠他說：

「你要照顧好她們。」

「好。」

莉歐妮把小娜扣在後座的安全座椅上，然後站直起來。

「走吧，要出發了。」

我往前跨一步去抱阿拔。我不記得前一次抱阿拔是什麼時候了，可是這個時候抱抱他，用手臂環繞他，把胸膛湊著他的胸膛，好像很重要。我用指尖拍拍他的背，拍了一次、兩次，然後放開他。*他是我阿拔，我想，他是我阿拔。*

我退後一步，他把手放在我的肩膀上捏了一下，然後看著我的鼻子、耳朵、頭髮，最後是我的眼睛。

「你是大人了，知道嗎？」他說。我點點頭。他又捏了我的肩膀一下，眼睛看著我腳上那雙被遺忘的鞋子，我的鞋子在他的皮靴旁邊，看起來就是一臉橡膠相和蠢相。布滿砂礫和草的車道地面被莉歐妮的車壓得扁扁的，天空陰沉沉地壓在我們大家身上，所有那些我以爲我聽得懂牠們說話的動物都不說話了，蓄勢待發的春雨把牠們壓得都安安靜靜不出聲了。我眼前唯一的動物就是阿拔，肩膀筆直、背脊挺拔的阿拔。這一刻，唯一對我說話的就是他那雙哀懇的眼睛，那雙眼睛不言不語地對我說著話：我愛你，小傢伙，我愛你。

現在眞的下雨了，雨水大片大片潑下來，打在車上。小娜在睡覺，一手拿著扁掉的果汁盒，另一手拿著吃剩的半根玉米棒，臉變成糊糊的橘色，棕金色的爆炸頭在頭頂纏成一團。蜜絲蒂跟著收音機裡的音樂哼哼唱唱，頭髮在頭頂盤成鳥窩。有幾絲頭髮掉下來，像小樹枝一樣掛在頸子上。汗水把她的頭髮浸成深色。車子裡很熱，我看著她的後頸整個變溼，冒出汗珠，像雨水一樣沿著她的頸子流下去，滑進襯衫裡消失不見。車子越開，車子裡就越熱，蜜絲蒂的襯衫領口本來就又寬又鬆，現在敞得更開，胸罩的頂端都露出來了，我發現以我的身高，只要從後座斜斜看過去，就可以看到她的胸罩，是亮藍色的。車窗開始起霧了。

「你們不覺得熱哦？」蜜絲蒂從莉歐妮車子的前座置物箱裡找了張紙，拿出來搧風。好像是車子的假保險證。蜜絲蒂會幫人做假的保險證，一張收費二十塊，她會把客戶的名字印在假保險證上，這樣萬一他們在路上被警察攔查，就可以假裝有保險。

「是有點熱。」莉歐妮說。

「太熱我不行，會過敏。」

「密西西比出生長大的人竟然會說這種話！」

「隨妳怎麼說啦！」

「我只是說，妳這麼怕熱，眞是住錯州了！」

蜜絲蒂的髮根是黑的，髮根之外的地方都是金的。她的肩膀上有雀斑。

「我可能應該搬到阿拉斯加去。」蜜絲蒂說。

我們到這裡爲止都是走小路。我一坐上莉歐妮後面的後座，莉歐妮就把地圖扔在我腿上，跟我說：「你負責看。」她已經用筆把路線都標好了，筆跡沿著一堆交錯的兩線道公路歪歪扭扭北上，莉歐妮用手指比劃過的地方有糊糊的污漬。筆的顏色很深，把字母跟數字都蓋住了，所以我都看不清路名，可是我看見監獄的名字了，就是阿拔從前待過的那個監獄——甘可仁。有時候我會想，那個很乾渴的人到底是誰呢？那個沒水喝快渴死的人，整個小鎮還有一座監獄都用他來命名。不曉得他是長得像阿拔那樣身材挺直，膚色黑裡透紅，還是像我，是中間的混合顏色，還是像邁可那樣的牛奶色？不曉得那個人在渴得快要死掉的時候，說了什麼呢？

「我也是。」莉歐妮說。昨天晚上，莉歐妮在廚房把頭髮鬆開來，在水槽裡洗頭髮，洗成跟蜜絲蒂的頭髮一樣又直又纖細。幾個禮拜前，蜜絲蒂把莉歐妮的頭髮尖端染成跟她一樣的金色，所以她站在水槽前面洗頭髮，水沖過她的頭皮、她嘶嘶喘氣的時候，頭髮軟綿綿地飄在水槽裡，是偏橘的金色，看起來不像她的頭髮。水沖過她頭皮的時候，也沖過了頭皮上我後來才看到的化學物燙傷的痕跡，一塊一塊像硬幣一樣的痂。現在那個頭髮又蓬鬆毛躁起來了。

「我喜歡這麼熱。」我說。可是沒人理我。我眞的喜歡這個熱，我喜歡公路這樣穿過森林，信心十足地在山丘上往北起伏蜿蜒。我喜歡兩側的樹木枝葉伸得好長，喜歡這裡的松樹又高又濃密，不像海邊的樹要被風雨吹打，結果變成又細又脆弱。可是就算它們又細又脆弱，還是有人要把它們砍下來，給房子抵擋風雨，或是用來塡滿荷包。那些樹的命運很坎坷。

「我們要停一下。」莉歐妮說。

「爲什麼？」

「要加油。」莉歐妮說：「而且我很渴。」

「我也是。」我說。

我們在一座小加油站前面的碎石地上停下來，莉歐妮遞了三十塊給我。早上蜜絲蒂上車的時候，我看到她給了莉歐妮三十塊，現在莉歐妮把那三十塊原封不動地遞給我，而且好像沒聽見我說話一樣地看著我。

「加二十五塊的油，然後幫我買瓶可樂，剩下的零錢還給我。」

「我能不能也買一瓶？」我不死心。我可以想像可樂深黑色的香甜嗆辣滋味。我吞了一口口水，喉嚨像魔鬼氈一樣黏在一起。我想我知道那個乾渴人是什麼感覺。

「找錢給我。」

我哪裡都不想去，我想要繼續偷看蜜絲蒂襯衫裡的春光。她的胸罩又露出了亮藍色，那是我只有在照片裡看過的藍色，墨西哥灣外海深處海水的顏色。邁可在海上的鑽油井工作過，他那時候拍的照片裡就有這種藍，照片裡，海水在他的周邊，是一片溼潤潤的生氣飽滿的平原，跟天空連在一起，變成一個巨大的藍碗。

小店裡比外面春天的黯淡天光還要昏暗，有個女的坐在櫃檯後面，長得比蜜絲蒂漂亮，頭髮是黑色的卷卷爆炸頭，嘴唇被冷氣吹成了泛點粉紅的紫色，嘴巴呈ㄇ字型，膚色是我的顏色，身材比蜜絲蒂豐滿，前凸後翹，我的肋骨後方忽然有一股渴望猛一下爆出來，像一條斷掉的電線，就快要迸出火花。

「嗨！」她含糊招呼了一聲，又繼續玩她的手機。小店裡每道牆都排滿了金屬貨架，貨架上都蒙著一層灰。我走到店裡面比較陰暗的地方，走得好像我來過這裡一樣，好像我知道我要買什麼，也知道那樣東西在哪裡一樣。走得像大人一樣，阿拔就是會這樣走。我在店的前側找到了飲料展示櫃，我的眼睛發燙。我瞪著玻璃瓶，想像冷飲通過我乾燥緊閉的喉嚨會有多溼潤、多噗噗冒泡。我的喉嚨像布滿岩石的河床正在歷經乾旱，口水濃得像糨糊。我回頭看看那個店員，她正在看著我，我只好拿了最大的一瓶可樂，根本不敢嘗試偷偷塞一瓶到口袋裡。我走到櫃檯。

「一塊三毛。」她說，這時候打起雷來，轟轟一記響雷，天空倒下水來，大把大把潑灑在小店的鐵皮屋頂上，劈里啪啦一陣亂響，所以我得要湊近她才聽得見她說話。我看不見她襯衫裡的洞天，可是後來站在雨裡面的時候，我想著的就是那裡頭暗藏的春色。我把衣服的後背拉到頭頂，好像這樣能保護我一樣，可是我渾身都溼了，濃濃的汽油味裡面混著泥土溼掉的味道，雨水順著臉滴下來，把我的眼睛遮得都看不到了，還沿著鼻子流下來，讓我覺得我快要不能呼吸。幸好我及時想到，趕快仰起頭，閉住氣，讓雨水滴進我的喉嚨。雨水吞下去的時候，像薄薄的冰涼刀片，一口，兩口，三口，喝三口是因為這臺加油機加得好慢，雨水打在我閉著的眼睛上，按揉我的眼睛，我好像聽到有人在低語還是什麼的，呼嗤說著一個什麼字，可是這時候油箱喀噠一聲，油槍鬆開了，那個說話聲一下子就不見了。車子是密閉的，很溫暖，小娜在打呼。

「早知道你這麼渴，我給你買瓶飲料就是了。」蜜絲蒂說。我聳聳肩，莉歐妮發動車子，我脫掉那件像溼毛巾一樣重的T恤，扔在地上，然後彎腰翻我的袋子，撈出另一件T恤。穿上的時候，我發現蜜絲蒂正從副駕駛座遮陽板背面的鏡子看我。她正在補唇蜜，嘴唇從乾乾的粉紅色變成亮亮的蜜桃色。她發現我看到她在看我，對我眨了一下眼，害我哆嗦了一陣。

阿嬤跟我講那段話的時候我十一歲。她那時候已經生病了，每天中午都會在床上躺好幾個小時，腰上裹一條薄薄的被子，睡一睡會忽然驚醒。她好像阿拔養的動物，藏在穀倉裡，或是穀倉旁邊蓋的小棚屋裡，躲起來以免被熱到。可是這天阿嬤沒在睡覺。

「喬喬。」她叫我，聲音細得像拋得太輕所以被風吹走的釣魚線，可是我的胸口好像有個鉛錘重重壓著。我本來正在往後門走，阿拔在外面做事，我要去找他。聽見阿嬤叫，我轉彎走進阿嬤的房間。

「阿嬤？」我說。

「寶寶呢？」

「在睡覺。」

阿嬤吞了一口口水，看起來好像這樣吞會痛，所以我遞了一杯水給她。

「坐下吧。」阿嬤說。我很高興阿嬤醒著，就把她床邊的椅子拉近一點坐下來。她從旁邊拿了一本很寬很薄的書出來，打開其中一頁，我看到我這輩子看過最讓人臉紅心跳的圖片，上面有軟趴趴的小雞雞跟看起來像楊桃的卵巢。阿嬤開始跟我解說人體結構還有性知識。她開始講保險套的時候，我好想爬到她的床底下去死。後來她把書塞回靠牆的櫃子裡，我的臉跟脖子還有後背都還是燙的。終於不用再看到那本書了，眞的是謝天謝地。

「你看著我。」阿嬤說。

阿嬤自從得了癌症以後，鼻子旁邊就長出了新的皺紋，一直延伸到嘴巴旁邊。她很輕很輕地笑了一下。

「我害你難爲情了。」她說。

我點點頭。尷尬把我哽得說不出話來。

「你長大了，要懂這些東西。我也教過你媽媽。」她的眼光越過我，看著我背後的房門。我扭頭去看，希望能看到阿拔，或是看到午覺睡太短的小娜帶著起床氣，跌跌撞撞走過來，可是外面什麼也沒有，只有廚房的光線照過來，把門口的踩腳墊照得亮亮的。「我還教過你舅舅阿賜，他臉紅得比你還要厲害。」

才不可能咧。

「你阿拔講故事都講不完整，只講頭不講尾，不然就是漏掉中間很重要的一段，不然就是沒有來龍去脈，沒頭沒尾的。他每次都這樣，你知道對吧？」

我點頭。

「以前我都要把他說的話拼湊起來，才能搞清楚整件事情是怎麼一回事。要像拼圖一樣把他說的話拼起來。我們剛開始交往的時候更嚴重。我知道他在甘可仁待過一陣子，我會知道是因爲我偷聽人家講話。他被捕的時候我才五歲，可是我聽說過他們在點唱機酒吧打架的事，然後他和他哥史塔戈就不見了。他不見了好幾年，回來以後就搬回他媽媽家照顧媽媽，還有工作。回到鎮上好幾年之後，他才開始到我們家來，幫我爸媽打雜，做了好多雜事，好久之後才向我介紹他自己。那時候我十九歲了，他二十九歲。有一天，我跟他坐在我爸媽家的門廊上，我們聽見史塔戈從遠遠的地方沿著馬路走過來，一邊走一邊唱歌，阿河說：有些事情會改變一個人，就像內在的潮水一樣，控制不了。我年紀越大，就越明白真的是這樣。史塔戈的內在就像又黑又深的水，看不見底。史塔戈這時候正在哈哈笑，阿拔又說：菲樂美，甘可仁讓我得知我的內在也一樣。過了好多好多日子，我才明白他要說的是什麼。他是要說，所謂成長，就是學會怎樣駕馭那個水，知道什麼時候要抓得緊緊的，什麼時候要下錨，什麼時候要讓潮水把你淹沒。這個潮水，可以是像性這麼簡單的東西，也可以是像戀愛那麼複雜的東西，也可以像是跟哥哥一起去坐牢，想著你要去保護他。」電扇嗡嗡地響。「你聽得懂我在說什麼嗎，喬喬？」

「聽得懂，阿嬤。」我說。其實我不懂。阿嬤說我可以走了，我就晃到院子裡去，阿拔正在用餿水餵豬。「你可不可以再跟我說一次，」我問阿拔：「你去坐牢的時候發生了什麼事？」他停下動作，水桶潑出去的圓潤弧形猛然中斷。阿拔開始講他的故事。

我跟你講的那個十二歲小孩有沒有？叫阿財的？他們派他在長長的工作隊[1]裡工作。

從日頭出來到日頭落山，我們都在田裡做事，鋤地、挖土、種東西、拔東西。人累到那種程度就不能思考了，只剩感覺而已，就是感覺不想再動了，感覺肚腹在燒，知道想吃東西了，感覺腦袋裡裝滿棉花，知道想睡覺了，感覺喉嚨緊鎖，火從手臂和腿燒上來，心臟在胸口快跳出來，知道想跑了。可是不能跑，因為我們是槍手，歸模範槍手管。工作隊就是我們的整個世界，一大堆人在田地裡排成人龍，模範槍手在田地邊緣巡守，負責鞭策的騎在騾子上，負責吆喝的對著太陽吼叫，高聲唱起工作歌，像拋出漁網一樣拋出他的歌聲，我們就被網住了，在網子裡掙扎。我阿嬤有一次告訴我她阿祖的故事，她被人抓起來賣掉，橫越大海。她說她阿祖告訴她，在他們村子裡，村人吃的是恐懼。恐懼把他們吃在嘴裡的東西都變成沙子。人人都知道那個通往海岸的死亡之路，村子裡流傳著船的消息，據說他們把男人女人都塞到船上去，那還只是停泊的船，據說開出去的船更慘，就沉到遠方去了。因為船跨越地平線之後，看起來就像是沉掉了，一點一點沉到海裡去了。我阿嬤的阿祖說，他們從來不在晚上出門，就連白天都躲在陰暗的屋子裡，可是他們還是跑來抓她了，大白天跑到她家把她抓走，帶到這裡來，她才知道白鬼開的船並不是沉到水裡，她還知道船上發生了很糟糕的事，一直到停靠碼頭之前都一直在發生。她知道她長起來的皮膚把鐵鍊包在裡面，她的嘴巴長成了鐵嘴套[2]的形狀，她在熾熱燦爛的陽光下被變成了禽獸，她的家人在同一片天空之下，在迢迢的遠方，在另一個世界生活著。我知道被變成禽獸的意思，在那個小男孩被派到工作隊之前，在我開始思考之前，我也是變成了禽獸。那個小男孩出現之後，我開始擔心他，開始用眼角餘光注意他，他老是落在後面，跟著隊伍都跟得歪歪扭扭，像聞不到氣味的螞蟻。

一直到一個小時以後，我想我的T恤在濕氣很重的密閉車廂裡頂多只能乾到這樣了，這時候我才看到，我的衣服堆裡塞著一個小包包，小到我的掌心可以握住兩個這樣的包包。就好像蛋裡頭蛋黃中央針尖一樣小不隆咚的血點，本來可以長成生命的，可是卻沒長大。摸起來軟軟的，滑滑又暖暖的，感覺像皮革，用一根很堅韌的皮條綁在一起。我眼光抬起來看了一下，蜜絲蒂在前座打瞌睡，頭往前傾，猛一下直起來，又再往前倒下去。莉歐妮兩手放在方向盤上，手指頭跟著收音機裡的音樂點啊點。車裡放的是鄉村音樂，我最討厭鄉村音樂。我們已經開車開了兩個多小時了，所以至少一個小時之前，海邊的黑人電臺就已經收不到了。莉歐妮用一隻手抹順頭背的頭髮，好像這樣柔柔撫摸就可以把頭髮摸直一樣。然後她又繼續跟著音樂打拍子。我彎腰趴在膝蓋上，轉身面向車門，用身體當屏風，圍出一個小空間，然後拉動皮條。皮條的結鬆了，我把它摳開。

小包包裡有一根白羽毛，比我的小指頭還小，尖端有一點點藍色和一抹黑色。還有個東西，一眼看上去像一小片白色的糖果，可是我把它捻起來湊到臉前面，發現那是某種動物的牙齒，像犬齒一樣尖尖的，咀嚼的窩溝有黑黑的邊。不管是什麼動物的牙齒，這個動物是認識血的，會撕扯結實的肌肉。我還看到一顆灰色的溪間小石頭，是一個完美的半球體。我把食指伸進小包包裡轉一圈，看看還有什麼，結果拉出一張紙，捲成像指甲一樣薄，紙上用斜斜抖抖的藍色字跡寫著：放在身邊收好。

這不是阿拔就是阿嬤的筆跡。我知道，因爲我看這個筆跡看一輩子了，掛在牆上的教會年曆上、廚房冰箱旁邊一個碗櫃內側釘著的一張重要人名和電話號碼上，都有這個筆跡。電話表上的第一個人名就是莉歐妮。莉歐妮沒空或不在家，不能簽名的時候，我也會在請假單和成績單上看到他們的筆跡。因爲阿嬤已經幾星期沒下床了，也握不住筆，所以我知道這張紙條是阿拔寫的，這根羽毛、這顆牙齒還有這個小石頭是阿拔找來的，小皮包是阿拔縫的，告訴我要把這東西放在身邊收好的也是他。

我的膝蓋一直摩擦著前座的椅背。沒辦法，我已經長很高了，莉歐妮這輛斜背車的後座，我坐起來已經又窄又擠。莉歐妮往後照鏡看了一眼。

「不要踢我的椅背。」

阿拔給我的東西在我腿上堆成了一小堆，我用兩隻手掌圍成一個溫暖的碗，蓋上去。

「我不是故意的。」我說。

「你應該要說對不起。」莉歐妮說。

我不知道莉歐妮以前這樣北上的時候，阿拔有沒有幫她做這樣的事，有沒有在早上的九點或十點，莉歐妮還沒起床的時候，偷溜出門去在她的車裡塞東西，塞一些他覺得在他不能親自照顧她的時候可以保護她的小東西，保護她在前往密西西比州北部的路途上一路平安。我們學校有些同學有親戚住在密西西比州北部，克拉克斯代爾（Clarksdale），或是格林塢（Greenwood）郊外。他們說：你以為南部這邊很爛。他們皺起眉頭，意思是說：北部密西西比河三角洲那邊？更糟！

越往前開，路邊的樹越來越稀少，突然之間路邊開始出現大廣告牌。有一張寶寶在子宮裡的照片，像一隻黃裡透紅的蝌蚪，皮膚和血管好薄好薄，薄到光都可以透過去，跟軟糖一樣。保護生命，廣告牌上這樣寫。我把羽毛、小石頭、牙齒裝進小包包裡，把阿拔的紙條捲成很細很細，細到可以當老鼠的吸管，放進小包包，然後把小包包綁緊，裝進縫在籃球短褲褲腰的方形小口袋。莉歐妮已經沒在看我了。

「對不起。」我說。

莉歐妮哼了一聲。

我想我知道我的同學口中的密西西比州北部是怎樣一個情況了。

阿拔跟我說阿財的故事，有些部分說了一遍又一遍，開頭就說了數不清多少次，中間有一段故事跟犯法的英雄肯尼·華格納[3]還有壞心的豬下巴有關，這段我只聽過兩次，結尾我從來沒聽過。有時候我想要把故事寫下來，可是只寫成很蹩腳的爛詩：訓練一匹馬。下一行：用膝蓋攔牛[4]。

有時候我受不了阿拔。一開始的時候，我們睡在客廳，他在我還沒睡著的時候講故事。幾個月之後，他總是在我們做別的事的時候，講阿財故事的片段——吃紅豆飯[5]的時候、吃完午飯坐在門廊上剔牙的時候、下午坐在客廳看電視上的西部片的時候，阿拔會忽然打斷電視上的牛仔，說起甘可仁：**那是屠殺，大屠殺**。阿拔告訴我他以前在褲腰的皮帶圈上綁一個小包包的那天，外面很冷，他正在劈柴，柴火是要放在客廳的壁爐裡燒，好提高客廳的溫度。我們那個週末沒有瓦斯，家裡所有的被子，包括針織毯、棉被、床單、被套，都已經全部蓋在阿嬤身上了，她還是在哀號：**我的骨頭呀！**她的手塞在脖子下面，兩隻手互相搓揉，我每個小時都幫她搽乳液，可是她的皮膚還是粗糙，磨得都發白了。**好冷！**她的牙齒像骰子一樣在嘴巴裡喀喀打顫。

「每樣東西都有力量。」

他往一根木柴劈下去。

「我阿祖告訴我的。」

木柴裂成兩半。

「他說每樣東西都有靈氣。樹木裡面、月亮裡面、太陽裡面、動物裡面，都有靈。他說太陽最重要，還說太陽叫阿巴（Aba）。可是我們需要所有東西的靈，這樣才能平衡，作物才會生長，動物才會繁殖，才會變胖，才能給我們當肉吃。」

他在樹樁上又放上一根木柴，我往手掌吹氣，好希望能有頂帽子包住耳朵。

「他是這樣跟我解釋的：如果太陽太多，雨水太少，作物就會枯掉。如果雨水太多，作物就會爛在地裡。」

他又掄起斧頭。

「靈氣要平衡。他還說，身體也要平衡。」

劈開的木頭倒下去。

「就像這樣，我力氣很大，可以劈開這塊木頭。可是如果我可以有一點點野豬的力量，如果我身邊有一點點野豬的獠牙，有個什麼東西可以給我一點點野豬的力量，說不定，只是說也許說不定，」他氣喘吁吁地說：「我會更厲害。說不定劈木材會劈得更輕鬆。說不定我力氣會更大。」

他又劈開一根木頭。

「可是牠給我的力量不能超過我能承受的力量。野豬只能給出一定的力量，我也只能接受一定的力量，不能浪費，浪費就可惜了。不管是給得太多還是接收太多，都會破壞平衡。」他把斧頭放在地上。「再拿一根木頭給我。」

我從木柴堆走回來，把木頭放在樹樁上，擺正，趕快抽手，阿拔的斧頭掄下來，俐落地從木頭中心劈過去。

「啄木鳥也可以給我力量，給我一根羽毛，讓我瞄得準。」

阿拔的斧頭差點砍到我，刀鋒離我那麼近，我的指頭都痛起來。

「你那個小包包裡就是裝這個？」我問他。我四、五歲的時候就發現他的小包包了，我問他裡面是什麼，他從來不告訴我。

阿拔露出一抹微笑。

「不是那個，可是很接近了。」

下一塊木頭劈開的時候，我抬頭看阿拔，哆嗦起來。我棒球一樣的膝蓋、球棒一樣的背脊、手套一樣的頭顱，都感覺到了木頭的碎裂。我想著是有什麼力量貫穿過阿拔的身體啊？這力量是打哪兒來的？

我把頭靠在莉歐妮汽車的座椅上，用手摩娑著阿拔給我的小包包，想著阿拔不知有沒有給過其他人這樣一個裝滿平衡力量的小包包。他有沒有給過他哥哥史塔戈？有沒有給過阿嬤？阿賜舅舅？甚至那個小孩阿財？然後我聽見了阿拔說話：

阿財的身材不適合做工。他的身材什麼事都不適合做，因為他還那麼小，手臂的肌肉都還沒長全，不會揮鋤頭，掘不鬆泥土，摘不下棉花莢，他的力氣只夠摘下半個棉花莢，把棉花扯破成兩半，剩下半坨黏在棉花樹上下不來。他不像你，你體格已經壯起來，肩膀也寬了，腿也長了。你的身材像我，像我阿爸，底子好。阿財他老爸不曉得是誰，反正絕對是個瘦巴巴、沒什麼肌肉的人，可能還是個矮個子。阿財很不會做工。我想要幫他，他鋤地的時候，我幫忙他把他那一排的土鋤鬆，幫他把他那一條溝掘深一點。收割的時候，我把手伸過去，幫他把他的棉花樹摘乾淨一點。我幫忙他除草，也除我自己的草。開頭幾個月我有幫到他，有救到他，沒讓他挨到打。那陣子我把自己操到身體都還沒碰到床，就已經睡著了。還沒倒下去就睡著了。我就是死盯著地面，不要看天空，不要看一直壓過來、壓得我胸口積滿恐懼的開闊空間，恐懼把我脹成了一隻膨脹的呱呱叫的蟾蜍。可是有個星期天，我們在洗衣板上用沒什麼洗淨力的肥皂洗衣服，肥皂太沒力，洗完以後所有的東西都還是有點臭，只是沒那麼臭，結果肯尼．華格納帶著他的狗騎馬經過。

肯尼是負責管狗的囚犯。他那時候就已經很有名了。我知道他的事蹟，大家都知道，有歌曲傳誦他的事蹟，從田納西的山上傳唱到密西西比三角洲，一路傳唱到海邊。他釀造私酒、幹架、偷竊、殺人，什麼都來。他的槍法是我看過最準的。雖然說他已經從甘可仁越獄過一次了，也從田納西州一個戒護森嚴的監獄越獄過，可是他們還是讓他管狗。他已經把不止一個執法人員送上黃泉了，不過整個南方所有窮困的白人都因為這樣而很愛戴他，愛他這樣直接羞辱法律、蒙蔽法律，愛他這樣在無法無天的南方無法無天，南方比當年的西部更無法無天，肯尼就像舊約聖經裡的大衛一樣，挺身對抗巨人，甘可仁成立之前的一百年間，法律都是這樣施行的，喬喬：以牙還牙，以眼還眼，以手還手，以腳還腳。

我覺得就連巡佐都很尊敬肯尼。總而言之，肯尼和他挑選來當助手的幾個人正要去訓練狗，訓練狗辨認氣味，其中一個管狗的人速度落後了。說不定他生病了，也說不定是挨鞭子了，我不知道，總之那個矮個子摔倒，他管的狗就跑了，從他滿是灰塵的臉和凹陷的肚子跑開，朝我跑來，耷拉著舌頭圍著我跳，活像會叫的大兔子。肯尼是個個頭很大的白人，一百八十八公分，可能有一百四十公斤，他笑了，對著那個跪在泥土裡的黑人說：黑鬼，你真是給我幫倒忙。然後伸出香腸一樣的手指指著我說：你真是有夠瘦的。我把我正在扭乾的褲子掛起來，慢吞吞地走向他，他是那種叫了你就要你馬上跑向他的人，他要你戰戰兢兢看著他健健壯壯胖胖大大的白色身體。我走動的時候，那些狗就跟著我走，耳朵垂下來，黑黑的大眼睛滴溜溜轉，像豬在糞坑裡一樣高興。小子，你會不會跑步呀？肯尼說。我抬頭看他，他的馬很高大，深棕色的，帶點紅色調，幾乎可以看見血在毛皮底下奔騰，像河一樣奔騰的血管和肌肉骨骼交纏。我一直想要有這樣一匹馬。我站在肯尼面前，離他不要太遠，好讓他知道我來了，也不要太近，以免他踹我。我說，我會跑步。肯尼又笑了，可是笑裡是藏刀的，因為他把藍眼珠轉過來瞅著我說，可是你知不知道你的地位呀？他調整了一下步槍的位置，把槍口對著我。那是獨眼巨人的眼睛，又黑又大顆。他要覺得我是什麼地位，就讓他覺得吧，但是我說：報告長官，我知道。可是我心裡有點恨我自己這樣說。其中一隻狗舔起我的手來。牠們喜歡你哩，肯尼說，我剛好也需要一個模範囚犯來管狗。我什麼話也沒說。動物都喜歡接近我，我阿母說，我小貝比的時候，才一個月大，有一次她把我裝在籃子裡，放在後院一個剁雞用的樹樁上，進屋子去拿磨刀石，出來的時候，有一頭羊在舔我的臉和手，好像認識我一樣。我就看著肯尼的頭頂，看著他茂密的金頭髮，他看著我的頸子，說：來吧。然後他就掉轉馬頭，踢一下，就走掉了。

我們有一次追蹤一個逃跑囚犯，穿過十英里的沼澤地，到一個廢棄小屋。我看見肯尼隔著兩百碼[6]的距離朝那個人的腦袋開槍，那個人的腦殼開花了。那時候太陽要下山了，我們就在溪邊紮營。雲朵都靠攏了，那天晚上比平常更黑一倍，蚊子多得像霧一樣濃密。我們生起火，想要用煙燻走蚊子，所有在肯尼手下做事的囚犯，還有狗，都靠向火邊，只有我和肯尼沒在火邊。我用泥土塗在身上，要止蚊子咬的癢。肯尼的臉被騰騰的煙籠罩，糊糊的都看不清了，可是我還是可以感覺到他在暗濛濛裡看著我，知道他說完話停下來的時候是在看著我。他正在說，他最近這次是在阿肯色州被一個女警長抓到，女警長把他送回甘可仁，他說：我不傷女人，他們知道的。然後他就看著我，我也看回去。他說：每個人都有個死穴，碰到就垮了。我想著阿財用鋤頭鋤地，只刮出淺淺的痕跡。每個人都有，肯尼說，說完把菸草吐在火裡。

我醒的時候已經是上午十點左右了，車子已經下了高速公路。莉歐妮在地圖上用黑色星星標出了監獄的位置，按照地圖的指引，我們應該沿著四十九號公路一直走，一路北上到密西西比州的中心，然後才下公路，接著還要再開好久，才會到達監獄，可是現在我們根本沒跟著地圖的路線走。我們經過一間雜貨店、一家肉鋪，還有一間屋頂平平、快要塌掉的房子，房子前面掛了一個褪色的招牌，上面寫著：木材批發。路邊的房子越來越少，樹越來越多，最後來到一個停車標誌前面，附近除了樹，已經沒有別的東西了。經過一個交叉路口之後，路面變成泥土和石頭。

「妳確定妳沒認錯路？」莉歐妮問蜜絲蒂。

「絕對沒錯。」蜜絲蒂說。雨停了，空氣裡有霧，朦朦朧朧的。蜜絲蒂搖下車窗，把手機伸到窗外。除了莉歐妮車子的引擎發出噗噗聲以外，到處都很安靜。樹木很高，都定定不動。車子左邊的樹幹都很健康，是咖啡色的，樹底下的矮灌木很稀疏。車子右邊的林子看起來好像不久前被火燒過，樹幹的下半部都是黑的，樹底下灌木叢生得很密，是亮亮的綠色。到處都這麼安靜，讓我覺得很怪異。整個林子裡都沒有別的動物，就只有我們這幾隻在亂走亂闖。

「這裡什麼屁也沒有。」莉歐妮說。

「要是收得到訊號，我就可以打電話給他，讓妳安安心。可是這裡太偏僻了。」蜜絲蒂用襯衫擦擦手機，然後把手機塞進口袋。「我跟畢沙來過，我認得路。」

「我們要去哪裡呀？」我問前座的人。莉歐妮稍微轉了一下頭，所以我看得到她對蜜絲蒂皺眉頭，然後她又轉頭回去看路。

蜜絲蒂頭也沒回地拋來一句話：「要停一下，找個朋友。然後就繼續上路。」

我們轉了個彎，林子的中間有塊空地，然後忽然之間，我們周圍就有一小堆房子了。這些房子有的跟阿拔阿嬤的房子一樣，外牆裝了護牆板，有些是貼絕緣紙，沒有護牆板[7]。其中有一棟房子其實是一輛露營車，看起來已經有很多年沒上過路了，紫藤垂在車頂，還沿著側邊爬下來，看起來好像長了綠色的頭髮。空地上有雞整群整群跑來跑去，有一隻毛色藍灰、張著血盆大口的比特犬在追那些雞，雞被追得作鳥獸散。有一個大概四歲的小男生，坐在一棟沒有護牆板的房子門廊階梯前面的地上，拿一根棍子戳泥土。他身上穿一件寶寶連身服，穿在他身上差不多剛好可以當上衣，下身是黃色內褲，沒穿鞋。莉歐妮停下車，熄了火，那個小男生用手從臉上抹過去，像牛奶一樣白的臉蛋就變成了黑色。

「我就說我認得路。」蜜絲蒂說：「按喇叭。」

「什麼？」

「按喇叭。那隻狗那樣跑來跑去，我才不要下車。」莉歐妮按了喇叭。那隻狗先前已經停止追雞，跑到我們的車旁邊，對著輪胎左聞右聞，然後朝著輪胎尿尿，現在聽到喇叭聲，狂吠起來。我知道牠在說什麼，牠說：滾開！牠吸了一口氣。滾開！吸氣。侵門踏戶的傢伙，滾開！

小娜醒了，哭起來。

「把她抱下來。」莉歐妮說。我解開小娜安全座椅的安全帶。

那個白人小孩揮舞他的棍子，後來用兩隻手抓住棍子，像拿步槍一樣瞄準我們。他的金髮黏在頭上，像蟲一樣彎彎曲曲跑到眼睛裡。「砰砰！」他說。他在對我們開槍。

莉歐妮發動車子。

「我們幹嘛需要這樣……」

「很需要。火熄掉，再按一次喇叭！」

莉歐妮妥協了，她沒熄火，又按了一次喇叭，按得又長又響，把小娜嚇到哭得更大聲，還縮到我懷裡。我想要安撫她，可是狗一直叫，小男孩一直砰砰砰，她根本聽不到我說話。還有那片松林裡的空地太安靜，那個寂靜就跟其他的聲音一樣沉重而且大聲，可是又靜悄悄。我好想抱著小娜跳出車，好想要跑得超快，比那個小孩、那隻狗還有那把假槍跑得都快，一路跑回家去。我的內臟感覺好像快要打架。

一個白皮膚的婦人走出那棟沒有護牆板的房子，從那個臉髒髒的小孩旁邊經過。他們兩個的頭髮都是帶點金又帶點紅的顏色，都一樣鬈鬈的。女人的頭髮很長，長到腰，她比蜜絲蒂好看，只有鼻子除外，她的鼻子腫腫的，而且紅通通。她也沒穿鞋，腳趾頭是粉紅色的。她往車子走過來，一路咳嗽，咳嗽聲聽起來像喉嚨裡發出刮擦聲。那隻狗跑向她，她理都不理，不過至少狗現在不吠了。蜜絲蒂打開車門，半截身體伸出車外，手扳著車門框。

「喂，小賤人！」蜜絲蒂說，喊得好像很親熱一樣。那個婦人一邊笑一邊咳嗽，霧在她的頭髮上凝結成露珠，把她的頭髮變成白色。「我跟妳說了我們要來。」小男孩還在用棍子槍射我們，那隻狗舔著他的臉。我好想用跑的跑回家。莉歐妮把手穿過右耳上面的頭髮，抓了抓頭皮。她緊張的時候就會做這動作。*妳這樣抓會流血的*，阿嬤有一次這樣跟她說，可是我覺得莉歐妮做這動作的時候根本不自覺。她抓得好用力，聽起來像指甲從帆布上面刮過去。蜜絲蒂在擁抱那個女的，那個女的往車子裡看。莉歐妮打開車門，走下車說嗨，小娜一直哭，我幾乎聽不到莉歐妮說嗨的聲音。她又抓了抓頭皮。那個小男生蹦蹦跳跳上門前的水泥階梯，跑進屋子裡去。莉歐妮往那個女的走過去，三個人就嘰嘰喳喳說起話來，莉歐妮的兩隻手垂在身體的兩邊，好像跟身體連接得不大好。

這棟沒有護牆板的房子裡，地板凹凸不平，每個房間的中央都最高，然後往陰影裡的四個屋角矮下去。從門廊看進去，屋子裡很陰暗，門廊堆滿了箱子，只剩一小條過道可以通往客廳。客廳也很陰暗，也堆滿了箱子。客廳裡有兩張沙發和一張安樂椅，那個拿假槍射我們的小孩就坐在安樂椅上，吃一根醃漬水果冰棒。客廳沒有電視架，電視是放在一個箱子上，正在播一個實境秀，內容是在講有人去買小島來蓋別墅。

「這邊走。」那個女的跟蜜絲蒂還有莉歐妮說，她們兩個就跟了上去。莉歐妮在客廳舉起手擋我，不讓我跟。

「你們兩個待在這兒。」她說完，歪過來用食指點了一下小娜的鼻子，笑了笑。小娜剛剛哭過，臉還溼溼的，現在吸著鼻子，抱住我的頸子，看著那個剛剛拿假槍射我們的小孩，好像有話想要跟他說，所以我就把她放了下來。莉歐妮說：「我說眞的。」然後她就跟著那個女的還有蜜絲蒂走進廚房。廚房是整棟房子最亮的一個房間，有吊燈從天花板吊下來，上面有一大堆電燈泡。廚房門上掛著門簾，那個女的把門簾拉上一半，咳著嗽比手勢要蜜絲蒂和莉歐妮在餐桌旁邊坐下，然後打開冰箱。我坐在沙發的邊邊上，這樣一邊可以看見小男生跟小娜，一邊可以從門簾的縫隙看到那幾個坐在廚房的大人。小男生在安樂椅上，小娜蹲坐在他前面一呎的地方，兩隻手放在膝蓋上。

「嗨！」小娜說。她把尾音拉得很長，一個嗨字聽起來像有兩個長長的音節，聲音滾上山頭又滾下來。她每天早上起來的第一件事，就是抱起她的娃娃寶寶，這樣說一聲嗨。看見馬、看見豬、看見羊、看見雞，她也說一樣的話。一天中第一次看見莉歐妮的時候，她也說一樣的話。看見阿拔，她也說一樣的話。但是她跟阿嬤不大說話。我把她抱進房間去看動都不動躺著的阿嬤，她會縮到我的胸前跟肩膀上，擺出一副勇敢的臉，畏畏縮縮躲著阿嬤，把手指放到嘴唇前面說噓，五分鐘過後，她會說：出去。她從來不跟我說哈囉，她只會坐起來，朝著我爬過來，環抱住我的脖子，然後嘻嘻笑。

那個男生看小娜的樣子，好像小娜是他的狗。小娜往前跳一下，更靠近那個男生。

「嗨！」她又說一次。男生流了一條鼻涕，像蟲一樣爬在臉上。他跳起來，站在安樂椅上，咧開嘴笑了，好像做了個什麼決定一樣。他的牙齒尖端都銀銀的，是防止牙齒蛀爛掉光用的金屬。他開始在安樂椅上跳，好像跳彈簧床一樣，椅子旁邊堆疊的幾個箱子都搖晃起來。

「小娜，不要上去。」他們兩個都會掉下來，我知道的。可是小娜不理我，抬起一條腿跨上安樂椅，然後整個人爬上去，兩個小孩開始一邊跳，一邊嘰嘰喳喳交談起來。我聽見幾個詞：椅子、電視、糖果、都沒了、搬家。我用手圈住耳朵，看著廚房裡那幾個婦人，看著她們的嘴型，努力聽她們說什麼。

「我在睡覺，所以才沒聽見你們來。我們全部的人都生病了。」

「是天氣的關係。」蜜絲蒂說：「一下冷得要死，一下又快三十度。密西西比的春天超機車的。」

那個女的點點頭，喝了一個塑膠杯裡的不知道什麼，清了清喉嚨。

「福瑞德呢？」蜜絲蒂問。

「在後院忙。」

「生意還是不錯吧？」

「超好的，寶貝。」那女的說，說完就咳嗽。

莉歐妮的手一直在桌上摸來摸去。

「天氣越暖和，生意就越好。」

「那我的份還有吧？」蜜絲蒂問。

那女的點點頭。

「妳們要不要喝點什麼？」她問。

「有沒有什麼冷飲可喝？」蜜絲蒂問。那女的遞了一瓶雪碧給她。我還記得我有多渴，可是我不要說話，不然莉歐妮會殺了我。

「不用了，謝謝！」莉歐妮說。我之所以知道她說什麼，是因為看了她的嘴型，而且她搖了搖頭。她說這句話的聲音超低的。

「真的不要？」蜜絲蒂問她。

莉歐妮搖搖頭。

「我們要快點上路。」

牆邊堆著一箱又一箱的冷飲，有可樂、沙士、芬達。我們開車過來的路上，我從來沒想過一間房子裡可以有這麼多東西，塞得滿滿的，好多吃的，好多各種東西，好大堆好大堆的東西——

一箱箱的罐頭湯、一箱箱的餅乾、一箱箱的衛生紙和紙巾、三臺還沒拆封的微波爐，還有電鍋、鬆餅機、鍋子。食物多到箱子都堆到客廳的天花板了，電器多到堆得跟廚房的電燈一樣高。我又餓又渴，喉嚨像一隻緊閉的手，胃是一個火熱的拳頭。平常有人請我們吃什麼，莉歐妮都不大在乎我們接不接受，人家請她什麼，她都張開雙手迎接，從來不客氣，可是這會兒我早上吃的羊肉和飯都已經變成腸子裡的殘渣了，她坐在桌子旁邊，居然說不要。

那個女的把兩隻手叉在胸前，皺著眉頭，用力忍住咳嗽，可是咳嗽還是一陣一陣衝出來。她搖著頭，我知道她在想什麼，因爲我從她的站姿和她看莉歐妮的眼神看得出來，她在想：沒禮貌。

如果阿拔在這裡，他不會說那個小男生是個淘氣鬼，或者無賴漢，也絕對不會叫他阿弟仔。他會叫他小壞蛋，因爲他眞的是壞蛋。他跟小娜玩追人的遊戲玩膩了，就不跑了，蹲在電視機前面，打開他四個遊戲機當中的一個，開始打起遊戲來。他玩的是俠盜獵車手，他根本就不會玩，他把車子開到分隔島上，開進商店裡，還在紅燈時下車亂跑。小娜無聊起來，回到我身邊，爬上我的膝蓋，抓起一坨我的襯衫，開始很認眞地跟我說她想要喝果汁，想吃消化餅乾，害我看不到廚房裡那些女的，看不到莉歐妮最後被強迫一定要喝點什麼的時候喝的那杯水，看不到蜜絲蒂跟那個女的在桌子旁邊互相湊近對方咬起耳朵，用手指頭在桌上畫圖。

那個男生對著電視尖叫，他的電視遊樂器畫面卡住了。

「討厭！討厭！」他喊叫的聲音聽起來好像鼻子被鼻涕塞住了。

他的車子走在一條繞著懸崖的路上，躍過了欄杆，結果停在半空中。那輛車是紅色的，中間有一條白線，白線把車分成了左右兩邊。他用力敲遙控器上的按鈕，可是畫面動也不動。

「片子退出來。」那個女的從餐桌旁邊吼。

「不要！」

「重開！」那個女的說完，又往蜜絲蒂那邊湊過去。

小男生把遙控器往電視機扔過去，打中電視機，喀啦掉在地上。他彎下腰去亂調整遊樂器，亂按按鈕，畫面還是不動。

「我都開到這邊了！」他大吼。

那個女的不理他。

小娜從我腿上跳下來，彎腰撿起地上一個有她兩個拳頭大的藍色塑膠球，玩起球來。

「片子退出來，汽車的位置不會跑掉，紀錄會保留。」我說。

我知道這個不是因爲我自己有遊戲機，而是邁可還跟我們住在一起的時候，我玩過他的。他搬走的時候，把遊戲機也帶走了。那個小男生不理我，他的喉嚨發出一種介於大哭跟咆哮之間的聲音，哀哀怨怨的，又混著咕嚕咕嚕的水聲。後來他走到放遊戲機的架子前面，沒有轉身開始跟小娜玩，沒有撿起地上其他的球，我看到的有黑球、綠球和紅球，他沒有撿起其中一顆往我們這邊滾過來，而是站起來，開始揍電視，右手先揍一拳，然後左手，然後右手又一拳，兩隻手輪番上陣，小小的拳頭跟塑膠碰撞得好用力，聽起來那個塑膠都要破了。結果螢幕眞的破了，他的拳頭打上去，車子爆出火花來，白色黃色紅色的火花，停在螢幕上沒消失。他左手打一拳，電視沒反應，右手又一拳，車子再一次爆出火花，也一樣停在那裡沒消失。

「你在搞什麼鬼？」那個女的從廚房裡吼。她已經從桌子旁邊站起了一半。「你再亂動那些箱子一次試試看！」

小男生又用左手打了一拳，電視沒反應。

「我剛剛怎麼說的？」那個女的大吼。現在她已經完全站起來了。小男生彎腰從地上撿起一根樂樂棒球棒，對著電視一揮。電視發出很大的喀啦聲，是玻璃和塑膠碎掉的聲音，有一剎那，畫面上整臺車都炸成一個很亮的大火花，然後電視就黑掉了，螢幕上什麼也沒有了，可是螢幕前面有那個女的跟那個小孩。女的怒氣沖沖從小娜旁邊走過去，小娜嚇得飛奔過來，跳上我的膝蓋，用兩隻手抓住我的上衣。女的把小男生堵在電視前面，小男生轉過身，用他的樂樂球棒往女人的左腿揮了一棒。

「幹你媽的混帳！」女的一邊咳嗽一邊尖叫，然後搶過小孩手上的球棒，一隻手拎起小孩，另一隻手拿球棒，大嚷：「看你幹了什麼好事？」她每說一個字，棒子就揮一下，每揮一下，小孩就要跑，而且尖聲慘叫。「看你幹了什麼好事？」

小孩的腿在被女人用球棒打到的地方都紅了，小孩像旋轉木馬一樣繞著那個女的跑。他的臉是這樣的：齜牙咧嘴、五官扭曲、嘴巴大張。女的打了好多好多下，小孩的哭聲慢慢停了，可是嘴巴還是開的。我知道他在說什麼：好痛，不要再打了，拜託。女的同時丟下棒子，也放下小孩，棒子直直落到地上，小孩在地上癱成一團。

「等你爸從工棚回來就知道了。他會殺了你。」

莉歐妮穿過客廳，把小娜從我手上抱走。她說話的時候看著蜜絲蒂。蜜絲蒂還站在廚房門口，手撥開門簾撐著。

「我們眞的要快點上路了。」

「他很快就會回來了。」那個女的喘著氣說。

「你們有沒有廁所？」我問。

「廁所壞掉了。」那個女的說。她流了一堆汗，用手把頭髮從臉上撥開。「我們都用工棚裡的廁所。如果你只是要尿尿，尿在院子裡就好了。」

我走出門的時候，那個小男生已經爬回他的安樂椅上面了，縮成像球一樣，唉唉哼哼地哭。我開門的時候，小娜伸手要我抱，可是莉歐妮緊緊抱住她，抱著她走回廚房，遠離那個哭泣的小孩和爛掉的電視，好像那兩個東西會傷害小娜，她要保護小娜一樣。

那個女的已經回到廚房了，喝一罐冷飲，搖著頭說：「這是他打爛的第二臺電視了。」蜜絲蒂說：「這就是告訴妳要節制生育。」那個女的咳嗽。

院子裡還是霧濛濛的，還是都沒有人。那條狗不見了，可是我跑向車子的時候，還是怕得流汗，汗水刺得我兩手發燙。結果什麼鳥都沒追我，我跑到車子旁邊，打開駕駛座那側的兩扇車門當作屏風，然後在駕駛座旁邊尿尿，心裡有點希望莉歐妮上車的時候會踩到。我拉上拉鍊，慢慢關上車門，想著住在這個小聚落的人都跑到哪裡去了。我看著剛剛那棟房子，仔細觀察它緊閉的前門，又悄悄繞到後面，都沒有人或動物跑來攔阻我。房子後面有一棟小屋，咖啡色的，有個黑黑的鐵皮屋頂，跟房子一樣，外牆貼著有防水內裡的絕緣紙，沒有護牆板。窗戶都用鋁箔紙封起來了，其中一扇窗的縫隙有光透出來，裡面有人在聽鄉村音樂，我把眼睛湊到縫隙上，看見一個留鬍子沒穿上衣的人，跟邁可一樣身上有刺青，可是這個人是個光頭。小屋裡有好幾張桌子，桌子上有玻璃燒杯、管子，地上有五加侖容量的水桶，還有家庭號冷飲的空瓶。我看過這樣的場景，也聞過這樣的氣味，以前邁可在阿拔和阿嬤家後面蓋一個小棚子，裡面也是這樣的擺設，這樣的氣味。他跟莉歐妮吵架、搬離我們家、後來去坐牢，都是因爲這個。小屋裡面那個人在做飯，動作跟大廚一樣輕鬆又自信，可是這裡沒有東西可吃。我的胃發燙起來，躡手躡腳回到房子的前門，路上用手指去摩娑口袋裡阿拔給我的小包包，心裡想，那顆牙齒不知道是不是浣熊的牙齒？是不是那顆牙齒保佑我手腳很輕走路又快，所以我從後面繞到前面，又悄悄回到屋子裡，那條狗都沒聽到？

我們十五分鐘之後離開這裡的時候，我已經不緊張、不流汗了。蜜絲蒂手上拿著一個袋子，可是裝出一副沒有拿的樣子，手在身體旁邊，伸得像尺一樣直。她拿的是一個塑膠袋，裡頭裝了個紙袋，她一走路，那個雙層袋就窸窸窣窣響個不停。莉歐妮左看右看，就是不看蜜絲蒂。她沒有把小娜抱給我，而是自己幫她扣兒童座椅的安全帶。我們駛離那個裡面裝了好多東西的傷心小屋聚落的時候，蜜絲蒂彎下腰，在莉歐妮車子的腳踏墊上弄來弄去，然後那個袋子就不見了。我把我從那個屋子裡偷來的一包蘇打餅乾跟兩瓶果汁塞進我自己的塑膠袋裡。離開那個燒了一半的松樹林，上了公路，回到柏油路面之後，莉歐妮扭開收音機，把音量開得比平常都大聲。我打開我偷來的果汁瓶，一口氣喝光光，然後又把另外那瓶倒了一半在小娜的吸吸杯裡。我拿了一片餅乾給小娜，也塞了一片在我自己嘴裡，我們就這樣，我吃一片，她吃一片，我吃一片，她吃一片。我把餅乾含在嘴巴裡，含得溼溼軟軟的，再嚼一嚼吞下去，這樣就不會發出喀滋喀滋聲。我跟前座的兩個女人一樣安安靜靜又偷偷摸摸，只是原因不一樣。那兩個女人都沒在注意我們，我又吃又喝，從來沒吃得這麼津津有味過。

譯注

1 the long line，帕奇曼（Parchman，即本書所譯之甘可仁）監獄命囚犯在棉花田中排成長長的人龍工作，稱之為the long line。

2 muzzle，蓄奴時代奴隸主給不聽話的奴隸套在嘴上以示懲罰的鐵製器具。

3 Kinnie Wagner，一九〇三—一九五八，史上的真實人物，禁酒時代的私酒釀造商，曾竊盜、殺人、與警察發生槍戰，並殺死數名警察，曾在密西西比州立監獄帕奇曼農場（即甘可仁）服刑，並曾多次越獄。

4 Cut with the knees。Cutting為一種西部馬術，指牛仔騎著馬將羸弱的牛隻隔離並阻擋牠返回牛群，後來成為一種競技。

5 red beans and rice，發源於紐奧良的知名南方菜餚，紅豆並非華人或日本人當作甜點材料用的紅豆，而是紅豇豆（菜豆）。紅豇豆與彩椒、洋蔥、芹菜等蔬菜以及培根、火腿等肉類以慢火燉煮，熬成咖哩似的濃稠狀後，搭配米飯食用。

6 約一百八十公尺。

7 護牆板（siding，又叫壁板或牆板）和絕緣紙都是外牆的一種。美國獨棟住宅多為木造，多會額外安裝外牆，以防風防雨防潮。

第四章
莉歐妮

喬喬生日那天晚上，蜜絲蒂說：我們幹這一票的話，旅費就不用愁了。又說：妳和邁可就有錢可以付押金了，你們可以搬出去住。妳不是老說問題在你們爸媽嗎？妳的問題是妳跟爸媽一起住，他的問題是他爸媽是混帳。她說這些話的時候，阿賜更是定住不動了，像石頭一樣。透過蜜絲蒂家廚房窄窄的窗，我可以看見樹梢從深灰色慢慢變成橘色，從最淡的橘色慢慢變成粉紅色，像我嘴巴內側的顏色。妳以為我去看畢沙的旅費都哪裡來的？小費嗎？她搖搖頭，哼了一聲。要趁這機會賺上一筆！

我們上了車，我看著蜜絲蒂把裝在袋子裡的包裏藏進地板裡，這幾個字一直在我腦海裡響了又響：要趁這機會賺上一筆。她講得好像這麼做完全不會有後果似地。當然啦，對她而言是比較容易。她說「趁這機會」的那口氣，我真恨不得甩她一巴掌。她的雀斑、粉紅色的薄嘴唇、金色的頭髮、洗不掉的牛奶一樣的雪白肌膚，她這一輩子，讓世界對她友善是多麼容易的事呀！

邁可還沒入獄之前，在我的車底裝了夾層。他用千斤頂把車子頂高，帶著焊接工具鑽到車底下，把車底盤挖開一個幾乎是正方形的洞，裝上一片有絞鏈的金屬板，鎖緊絞鏈，再把原本的車底焊接回去。兩扇門，他說，說完吻了我兩次。一扇用來藏東西，如果需要丟東西的話，另一扇就用來丟。那時候他已經從油井回來半年了，我們花光了他的積蓄，連遣散費也一毛不剩，不得不又搬回去和阿爸阿母住。他原本在深水地平線[1]當焊接工，爆炸之後，他帶著遣散費和噩夢回來。當時我已經說服他在我們的新公寓買張雙人床，我說，這樣的話，無論我們搬到哪裡，睡覺都可以依偎在一起。因此他每次在睡夢中踢腿、抽搐、夢話連連、手臂狂揮，或退縮著躲開什麼時，我都會醒。事件發生之後，我和喬喬一起在家裡看CNN，看著大量的油噴湧進海中，我就滿懷罪惡感，因爲我想看的不是那個畫面，因爲我不關心海上那些機歪鵜鶘有沒有受害，因爲我只想看見邁可的臉、肩膀和手指，因爲我唯一在乎的只有他。事件上新聞後，他有打電話報平安，但電話裡的雜音侵蝕了他的說話聲，他的聲音很小，很不眞實。我認識那些人，罹難的那十一個人，我全都認識，我們住在一起。他回來的時候，我很開心，他可不開心。我們現在要怎麼辦？他說。他吃了兩口玉米粥[2]，然後就放著，任由玉米粥在盤子裡凝結成凍。我們會想出辦法來的，我說。他開始消瘦的時候，我以爲是噩夢頻仍造成的。他的顴骨像水底岩石一樣聳出臉龐的時候，我以爲是經濟壓力造成的。他的脊骨從皮膚底下突起，在背上形成一整條排骨的時候，我以爲是悲傷造成的，因爲他在全密西西比、阿拉巴馬、佛羅里達、路易斯安那或墨西哥灣都再也找不到焊接工作。但後來，我發現了眞相。後來，我才得知他沒和我商量，就自己想出了辦法。

「妳用不著這麼緊張。」蜜絲蒂說。
「我沒有緊張。」
「我不是第一次幹這種事。」
「我知道。」
「我是說，我不是和畢沙在一起之後才第一次幹的。」
蜜絲蒂正在喝她從她朋友家拿來的冷飲。那女人名叫卡蘿塔，熬藥並且把包裹交給我們的是她先生，叫福瑞德。
「我是去看前男友桑尼的時候第一次幹這個。」
「妳是這樣認識他們的？」
「對呀，第一次幹的時候，我跟妳一樣，怕到不行。後來就越來越輕鬆了。」
我往後照鏡看了一眼，梅可娜正把一個藍色的球塞進嘴裡，含著那顆球咿咿呀呀對她哥哥說話，她哥哥哄著她，要她把球吐出來。他的臉離她非常近，聲音又低又嚴肅：「不行，小娜，那個不能放進嘴巴，那個球掉在地上過，髒髒。」梅可娜咧開嘴嘻嘻笑，把球吐在哥哥的手裡，拍著手說：「髒髒，髒髒。」喬喬看起來像是全神貫注注意著梅可娜，但我知道其實不是這樣。從他彎腰往前傾的樣子，對著梅可娜不斷重複同一句話「地板髒髒」的樣子，我看得出來，他雖然裝作沒在注意我們說話，其實卻是豎著耳朵在聽的。我去接蜜絲蒂的時候就跟她講好了，我們絕不把話挑明，對於袋子裡裝了什麼、我們要偷渡什麼到北部去，無論是正式名稱或是別稱暱稱——安非他命、安毒、冰毒——都絕口不提。我們會迴避那個詞，就像迴避酒吧裡的醉漢，那些人身上散發著發酵中酒精的甜香以及柴油味，早已經喝得太醉，不能再喝了，但我走過他們身邊時，他們總會抓住我的手，對我說些幹話：好黑妞啊，再給我一杯吧！萬一需要用個替代名詞，我們就用最讓人難爲情的名詞來稱呼它，這樣喬喬就不會感興趣了。

「萬一被警察攔檢，查到那些衛生棉條，我就要殺了妳，蜜絲蒂。」

雖然這話聽起來沒什麼邏輯，但我想這樣喬喬就不會偷聽了。他是男生，和人體有關的事情當中，生理期就和腎結石、青春痘、膿瘡還有癌症一樣，是他最不會感興趣的話題。

「喬喬，地圖給我。」

我的判斷沒錯，我說這話時，他震了一下，才開始到處尋找那本書，然後越過椅背遞給我，在後照鏡裡試圖與我眼神相對，但他棕色的眼睛沒有找到我的黑眼，蜜絲蒂從他手中接過地圖。喬喬縮回後座椅子上，眼睛仍然望著地板。梅可娜喊他：「喬喬！」他又朝她俯過身去。

「現在到哪裡了？」我問。

「我在看。」蜜絲蒂咕噥。

我尋找路旁的里程標示。卡蘿塔和福瑞德家在森林縣的北部，在哈提斯堡北邊一點點的地方。

「門登荷，現在在門登荷。」蜜絲蒂說。前面亮了紅燈，所以我慢下車速。蜜絲蒂並沒有在看地圖。

「妳怎麼知道？」

蜜絲蒂往前面一指，前面有個路牌，上面寫著：「門登荷，擁有密西西比州最美的法院」。

「我想看看那個法院。」

燈變綠了，我踩下油門。

「我不想看。」

「爲什麼？說不定眞的很漂亮。」

後座裡，喬喬的嘴巴在蠕動，像在咀嚼什麼。他的眼光從梅可娜身上移向我，眼眸和我的一樣黑。我在他這年紀時個頭較小，較瘦弱，骨骼、關節都比較纖細。喬喬像阿賜，但是他從不說笑。有時他和梅可娜玩，或是坐在阿母房裡揉搓她的手、幫她翻身，我看著他，看到的都是個飢餓的女孩。

「我猜肯定是柱子很大根的那種，說不定比戴維斯官邸[3]的柱子還要大根。」

「不要。」我說。然後我不再繼續這個話題。

邁可起初從不寫信告訴我監獄裡的暴力，那些夜深人靜時發生在黑暗角落和上鎖密室裡的事，那些捅人、揍人、吊死人還有吸毒過量的事件，但我要求他一定要告訴我。我在一封信裡告訴他：你要是不告訴我發生了什麼事，我就會想像最糟的狀況。於是他在回信裡告訴我，有個人在淋浴時遭到突襲，被揍得鼻青臉腫。接下來那封信，他又告訴我，他的室友搞上一個女警衛，在監獄裡暗暗纏綿，像齧齒動物一樣弓著背，專心致志於孕育新生命。再下一封信，他告訴我警衛毆打一個十八歲的男孩，那男孩因爲在拖車場裡綁架一個五歲女童並且勒死她而入獄。他們聽見那男孩尖叫，然後就沒了聲音，之後傳出消息，說那男孩在牢房裡像豬一樣流血過多而死。我想告訴蜜絲蒂，那個才是所謂的美麗法院。但我沒說，什麼也沒說。我看著道路在我眼前展開，像條巨大的黑色緞帶，心裡想著邁可在告訴我他即將回家之前的最後一封信，他在那封信裡告訴我：這裡不是人住的地方，不管你是黑人還是白人，都沒差，這裡是死人住的地方。

梅可娜身體不舒服。我們離開那房子之後的頭一個小時，她很安靜，但不久後她開始咳嗽，最後咳不出來，便開始作嘔。過去半個小時，她一直哭，並且扯著座椅的安全帶，想要掙脫。我遞了一疊餐巾紙給喬喬，每隔一次看後照鏡時，喬喬都彎腰伏在梅可娜面前，皺著眉頭，用餐巾紙擦她口水直流的嘴巴，餐巾紙沒兩下就溼了。我們今天應該要開一整天的車，晚上到達監獄的隔壁城鎮，在邁可和畢沙的律師家過夜。但梅可娜的哭泣聲讓我感覺像是有人擠壓我的腦子，愈壓愈緊，讓我透不過氣。梅可娜又咳嗽且作嘔了，我回頭看她，她的臉成了豬肝色。蓬鬆的玉米棒和小口小口慢慢咀嚼吞下的火腿三明治全被她吐了出來，玉米棒消化成溼溼軟軟，不是黃色的地方則全被火腿染成了粉紅色。喬喬用兩隻手捧著餐巾紙，定住不動，滿臉驚恐。梅可娜哭得更大聲了。

「我們得停一下。」我一面把車停在路肩，一面說。

「靠！」蜜絲蒂的手在嘴前揮動，像在趕蚊子。「這麼臭，我都想吐了！」

胃酸的氣味在小小的車子裡強烈又嗆鼻，我也有些作嘔，但我很想甩她一巴掌，很想吼她：

賤貨，虧妳整天在一群醉漢當中做事，這點穢物的氣味也不能忍受？但我沒這麼做。我一停下車，就從喬喬手裡搶過餐巾紙，擦掉一團一團的穢物，噁心感在我的胃裡翻滾奔騰，像個在彈簧床上蹦跳的小孩。喬喬不再流露恐懼神情，他把兩隻手伸進在梅可娜前方滾滾流洩的穢物間，解開她胸前的安全帶。梅可娜暫時中止了她狂亂的掙扎扭動，小小的胸膛挺出安全帶之外，用一記哭聲來表達謝意，隨即又開始拉扯膝上的安全帶，希望喬喬把那個也解開，好放她自由活動。喬喬皺眉，解開最後一條安全帶，把梅可娜抱出來，我還沒來得及罵他一聲，狠狠地吼一聲「喬喬」，梅可娜已經撲向喬喬的胸膛，小小的手臂再度緊緊環繞喬喬的頸子，整個人趴在他身上，顫抖著嚶嚶啜泣。喬喬柔聲說著：「沒事了，小娜，沒事了，喬喬在這裡，有喬喬陪妳，小娜好乖，喬喬惜惜！」

「好了沒有？」蜜絲蒂回過頭往後座拋了這一句，像拋一張包漢堡的黏膩蠟紙。

「我受夠這些鳥事了！」我說。我也不知自己爲什麼會這樣說，或許是由於我開車開得很累了，看著道路在我眼前無窮無盡地開展，看得很累了，而不管我走了多長的路，開了多遠的車，邁可始終都仍在道路的另一端。也或許我有點希望她能飛撲在我身上，把橙色的嘔吐物抹在我的上衣前方，古銅色的小小身軀尋找我的身軀，永恆尋找我的身軀，我倆的心唯有薄薄的胸骨相隔，我們吸氣，吐氣，聲息相通，血脈相連。或許是因爲我希望她鑽進我的懷裡而不是她哥哥的懷裡尋求安慰，或許是因爲喬喬連看也沒有看我一眼，全部的注意力只集中於他懷中的小小身軀，那個他正努力設法安撫的小小人兒，而我的注意力卻四散各處。即使是現在，我的愛依舊是飄忽無常的。

我抹去梅可娜座位上殘存的黏膩穢物，把餐巾紙扔在柏油路上，拿了幾張溼紙巾擦了擦座位，於是座位現在散發出混合了胃酸與花香肥皂的氣味。

「現在味道好聞一點了。」蜜絲蒂說。她半個身子歪在車窗外，先前揮個不停的手現在摀在鼻子上，像個口罩。

開往下一個加油站的路途像是有幾英里遠，陽光穿透了雲層，直接照在車頂。

我們開進加油站的停車場時，加油站員工坐在木造建築的門廊前抽菸。她倚靠在牆上，棕色的肌膚和髒汙的牆板同一色調，整個人幾乎和那牆板融爲一體。她替我打開店門，跟著我走進屋子，門上掛的成串銀鈴叮噹作響。

「好冷清的一天。」她邊說邊鑽進櫃檯後方。她十分清瘦，幾乎和阿母一樣骨瘦如柴，開襟襯衫穿在她身上，就像床單攤開晾在曬衣繩上。

「是呀。」我說。我信步走到後頭的飲料櫃，拿了兩瓶運動飲料，放在櫃檯上。女店員笑了笑，我發覺她缺了兩顆門牙，有道疤痕蜿蜿蜒蜒跨越她的額頭。不知她是蛀牙呢，還是給她製造傷疤的人打掉了她的牙。

蜜絲蒂在停車場上走來走去，高舉手機，想要搜尋訊號。車子的每一扇門都打開了，喬喬側坐在後座，梅可娜趴在他身上，臉在他的頸邊磨蹭，嗚嗚咽咽地哭。喬喬柔柔輕撫著梅可娜的背，他倆的頭髮像是黏在頭頂。我把半瓶運動飲料倒進梅可娜的其中一個果汁瓶裡，伸出手臂。

「叫她過來。」

「小娜，過去。」喬喬說。他沒有看我，沒有看潮溼的天氣或空蕩蕩的馬路，只看著小娜。小娜開始哭，緊緊抓住他的上衣，用力到小小的指節都發白了。我把她抓起來放在膝上，坐到前座，小女孩下巴抵著胸脯開始啜泣，眼睛緊閉，小拳頭縮在下巴之下。

「梅可娜，」我說：「來，寶貝，妳要喝點東西。」喬喬高高站在我前方，兩手插在口袋裡，端詳著梅可娜。梅可娜不聽我說話，她打起嗝來，嚶嚶哭泣。「梅可娜，乖寶貝！」

我把吸吸杯的奶嘴塞進梅可娜的嘴裡，小傢伙咬緊了牙齒抵抗，別過頭去。我更用力抓住她，想抓緊她好讓她別亂動，她牛奶一樣柔弱的小小肌肉在我的手指下完全不受力，水球似地軟軟綿綿。我們就這樣纏鬥，她站起，坐下，後仰，扭動，嘴裡反反覆覆重複著同樣的幾個字。

「不要，喬喬。」

我受夠了。

「可惡，梅可娜！你有沒有辦法讓她喝一點這個？」我問。

喬喬點點頭，我在他點頭之前，已經把梅可娜抱給他了。不抱梅可娜，我的手臂輕得毫無重量。

梅可娜喝了四分之一杯，喝完就撲倒在喬喬肩上，一隻手臂繞著他的頸子揉搓。我等了十五分鐘，正當蜜絲蒂坐上駕駛座，綁好安全帶，準備上路，梅可娜又吐了，吐出來的東西是亮藍色的，正是運動飲料的顏色。

「我看妳安全帶解開吧！」我對蜜絲蒂說。她翻了翻白眼，解開安全帶，蹲坐在陰涼處的一塊水泥車擋上抽起菸來。「我們可能要在這兒待上一陣。」

我不希望梅可娜再次吐在車子裡，也不希望我被安全帶困在前座時，她在後座嘔心嘔肺，然後我們也只能再度停車來替她擦乾淨。熱氣和雨後的水蒸氣從停車場的柏油路面升起，喬喬側坐在車上，腳踩在路面，梅可娜吊掛在他身上。

「小娜，要不要躺下來？」他問：「躺下來會舒服一點。」

他把手滑到梅可娜的腋下，想要輕輕把她抱開，放在座位上，但梅可娜鬼針草似地死死巴著他，雙手和雙腳又黏又刺。喬喬放棄了，揉搓她的背。

「妳不舒服我也很難過。」喬喬說，梅可娜哭起來。喬喬揉搓梅可娜的背，梅可娜揉搓喬喬的背，我站在一旁，看著我的兩個小孩互相安慰。我的手發癢，恨不得做點什麼。我可以伸出手去摸摸他倆，但我沒這麼做。喬喬看起來既不知所措，又堅忍地默默承受，又有點像是快要哭了。我需要抽根菸。我蹲坐在蜜絲蒂身旁的水泥塊上，向她討了根菸。薄荷提振了我的精神，在我的脊粱堆疊起沙包。這事我能處理的。我等尼古丁在我體內像座平靜湖泊般輕輕拍打後，走回車子。

「再給她喝一點。」我對喬喬說。

三十分鐘後，她又吐了。我等了十五分鐘，再度對喬喬說：「再給她喝一點。」雖然梅可娜現在持續發出一種嗚咽聲，對她哥哥手裡拿的杯子感到莫名其妙，但喬喬還是照我說的，再給她喝了一些。二十分鐘後，她還是吐了。梅可娜悽慘地攀在喬喬身上，眨著眼看我。我站在車門內側，手裡拿著更多電解質水。「再給她喝。」我又這麼說，但喬喬坐在那裡，聽若罔聞，他的肩膀聳在耳朵旁，像是知道我失去耐性了，知道我想要打他。「喬喬。」我說。他顫縮了一下，沒理我。梅可娜流著鼻涕的鼻子和滴著口水的嘴巴在喬喬的肩上摩搓。「我不要，喬喬。」她說。加油站員工走出屋子，站在前廊，已經點起了菸。

「你們還好吧？」她問。

「妳有沒有治嘔吐的藥？兒童用的？」

她搖搖頭，燙直的頭髮在太陽穴旁飛舞，像昆蟲的觸鬚。

「沒有。老闆不進這種貨，他說最基本的商品就夠了。可是妳不知道有多少人來到這裡都暈車，都需要胃藥。」

加油站附近的野草一叢叢開著花，紫色、黃色、白色的花朵對著松樹點頭。我用手掌搭著梅可娜的後頸，她依偎在喬喬身上，喬喬坐在車子的行李箱上，抖著膝蓋，皺著眉望著我和蜜絲蒂。

「等等。」我說。我走下停車場，沿著一排樹走去。

阿母總是說，如果我仔細看，就會在世界裡找到我所需要的東西。打從我七歲起，阿母就帶著我在屋子四周的樹林走動，她會指出植物給我看，然後把那些草挖起來，或是把葉子摘下來，告訴我那些植物能治什麼病，或造成什麼傷害。風在樹頂高高地吹，但低處一切靜謐，只有我和阿母，阿母說：這邊這個是防風草，嫩葉可以跟芹菜一樣入菜，但是根更有用，可以熬藥來治感冒，做成膏藥的話，可以緩解瘀青、關節炎和膿瘡。她用散步時隨身攜帶的小鏟子在那株草的根部四周挖掘，抓住葉子把整株草拔起來，對折，裝進斜背在胸前的袋子裡。她在地面搜尋，又找到另一種植物，說：這個是野莧菜，老實說沒有什麼療效，但是可以做菜，跟菠菜一樣的做法，含有很多維他命，所以對身體很好。妳阿爸喜歡吃莧菜炒飯，他說他阿母以前會用磨碎的莧菜子做麵包，不過我沒試過就是了。帶著一天的收穫回家，路上她會考我。長大一些後，我較能夠記得她所說的，在小心翼翼跨著樹根邁步的當中，能夠較快答出她的題目。土荊芥，我會這麼說。當作菜裡的調味佐料，可以驅蟲。但我記不了全部。阿母每天都會特別指一種某個部位對婦女有益的植物給我看。前來找她、需要她的技巧和知識幫助的大多是婦女，因此她格外注意對婦女有益的植物。她會說：記住這種草的葉子可以泡茶，用來治經痛，也可以催經。我會別過頭，翻起眼去看松樹，但願我是坐在電視機前，而不是辛辛苦苦在林子裡穿梭，聽阿母談月經。但如今我走在空地上，往樹林裡張望，尋找乳草，我後悔當年沒有聽得更仔細些。我只記得乳草會開粉紫色的花，我後悔沒有記得更多。雖說乳草就生長在像這樣的土地上，並且在春天開花，我卻無論哪兒也找不到它綴著白珠的毛茸茸葉子。

阿母剛開始發現自己的身體出了問題，發現身體辜負了她的信賴，長出了癌細胞，最初是用草藥來自我治療。許多春天的早晨，我回到家，會發現她的床是空的，她到林子裡去了，去摘採商陸的嫩芽，慢呑呑地把大把大把的商陸嫩芽拖在背後拖回家。她每回都說：我跟妳說，我吃這個會好。我總是接過她的包袱，用手環抱住她的腰，撐著她上臺階，撐著她進屋，扶她坐在廚房的椅子上。我總是仍然因爲前一晚的作樂而亢奮，當我剁碎、清洗並且熬煮草藥，煮出一壺又一壺的茶給阿母喝時，藥物的快感會抖抖顫顫在我的血管流竄，像一首不和諧的歌。但草藥沒有治好她，她的身體一年比一年衰弱，終至纏綿床榻，再也不能起身，而我忘光了她所教給我的一切。我讓她的思想從我的腦中流瀉，眞相蓄積其中取而代之。有時無論你多麼仔細看，這個世界都不會給你你的所需。有時世界扣著你要的東西不給你。

如果這世界是個好世界，是個人住的世界，是個像邁可那樣的人不會鋃鐺入獄的世界，我就能找到野草莓。阿母若是找不到乳草，她就會尋找野草莓。我們明天早晨才要去接邁可，今晚會先在他的律師家過夜，我可以在他家熬煮野草莓葉。加點糖，加點食用色素，騙她說這是果汁。小時候我肚子不舒服時，阿母也都是這麼做的。

可是這個世界不是這樣的世界，這裡的土壤不夠鬆軟潮濕，路旁並沒有生長野草莓。但這個世界或許會給小人物一點點運氣，偶爾會發一點點慈悲，在我不理會蜜絲蒂從車窗伸出手臂比劃，嚷著「媽的妳別鬧了」，沿著路旁走了好些時候，已經看不見加油站時，我找到了野生黑莓。阿母說黑莓可以用來治療腸胃不舒服，但只能用於成年人，不過如果其他什麼也找不到的話，也可以泡成茶餵給孩子喝。不要太多，我記得她這樣說。用葉子泡。還是藤蔓？還是根？熱氣逼人，烘得我什麼也記不起了。我懷念晚春的涼意。

這個世界是這樣的一個世界，它給你一株黑莓，給你混沌的記憶，和一個吃什麼都吐的小孩。我跪在路旁，抓住帶刺的莖最靠近泥土的部位，使勁拔。藤蔓刺著我的手，劃破我的皮膚，擰出了點點鮮血，染紅草葉。我的手掌發疼。十二歲初經來潮時，阿母告訴我，這個世界是這樣的，它把活人唬得團團轉，把死人變聖人，而在這中間，則無時無刻不折磨著他們。這話聽來殘酷，但阿母說這話時，我在她的臉上看見希望。她以為只要她教給我盡可能多的草藥知識，只要給我一幅根據她所認識的世界來描繪的地圖，我就不會迷航。她認為世界是根據上帝的旨意所規劃的，處處都有靈。但年輕時我討厭她，討厭她教我那些知識，討厭她把希望寄託在不該寄託的地方，後來則討厭她即使世界害她得了癌症，把她像條乾布一樣絞成虛脫，任她瓦解潰散，她仍然相信世界是好的。

我跪下來，坐在自己的腿上，天氣像血脈一樣鼓鼓跳動。我揩揩眼睛，把塵土抹上了臉，抹得視力都迷濛了。

譯注

1 Deepwater Horizon，英國石油公司（BP）位於墨西哥灣的鑽油井，二〇一〇年發生爆炸，洩漏大量石油，對墨西哥灣生態造成嚴重影響。

2 grits。玉米粥也是美國南方常見的食物。

3 Beauvoir，美國南北戰爭時期美利堅邦聯（the Confederate States of America，亦即南方邦聯）總統戴維斯（Jefferson Davis）的宅邸。

第五章
喬喬

小娜一定要吃點東西才行。我們重新上路之後，小娜一直哭，一下弓起背，一下又腦袋往後倒，在座椅上彎曲成拱橋，一路尖叫，我看得出來她非吃點東西不可。我看得出來她的胃有點問題，一直弄得她不舒服，她要放點東西在胃裡才行，所以我把她從安全座椅抱下來，讓她坐在我腿上，我以爲這樣她會舒服一點，可是沒有。她的吼叫有小聲一點，哭聲沒有那麼尖那麼高了，痛苦的刀刃沒那麼利了，可是她還是一直用腦袋撞我的胸部，腦殼敲著我的骨頭，感覺好單薄，我的肋骨交接的地方是石頭，她的腦殼像陶碗一樣，一不小心就會敲碎。莉歐妮把她摘來的草放在她和蜜絲蒂之間的扶手上，過了一分鐘又一分鐘，走了一英里又一英里，那些黑莓葉子越來越枯萎，根散成一絲絲，根上的泥土成團成團掉下來。小娜又哭又吼。我不希望莉歐妮給她吃那個怪東西，我知道她覺得應該要讓她吃，可是她不是阿嬤，也不是阿拔，她這輩子沒治好過什麼東西，也沒養活過什麼東西，她根本就不懂。

我六歲的時候，她買了一條泰國鬥魚給我。因爲我每天跟她講一樣的事，告訴她我們教室有好多魚缸，裡面養了泰國鬥魚，紅的紫的藍的綠的，懶洋洋在魚缸裡游來游去，色彩斑爛好漂亮，然後顏色就變淡了。有一次她出去了一整個週末，禮拜天帶了一隻回家。我從禮拜五就沒看到她了，她跟阿嬷說要去買牛奶和糖，然後就沒回來了。回來的時候，她嘴角的皮膚又乾又脫皮，頭髮倒豎在頭上，像一圈毛茸茸的濃密光環，身上有溼溼的乾草味。魚是綠色的，就像松針的顏色，尾巴上有紅泥色的條紋。我把牠取名叫泡泡巴比，因爲牠一直吐泡泡。我趴在魚缸上看的時候，可以聽見牠嚼魚飼料的嘎吱嘎吱聲。魚飼料是莉歐妮裝在一個樣本大小的袋子裡帶回來的。我想像有一天我趴在魚缸上，聽到的不是嘎吱聲，而是有字眼從泡泡裡蹦出來，嘶嘶嘶浮到水面，跟我說：大臉仔，我要光，還有愛。可是那一小包魚飼料吃完後，我拜託莉歐妮再買一些，莉歐妮說好，然後就忘了，下次又說好，然後還是忘了，一次一次都這樣，最後有一天她說：拿點放久了的麵包餵牠。我想牠得要嚼嘎吱嘎吱的東西，舊麵包沒有用，所以一直吵著要莉歐妮買飼料。巴比越來越瘦，吐的泡泡越來越小，有一天我走進廚房，巴比浮在水面上，眼睛是白的，蒙著一層像油脂一樣黏黏的薄膜，泡泡裡沒有聲音。

莉歐妮只會把東西弄死。

車窗外，樹木變少了，樹的樣子也變了，樹幹變成比較短、比較粗，樹葉變成比較綠，不再是黑黑尖尖的松針，而是大片大片的葉子，濃密得幾乎糊成一片。外面有田地，是髒髒的綠色，低矮的植物像毛刷一樣豎立在田間，樹在田地之間排列成細細的直線。天黑了，外頭的田地跟樹林都變成黑色，我把嘴巴湊近小娜的耳朵，對她說起故事來。

「妳看見那邊的樹沒有？」她哀哀呻吟。「那些樹的底下有個洞。」她哼哼唧唧。「洞裡面住著兔子，其中有一隻小兔子，是最小最小的兔子，牠的毛是咖啡色的，牙齒小小白白，就像口香糖。」小娜安靜了一秒鐘。「牠的名字叫小娜，跟妳一樣。妳知道牠做了什麼嗎？」小娜聳聳肩，重新趴到我身上。「牠最會挖洞了，挖得又快又深，有一天，天黑黑的，來了一場好大的暴風雨，兔子家的洞淹水了，小娜就開始挖洞，一直挖一直挖，挖挖挖挖挖挖，妳知不知道後來怎樣了？」小娜猛抽一口氣，然後轉頭面向我，嘴巴伸進我的上衣裡，吸了更多口氣。我揉揉她的背，在她的背上畫圈圈，揉得好像可以把她的痛、她的不舒服、讓她生病的隨便什麼東西全部揉掉一樣。「牠挖呀挖呀挖，隧道越挖越長，水沒有淹進小娜挖的隧道裡，可是牠還是一直挖一直挖，最後牠從地面冒出來，妳知道然後怎樣了嗎？」小娜把指甲戳進我的手臂，身體抬起來一點點去看窗外，指著黑黑的田地和那排底下有兔子洞的稀稀疏疏樹木，說：「然後天黑了！」她又重新倒回我的懷裡。「不對，小兔子看到灰灰的穀倉、胖胖的豬、紅紅的馬，還有阿拔和阿嬤。牠一路挖挖挖，挖到我們家去了，小娜。牠看到阿拔和阿嬤，好愛他們，所以決定住下來了。我們回家的時候，牠會在家裡等我們喔！妳想不想看牠？」我問小娜，但小娜睡著了。她抽動了一下，有一瞬間，我想我知道她作夢夢到什麼，然後我就不再繼續想了。她身上臭臭的，有汗水和嘔吐物的味道，可是頭髮有椰子味，以前阿嬤會給她的頭髮塗椰子油，現在我幫她綁馬尾巴的時候，也會用兩顆小棉花球在她腦袋兩邊塗椰子油。我擋掉腦袋裡她變成像兔子一樣小，在溼溼的土地裡挖洞的畫面。我不想要知道那個夢。

我們下了高速公路，走上一條市區道路，深藍色的天空轉身背向我們，蓋上了一條黑毯子。世界縮小成車子的兩個大燈，大燈是兩隻角，帶領著汽車這頭老獸穿越黑暗，一跛一跛走向林子裡的另一塊空地。阿拔老是跟我說，如果叫動物去做牠天生該做的事，就可以信賴牠一定做得好，譬如說在爛泥巴裡翻找東西，或是在田地裡跑步，或是飛翔。阿拔說，不管動物被馴養成多乖，天生的野性還是會跑出來。小娜現在就是最野性的時候，是一隻長了蟲的貓咪，在我的懷裡蠕動。樹林露出了大片的空地，我們終於停進一個院子。這個地方跟上一個地方不一樣，不是像森林縣那裡那樣，有一堆房子擠在一塊兒，這裡只有一棟房子，而且是很大間的房子，前面這一側有一整排窗戶，每扇窗戶都有暖洋洋的黃色光線透出來。莉歐妮把車子停下來，蜜絲蒂下了車，揮手叫我們跟上來。我抱著小娜走到門廊，小娜在睡覺，用嘴巴呼吸，咻咻打著鼾。靠近看的時候，我才發現房子的油漆一條一條剝落，裡面露出像麥克筆畫線一樣細的棕灰色。窗子有點霧霧的，就跟我的魚死在裡面的那個水一樣渾渾濁濁。種在門前階梯兩邊的紫藤在土壤裡紮根紮得很深，枝幹長得跟肌肉發達的男生手臂一樣粗，扭曲纏繞在欄杆上，織成一張掛在門廊前面的厚厚門簾。這個東西的野性跑出來了。蜜絲蒂敲敲門。

「進來吧！」有一個男的在裡面像唱歌一樣回應，背後有音樂聲飄盪。

這個人很大隻，他在廚房裡煮麵條，要做義大利麵。我的嘴巴變成水汪汪的，我從來沒有這麼餓過。

「很香吧？」那個人一邊朝我們走過來，一邊說。他走路蹦蹦跳跳的，好像是用腳尖在走路。他穿一件長袖的白襯衫，可是袖子捲到手肘上。襯衫就跟他的門廊一樣，領口都脫線了，前面有綠色油漆一樣的東西斑斑點點潑在上面。他的廚房是綠色的，我從來沒有看過綠色的廚房。然後我才聞到義大利麵醬的味道。醬汁在爐子上燒，那個男的攪拌的時候，醬汁從鍋子裡彈跳起來，濺在他的手臂上，他用舌頭舔掉。他丟進鍋子裡的麵條慢慢沉下去了，麵條的底部軟掉，所以麵條從鍋子邊緣滑下去消失了。那個人舔他毛茸茸手臂的時候，我皺起眉頭來。他的頭髮往後梳，綁成一根小小的馬尾，跟小娜一樣短短的馬尾，翹起來。「我猜你們應該都餓了。」他說。他是我看過最白的一個白人。

「你猜對了。」蜜絲蒂一邊說，一邊跟那個人抱抱，還轉開了臉，所以她是對著他潑濺了油漆的襯衫說話。「那個小的生病了，所以我們到得比較慢。」

「啊，對啦，那個小女孩！」莉歐妮看起來好像想要叫他小聲點，結果她什麼也沒說。「她……」那個男的頓了一下，然後才說：「黏黏的。」現在莉歐妮看起來好像很想要揍他。阿拔說那是她的驢脾氣表情。「那這位年輕人有沒有生病呢？」雖然說他看著我的時候，臉上好像帶著一點點悲傷，我不知道爲什麼，可是我現在已經比較喜歡他了。

「沒有。」莉歐妮說。她說話的時候，手臂叉在胸前。「我們不餓。」

「胡說。」那個人說。

「莉歐妮。」蜜絲蒂說。她看著莉歐妮，我知道那種表情，那種表情是在說話，只不過不是用嘴巴說。可是我看不懂莉歐妮的眉毛、嘴唇、頭往前面點然後長長瀏海掉進眼睛裡的意思。總之不管蜜絲蒂說的是什麼，莉歐妮看懂了，而且點頭回應。

「我們會一起吃。」莉歐妮清清喉嚨。「不曉得我能不能借用你的爐子？我有東西要煮一下。」

「當然沒問題，親愛的，當然沒問題。」

靠近的時候，我聞到那個人身上好像有一種幾天沒洗澡的味道，但不是霉味，是一種既香甜又怪異的味道，好像甜甜的酒放在熱氣裡放太久，開始變質，變成醋了。

「抱歉，艾爾，我說句粗話，我他媽的快餓死啦！」蜜絲蒂笑笑地說。

我坐在客廳裡，小娜還在睡覺，小口小口的氣熱熱噴在我的衣服上。房子的屋頂是挑高的，每一面牆都是書架。客廳裡沒有電視，廚房裡有個收音機，蜜絲蒂坐在廚房的檯子旁邊，喝一杯艾爾從一個玻璃罐倒給她的酒。音樂全都是小提琴大提琴的聲音，在屋子裡一下子漲得高高，一下子又弱下來，好像暴風雨快要來之前墨西哥灣裡的海水。莉歐妮從車子走回來，一隻手拿著她摘的草，半路上被鋪在木頭地板上的地毯絆了一下。那個地毯上面有紅色、橘色、白色的花紋，磨得很破舊，都脫線掉毛了。有一包東西從莉歐妮的襯衫底下掉出來，掉在地毯上，包在皺皺牛皮紙裡面的東西掉到外面來。那是一大包清澈的碎玻璃，我看過那個東西，我知道那是什麼東西。蜜絲蒂不知道說了什麼好笑的話，那個男的正在笑，莉歐妮看都不敢看我一眼，火速把東西掃回包裝裡，撿起那個包包，撲倒在廚房櫃檯上，把那包東西從桌上滑過去給蜜絲蒂，蜜絲蒂又把東西交給艾爾。艾爾拿起那包東西，往空中一拋，然後就像變魔術一樣，把那包東西變不見了。

艾爾原來是邁可的律師。

「那個男生大概是他這個年紀。」艾爾一邊說，一邊把袖子往上推，往我指了一下，然後皺起眉頭。「他們認爲他在學校裡賣大麻。」

蜜絲蒂大口大口喝她的飲料。

「妳知道他們把他怎樣了嗎？」

蜜絲蒂聳聳肩。

「把他跟另外兩個同年紀的男生，他的死黨，帶到校長室，叫他們脫掉衣服褲子讓他們搜身。」

蜜絲蒂搖搖頭，頭髮在她的臉旁邊晃來晃去。

「眞夠不要臉的。」她說。

「這樣是違法的，根本就違法。我義務幫他們打官司，但是學校可能會逃過一劫，法院可能給他們訓斥一頓就算數了。可是我不能接受。」他聳聳肩，喝了一口飲料。「追求正義是一條漫漫長路。」

蜜絲蒂點點頭，一副聽得懂他在講什麼的樣子。她先前解開了馬尾巴，讓頭髮散下來，所以現在不管是搖頭還是點頭，她都搖得很用力或點得很用力，頭髮就跟松蘿菠蘿一樣又漂亮又萎靡，在她的背上搖來搖去。艾爾把客廳裡所有的燈都開亮了，蜜絲蒂鬆開了襯衫領口，襯衫垮下去，她的肩膀在客廳的燈光下，變成一個發亮的燈泡。她喝得越多，頭髮就搖晃得越厲害。

「就盡力就是了。」艾爾碰碰蜜絲蒂的肩膀，舉起酒杯。「妳覺得這酒怎麼樣？不錯吧？我就說這個年分好。」

「你幫我那死鬼打官司打得怎樣了？」蜜絲蒂往艾爾的方向靠過去，揚起眉毛，笑嘻嘻地問。

「還算順利啦，還算順利。」艾爾往後仰一點，避開蜜絲蒂，笑了一下，又重新往前靠回來，比手劃腳地告訴蜜絲蒂他怎樣想辦法幫忙畢沙脫身。

莉歐妮坐在沙發上，坐在我旁邊，手裡拿著吸吸杯。她把那株黑莓草切開，然後把根和葉子拿來煮，差不多花了半個小時。我低著頭把盤子裡的義大利麵掃進嘴巴裡，幾乎連嚼都沒有嚼就唏哩呼嚕吞掉，就在我吃的時候，莉歐妮用一個鍋子煮根，另一個鍋子煮葉子，然後放涼。她叉著手站在流理檯旁邊，瞇著眼睛自言自語，然後把兩個鍋子的東西各倒了半杯到小娜的杯子裡。那個水是灰色的。我把最後一口麵掃進嘴裡，把盤子拿去沖水，放進洗碗機裡。洗碗機裡有一股酸味。我看著莉歐妮，她問艾爾有沒有食用色素和糖，艾爾有，莉歐妮就在吸吸杯裡放了幾瓢糖和幾滴食用色素，把杯子搖來搖去，搖到杯子裡的東西看起來就像混濁的沖泡式果汁。然後她坐到小娜旁邊，小娜正躺在沙發上呼呼大睡，莉歐妮用鼻子搓她，想要把她弄醒，可是每次她親小娜的耳朵和脖子，叫她起來，小娜都伸出手抱住莉歐妮的脖子往下拉，像是要叫莉歐妮躺下來，跟她一起睡，像是不想要被吵醒。

這讓我害怕起來。

「起來啦，梅可娜！」莉歐妮說。她把小娜拉得坐起來，小娜睜開眼睛，然後就像莉歐妮在廚房把那包東西滑給蜜絲蒂的時候一樣，又撲倒下來，嗯嗯啊啊地哀叫，想要重新躺回去。「妳渴不渴？」莉歐妮把杯子放在小娜面前，小小聲地說：「來，喝一下。」

「不要。」小娜拍掉杯子，杯子從莉歐妮手裡飛出去，順著地板咕咚咕咚滾。

「她不想喝。」我說。

「不是想不想的問題。」莉歐妮對我翻了翻白眼：「是需不需要的問題。」

我想告訴她：妳根本就不懂草藥。還想告訴她：妳又不是阿嬤。可是我沒說。憂慮在我的心裡咕嘟咕嘟往上冒，就像滾水已經滾到鍋子的邊緣，就快要溢出來了。可是我想說的話卡在喉嚨裡。她可能會揍我。我小時候常頂嘴，八、九歲的時候，常常在大庭廣眾下頂嘴。有一次她打了我一巴掌，從此以後，只要我張開嘴巴頂嘴，她就打我巴掌，打得好用力，用力到感覺像是用拳頭揍的一樣，會把我打到手摀著臉歪到一邊去，有一次在超市，把我打得跌坐在走道上。所以後來我就不頂嘴了。可是她不會做草藥，我擔心小娜。兩年前我得了腸胃炎，嚴重到連從沙發上爬起來去上廁所都辦不到。阿嬤叫莉歐妮去樹林裡摘一種草藥，用根熬茶，她就照做了。因爲是阿嬤叫她弄的，所以我相信她，雖然那個茶喝起來像橡膠，我還是喝了。可是莉歐妮一定是摘錯草了，或者是熬藥的方法錯了，我喝了那個之後病況更嚴重了。她把那個渣籽很多的苦苦的東西倒在後門的臺階上，幾天以後，我把她給我喝的東西還有腸胃炎的細菌都排掉了以後，我看到後門階梯旁邊有一隻死掉的流浪貓，皮膚上長了癰，身體已經爛掉了。莉歐妮倒在臺階上的東西在地上積成了一灘水，那隻貓喝了那灘水。

莉歐妮撿起杯子，湊到小娜的嘴巴前面。

「妳渴了嘛，對不對？」莉歐妮說。那不是在問她話，是在幫她回答。小娜咳了幾聲，伸手去抓杯子。我的腋下刺痛而且流汗，我很想要抓起吸吸杯，跟小娜一樣把它扔開，摔到房間的另一頭，然後從莉歐妮鬆鬆環抱小娜的臂彎裡搶走小娜，可是我沒這麼做。小娜開始吸吮吸吸杯的奶嘴，然後舉起杯子，咕嘟咕嘟喝了起來。我覺得我好像輸掉了一場我自己都不知道自己在比的比賽。

「她睡一睡就會好了。」蜜絲蒂說：「說不定只是暈車而已。」

小娜很渴，她喝掉了半杯，用力扯著吸吸杯的奶嘴，嘴唇嘟起來，像吸吮奶瓶一樣。喝飽了之後，她鬆開手，杯子喀啦掉在地上，然後她手腳並用從沙發另一頭爬過來，爬到我身上，抓住我的手，說：「下去。」意思是起來。她希望我講故事。我靠向前去。

「我廚房裡還有另一支更好的酒。」艾爾看著莉歐妮說：「我們晚上可以來品一品。」

「我不反對。」蜜絲蒂說。

「再看看好了。」莉歐妮說。她看著坐在我腿上的小娜。我還沒開始說故事，小娜不耐煩了，開始扭來扭去哭，就跟在車上還沒有吐之前一樣。「她不舒服。」

「我跟妳說，八成是暈車。讓她睡一睡就會好了。」蜜絲蒂說：「她沒事的啦！」然後她看著莉歐妮，好像同時在說兩件事，嘴巴說一件，眼神說另外一件。「妳開了一天的車，休息一下、放鬆一下，不是很好嗎？」

我還沒看懂莉歐妮的表情。她伸出手來摸摸小娜的頭髮，想把它壓平，可是頭髮馬上又彈回去。小娜躲開她的手。

「也許妳說得對。」莉歐妮說。

「妳知道我小時候把頭伸出車外吐了多少次嗎？多到數不清。小傢伙沒事的。」蜜絲蒂說。看來這次蜜絲蒂說的話打中莉歐妮的心了，因爲莉歐妮重新坐回去。我和她之間隔著一堵牆。

「邁可也有嚴重的動暈症。他不能坐後座，不然就會想吐。」現在莉歐妮覺得這個說法很有道理。「一定是他遺傳給她的。」

「我就說吧！」蜜絲蒂點點頭，艾爾也點點頭，他們幾個同時點點頭，站起來，往廚房走去。我帶小娜去艾爾先前指給我們看、要給我們過夜用的臥室，臥室裡有兩張單人床。小娜的上衣聞起來有酸味，我幫她脫掉上衣，從臥室旁邊的浴室拿了塊布弄溼，打上肥皂，幫小娜擦身體。她的身體很燙，就連小腳丫也燙，好燙。我把她全身的衣服都脫掉，只剩下小內褲，然後跟她一起躺在其中一張單人床上，她把她的小手臂放在我的肩膀上，把我拉向她，就跟我們每天早上醒來的時候一樣。「睡覺覺。」她說。

我靜靜躺著，等到廚房裡的音樂靜下來，我聽見他們幾個走出門到後院的門廊去，沒有玻璃杯碰撞的聲音了，沒有喝酒了。我猜他們現在正在打開莉歐妮帶來的那包東西。我躺在那裡，躺到我再也受不了，然後爬起來，把小娜抱到浴室，手指頭伸到她喉嚨裡去催她吐。小娜掙扎著不讓我弄她，拍打我的手臂，對著我的手哭，抽抽咽咽，可是什麼話也沒有說出來。我催吐了三次，讓她的嘔吐物從我的手上越過去，吐出來的東西跟她的身體一樣燙，紅紅的，而且聞起來甜甜的。我催吐了三次，催到我自己都哭起來，她一直尖叫。我關掉燈，回到臥室，用我的衣服幫她擦乾淨，跟她一起躺在床上。我好害怕莉歐妮會走進來，發現浴室裡那些紅紅的嘔吐物，發現我讓小娜把她煮的藥全部吐光光。可是誰也沒進來。小娜抽著鼻子，打起瞌睡來，在睡夢中打著嗝。我用肥皂和水清理浴室裡的髒東西，把浴室清得跟原本一樣潔白。清理的過程中，我的心跳得好厲害，厲害到耳朵都可以聽到心跳的聲音，因爲我知道小娜在說什麼，我知道。

我愛你，喬喬，你為什麼要這樣對我？喬喬？喬喬哥哥！哥哥！

我聽見她說話了。

我努力想睡著，可是好幾個小時都睡不著，只能躺在那裡聽小娜的呼吸。外面樹林裡某個遙遠黑暗的地方有狗在叫，那是一種乾咳的聲音，聲音裡飽含了憤怒，還有尖利的牙齒。這整個聲音的最中心，是恐懼。我小一點的時候，想要養一隻狗，我拜託阿拔給我買一隻狗，可是阿拔說，自從他待過甘可仁以後，就再也沒辦法養狗。他說出獄之後他有試過要養狗，可是不管是獵狗還是雜種狗，他養的每一隻狗都在養的第一年內死掉。阿拔說，他在甘可仁的時候，自從開始管監獄裡用來追逃獄囚犯用的獵狗之後，不管他醒著、睡著、吃飯還是做什麼，都只聞得到狗屎味，也只聽得到狗叫聲，吠叫、嚎叫、哮叫，恨不得把什麼東西撕碎的叫聲。阿拔說，他想要把阿財也弄來管狗，這樣他就不用下田了，可是沒成功。我閉上眼睛，想像阿拔坐在房間角落裡那張椅背高高的椅子上，脊梁挺直，手像樹根，說著故事給我聽，用說話來幫助我入睡。

有一天太陽好大，好像要把人扭乾，扭得人裡面都翻到外面來了，除了發熱以外什麼事也做不了。那是好悶熱的一天。我們這邊不一樣，我們這邊隨時都有風從海上吹過來，可以緩解那個熱。北部那邊沒有海風，只有田地連綿不絕，樹都太矮了，葉子也不夠多，都沒有樹蔭。太陽那麼大，太陽底下每樣東西頭都低低的，男人、女人、騾子，在上帝之下，每樣東西都俯首稱臣。就是這樣的一天，那個小孩的鋤頭斷掉了。

他應該不是故意弄斷的。我跟你說過，他瘦得不得了，不像你這麼壯，所以他一定是鋤到了石頭，或者是身體靠在鋤頭上，把它壓斷了，總之就是斷掉了。肯尼要我放狗在田地上跑，訓練牠們辨認氣味。阿財拿著斷成兩截的鋤頭走路的時候，我剛好在他那塊田地上繞圈圈。他把把手的那一半放在泥土裡拖，後面就拖出一條小小的軌跡，跟著他一直到樹林的邊上。我們的班長，就是規定每日工作進度的人，有點像工頭那樣的，看到阿財了。他騎在騾子上，看著那個小孩的背影，看起來越來越光火，像蛇要攻擊獵物之前，會先纏成小小、伏得低低的，然後才跳起來發動攻擊。我慢慢繞著那塊田地，繞到離阿財夠近的地方，去壓低聲音跟他說話。

「小子，鋤把撿起來，班長在看你了。」我說。

「反正不管怎樣他都會揍我的。」阿財說，可是他還是把鋤把撿起來了。

「誰說的？」

「他自己說的。」

那孩子走路的樣子像若無其事，但眼神看起來很緊張。他來到甘可仁的時候，身上就有傷疤了，那些傷疤告訴我，他很清楚挨打是怎樣一回事，不管是他阿母拿皮帶的扣環甩他，還是有個什麼男人揍過他，總之他是挨過打的，但我想他還不瞭解被鞭子抽的滋味，還不知道黑安妮皮鞭[1]的厲害。

我的看法沒錯。太陽下山，大家吃過晚飯後，巡佐就把他綁在豎在營地邊緣的杆子上。那天好熱，熱到就像太陽還在天上一樣，那個小孩大字形趴在泥土地裡，兩手兩腳被綁在四根杆子上，鞭子劈啪一聲劃過空中，落在那個小孩的背脊上，他像小狗一樣哀號，嚷叫得好大聲。之後他就是這樣一直叫，一直叫一直叫，每一記鞭子落下來，他就嚎叫一聲，從地上撐起背，轉過頭，像是想要看看天空。他叫得像一隻快溺死的小狗。他們把繩子解開的時候，那孩子的背上都是血，七道鞭痕張開大口，像菲力魚片一樣一條一條。巡佐叫我處理一下他的傷，我就幫他清洗傷口，他趴在地上，臉埋在泥土裡吐，我沒叫他別吐了。巡佐給他一天的時間休養，可是他們派他回去下田的時候，那些傷口根本就沒有半點快要好的跡象，還流著血，血從他的上衣滲出來。

我幾乎聽得見阿拔在這個暗暗的房間裡說話。小娜吐的時候，我開了熱水水龍頭來遮掩她吐的聲音，後來又用熱水清理浴室，所以現在房間裡感覺又熱又悶。我想阿拔這時候會動動身體調整姿勢，會撐著手肘，講話聲音會像煙一樣從黑暗裡冒出來。我撥開小娜額頭上的頭髮，她冒著汗。阿拔每次說起阿財挨鞭子，就會說起他的上司肯尼，肯尼是管獵狗的頭頭，就在阿財挨鞭子的第二天，肯尼逃跑了。

那天，肯尼．華格納最後一次越獄。那是一九四八年，肯尼從甘可仁的槍械室偷了一把機關槍，就這樣帶著槍大剌剌地從監獄大門走出去，典獄長氣炸了。

「讓那個該死的傢伙逃脫第三次，你說我這個典獄長的臉要往哪兒擺？你要不想丟飯碗，就去給我把他抓回來。放狗去抓！」他對巡佐說。

巡佐看著我，我就帶了最精良的幾隻出去——斧頭、阿紅、長柄和阿月，都是肯尼取的名字。我把狗放出去，開始追蹤，可是那些狗不想要追蹤餵養牠們的人，頭一個撫摸牠們、一手把牠們帶大的人。牠們在野外傷心地慢吞吞兜著圈子，在陰沉的天空下，在細細的樹幹之間鬼鬼祟祟地穿梭。我跟在牠們後面走，肯尼的蹤跡很清晰，可是我被這些狗拖慢了速度，結果一天過完了，我只能回去告訴巡佐，這些狗不肯追蹤牠們的主人。

第二天，這個巡佐和另外兩個巡佐，還有一幫模範槍手，一群人跟著我一起出動，但結果還是一樣。那些狗聞到了那個混帳的味道，覺得他是牠們的老大，牠們不會去狠咬他，因為牠們睡覺的時候，夢見的是他，是他紅紅的大手和灰灰的嘴巴，他身上的汗臭味對牠們來說，就跟媽媽耳朵的氣味一樣親切。

我看得出來莉歐妮沒睡覺。她昨晚根本沒進房間，今天早上，艾爾的音響還在廚房裡響著音樂，他們三個人看起來都皺巴巴的，衣服也皺，頭髮也皺，臉也皺。莉歐妮愣愣看著她對面的空椅子，所以我抱著小娜進來的時候，她沒看到我。小娜的頭枕在我的肩膀上，通常她會吵著要狗狗（她喜歡用熱狗當早餐），或是指著窗外，扯著我的手說，阿拔。可是今天早上我醒來的時候，她摸著我眼睛正下方的臉頰，表情很嚴肅，都沒笑，小小的手像被火燒過但熱度正在慢慢退去的棍子，又紅又黑。我走進廚房的時候，小娜對著我的脖子呼吸，小團小團的氣噴在我的脖子上。我摸摸她的背，然後莉歐妮終於注意到我們了。

「爐子上有麥片粥。」莉歐妮說。他們三個都在喝咖啡，又濃又黑的咖啡。「她還有沒有再吐？」

「沒有。」我說。莉歐妮又在看那張空椅子。「可是她身體很燙。」

莉歐妮點點頭，可是她沒有看我，她在看那張椅子，揚起眉毛，好像有人跟她說了什麼讓她吃驚的話，可是艾爾跟蜜絲蒂兩個正湊在一起，嘰哩咕嚕講悄悄話，莉歐妮沒參與他們的對話。

我走到鍋子旁邊，看見麥片粥的邊上結了硬皮，燒焦成鍋巴，中心則因爲冷掉而凝結成凍。

「我們去接妳家那口子吧！」蜜絲蒂說，然後他們就全都站起來了。

「可是他們還沒吃早餐耶！」艾爾說：「他們會餓吧！」

「我不餓。」我說，而且我的嘴巴裡有一種口香糖嚼太久、嚼成了糨糊的味道。我想去監獄的路上，我可以在後座吃點昨天偷來的食物，緩解一下胃裡的研磨攪動。如果小娜肯吃的話，我也會偷偷給她一點。她趴在我懷裡，熱得像火燒，頭子貼著我的頸子，下巴抵著我的鎖骨。她的腿像掛在鉤子上的動物屍體一樣盪啊盪。

「我們去接你爸吧！」莉歐妮說。

監獄裡都是矮矮的水泥建築，田地裡有帶鉤的鐵絲網橫橫豎豎交叉，路一直往前延伸，延伸到好遠好遠。有一段時間，路幫我們指出了住在這裡的人都在哪裡。這裡沒有路標，田地裡什麼也沒有，沒有牛，沒有豬，沒有雞。有作物開始出現，是作物的寶寶，看起來很小，好像營養不良，好像永遠不會長大，可是有很大一群鳥在天空盤旋，拍著翅膀往下俯衝，動作整齊優雅，像一隻大水母。小娜對著我的耳朵嗚咽，我一面聽著她嗚咽，一面看著一整群鳥飛來飛去，一面看到我們經過一座老舊的木頭路牌，上面寫著：歡迎來到密西西比州甘可仁，然後是一張廣告牌：要喝就喝可口可樂！可是我們在停車場下車的時候，鳥已經轉向北方，拍著翅膀飛越地平線了。我聽見牠們啁啾聲的末尾，所有的鳥齊聲說話，我眞希望我也可以感受到牠們的興奮，感受到高高升起、衝進藍天、翱翔萬里、踏上歸途的快樂，可是我唯一感受到的是胃腸裡有一顆硬梆梆的球，像榔頭一樣重。

到了眞正的監獄宿舍之後，莉歐妮和蜜絲蒂在一個本子裡簽了名字，就有人把我們帶到一個房間，房間裡的牆壁都是空心磚做的，漆成黃色。蜜絲蒂跟著警衛穿過房間另一頭的一扇門，我們幾個則在房間裡的一張桌子旁邊坐下，桌子旁邊圍著矮矮的長板凳，感覺好像我們一邊等邁可，還可以一邊野餐，可是眼前沒有餐點，也沒有野餐墊，頭頂上只有長麻子的白色天花板，沒有天空。屋子裡很悶熱，比外面還悶熱，好像沒有冷氣，可是莉歐妮搓著臂膀。她俯身向前，揉揉眼睛，把臉上的頭髮往後撥，有一瞬間我好像看到了阿拔，看到他平平的額頭，還有他的鼻子跟臉頰。我肚子裡的榔頭扭了一陣，然後莉歐妮皺起眉頭，撥開的頭髮彈回額頭前，她又變回莉歐妮。小娜嗚咽起來，我好想回家。

「果汁。」小娜說。我看看莉歐妮，揚起眉毛，張大眼睛，皺起眉頭，問一個沒有聲音的問題。莉歐妮搖搖頭。

「現在不行。」

她伸手碰碰小娜，手指頭滑過小娜的後頸，可是小娜嚷著不要，縮到我懷裡，硬硬的頭殼抵著我，鼻子擠在我的上衣裡，想要躲開莉歐妮的手。我看著莉歐妮皺起的眉頭，看得好專心，結果邁可來到門口我都沒發現。他的左右兩邊各有一個警衛，警衛在門口停住，門打開，邁可走出來，門又哐噹關上，然後忽然之間，邁可就在我們面前。邁可來了。

「寶貝。」他說。我知道他不是叫我，也不是叫小娜，而是叫莉歐妮一個人，因爲垂下手臂轉過身的人是她，站起來腳步僵硬走向邁可的人是她，邁可擁抱的人也是她。邁可的手臂環住她，像一張糾結成一團的床單，糾結得越來越緊越來越緊，緊到好像站在那裡的只有一樣東西，只有一個人而不是兩個人。他的脖子、肩膀和手臂都比我記得的要粗，比警察把他抓走之前胖。他們兩個都在發抖，小小聲地互相講話，聲音低得我一個字都聽不見，就這樣像樹一樣，在風裡面抖抖顫顫，窸窸窣窣。

出獄的手續比我想像中快，可能文書作業早就先辦好了。蜜絲蒂還在另一個房間跟畢沙講話，可是邁可說：「我在這裡多待一分鐘都受不了，我們走吧！」我還沒回過神來，我們已經走出大門，回到黯淡的春日陽光下了。莉歐妮跟邁可互相摟著對方的腰，我們回到停車場的時候，他們兩個停下來互相親了一陣，是那種開著嘴巴、溼溼的親親，舌頭都舔到臉上去了。邁可看起來跟他進監牢的時候很不一樣，可是骨子裡他還是同一個邁可，脖子和手也都還是邁可的脖子和手。他的手揉著莉歐妮的背，手勢就跟阿嬤以前揉麵團的手勢一樣。小娜指著籠罩在霧裡的田地說：「喬喬。」我抱著她越過停車場，走到靠近田地的地方。

「妳看到什麼了，小娜？」我問。

「好多小鳥。」她說，然後咳嗽幾聲。

我往田地看過去，沒看到鳥。我瞇起眼睛，有一剎那我看到一排又一排的人，個個彎著腰，在田地裡摘採東西，看起來像一大群烏鴉吱吱喳喳降落在地上，啄食地上的蟲子，其中有一個人比其他人都矮小，他直勾勾看著我。

「看到小鳥沒有？」小娜問，然後把頭靠在我的肩膀上。我眨眨眼，那些人就不見了，只有霧氣滾滾流動，在一望無際的田野上飄蕩，然後我聽見阿拔告訴我有關這個地方他所願意說的最後一段故事。

阿財被巡佐痛扁過後，我跟阿財說：「你的背要保持乾淨。」我找來乾淨的布敷在他的背上，又從放獵狗用品的儲藏室偷了新的布來幫他換，用長長的布條纏在他身上，他的皮膚又燙又流著膿。

「太多泥沙了。」阿財說。他的牙齒咯咯打著顫，所以講話都斷斷續續。「到處都是，田地裡都是。不是只有在我背上，阿河，我嘴巴裡也都是泥沙，所以嘗不到味道，耳朵裡都是泥沙，所以聽不大到聲音，鼻子裡喉嚨裡也都是，所以不大能呼吸。」

然後他就喘不過氣來，跑出了我們這群模範槍手的營房，朝著泥土地嘔吐起來。然後我才記起他年紀有多小，有些大白齒都還沒從牙齦裡長出來。

「我作夢都會夢到泥沙，夢到我用一根好長好大的銀湯匙吃泥沙，可是吞的時候吞錯了洞，泥沙跑到肺裡去。我在外面田地裡工作的時候，一整天都頭痛，一直發抖，都停不下來。」

我摸摸他窄窄的背，按了按其中一個傷口，看有沒有膿汁，檢查看看是不是發炎了，才會讓他發燒又發冷，可是傷口只有流出一點點清澈的液體，然後就沒有了。

「有點不對勁。」我自言自語。那個小孩跪在泥土地裡，面對著他自己的嘔吐物，聽著模範槍手在巡邏中互相吆喝。他搖著頭，好像我問了他什麼問題一樣，頭從右邊搖到左邊，

右邊搖到左邊，然後他說：

「我要回家了。」

「看到小鳥沒有？」小娜問。

「看到了，小娜，我看到了。」我說。

「小鳥走掉了。」小娜說。然後她往前靠過來，用兩隻手揉我的臉，我還以爲她要告訴我什麼神奇的事，某種祕密，上帝捎來的消息。她說：「肚肚，喬喬，肚肚痛痛。」

我揉揉她的背。

「我都還沒跟你們打招呼呢！」有個人說，我轉過身來，是邁可。他看著小娜。

「哈囉！」他說。

小娜緊繃起來，用兩隻腳夾緊我，兩隻手抓住我的耳朵往外扯。

「不要。」她說。

「梅可娜，我是妳爸爸呢！」邁可說。

小娜把臉埋進我的脖子，開始發抖，小小的震顫感覺像是貫穿了我的胃腸。邁可垂下手，我聳聳肩，往邁可的後面看過去，他鬍子剃得很乾淨，臉色有點發白，眼睛有黑眼圈，額頭的頂端曬傷了。他的眼睛像小娜的眼睛。莉歐妮站在他後面，放開了他的手，改成摟他的腰。邁可把手伸到後面去摸她。

「她要慢慢才會跟你熟起來。」我說。

「我知道。」他說。

我們回到車上以後，莉歐妮拿出她的小冰桶，開始發三明治給我們。那個律師一定是在我和小娜還沒起床之前幫我們做了三明治，是用裡面有一大堆堅果的那種黑麵包做的，麵包中間夾了臭臭的起司，還有跟面紙一樣薄的火雞肉片。我吃得超快，快到氣都喘不過來，然後在大口跟大口的中間打起嗝來，吞下去的東西卡在喉嚨裡。莉歐妮皺著眉頭瞪我，可是說話的是邁可：

「兒子，吃慢一點。」

兒子，他把這兩個字說得那麼輕易。他的臂膀放在駕駛座的椅背上，手握著莉歐妮的頸背，輕輕地搓，柔柔地捏。有點像我小時候，阿嬤還能走路的時候，我跟阿嬤逛超市，在貨架中間的走道走來走去，阿嬤也會這樣抓住我的頸背。如果我太興奮，譬如說來到收銀臺前面，看到一大堆糖果，太興奮了，阿嬤就會捏捏我的脖子，不會捏很重，力道剛剛好提醒我，我們在店裡，旁邊白人很多，我要注意規矩，還有要告訴我，她在我背後，陪著我，愛著我，就在我身邊。

如果我沒在打嗝，就要賞邁可一記衛生眼，可是我打嗝打得好嚴重，快要不能呼吸了。我想起阿財，想起他在一排一排的泥土中間是不是也是這樣的感覺，那些泥土在他眼前一定像是一路延伸到了地球的盡頭，這個地方一定感覺像是沒完沒了永無止境。可是就連我大口大口呑，想要趕快把嘴裡的東西呑掉，好讓呼吸順暢一點，卻又有一個嗝震震顫顫跑出來的時候，我也知道那個小孩的感受一定更糟。

開始下雨了，是好小好小的雨，像是從一個水壺輕輕噴出水來，空氣變成白色，什麼東西看起來都模模糊糊的。我還想再吃一個三明治，可是邁可坐在蜜絲蒂本來坐的地方，慢條斯理吃他的三明治，先撕下一口三明治，再放進嘴巴裡。邁可搬進阿拔阿嬤家住的時候，阿拔就提過這點。他跟阿嬤說，小邁吃東西的樣子，好像食物配不上他一樣。阿嬤聽了搖搖頭，剝開一顆胡桃，挖出裡面的肉。我們那時候並肩坐在門廊的鞦韆上，我現在還是好餓，所以想像得到胡桃的味道，果仁外面有粉粉的沙粒，苦苦的，可是果肉溼溼甜甜。阿嬤知道我偷吃，可是她沒管我，讓我吃。律師做的三明治只剩下一個了，可是蜜絲蒂還沒吃，我只好呑了呑口水。

「有沒有水？」我問。

莉歐妮遞給我一個水瓶，一定是律師給她的。塑膠瓶很厚，上面印著山的圖樣。水是溫的，一點都不冰，可是我太渴了，喉嚨都黏住了，所以管他冰不冰。打嗝停了。

「你妹妹吃完沒？」莉歐妮問。

小娜已經在安全座椅上睡著了。因爲邁可也要坐車，蜜絲蒂只好跟我擠後座，所以我不得不把小娜的汽車座椅移到中間。小娜手裡還拿著半個三明治，手指頭把三明治抓得緊緊的，腦袋往後仰，燙燙的，鼻子流著汗，鬈鬈的頭髮越來越黏成一束一束。我把三明治從她手裡拔出來，結果一拔就出來，雖然她咬過的地方溼溼的，我還是把剩下的三明治吃了。

「大部分吃完了。」我說。

「她看起來好很多了。」莉歐妮亂講，小娜看起來一點都沒有好很多。可能有好一點點，可是沒有好很多。「我就知道黑莓會有效。」

「她怎樣了？不舒服嗎？」邁可問。他的手不再動來動去了，他轉過身來看我們。我停下咀嚼的動作。在密閉的車子裡，在灰撲撲霧濛濛的光線下，他的眼睛是翠綠色的，就像春天長出嫩葉的樹一樣翠綠。邁可不再摸她了，莉歐妮好像很失望，她把身體橫過座椅，靠向邁可。

「應該只是一點點腸胃炎，或者是暈車。我給她吃阿母教我的草藥療法，現在比較好了。」

「妳確定她有比較好嗎，寶貝？」邁可仔細地觀察小娜，我吞掉小娜的最後一口三明治。

「我覺得她臉色看起來還是有點黃黃的。」

莉歐妮像笑又不像笑地呵了一聲，往小娜比了一下。

「她臉色當然黃黃的，她是我們的小孩啊！」莉歐妮笑了起來，雖然是笑，聽起來卻不像笑，笑聲裡沒有喜悅，只有乾乾的空氣和長不出草的硬硬紅黏土。她沒理我們，轉回身去，望向擋風玻璃外，擋風玻璃上面沾滿昆蟲屍體，所以黏黏的。因爲她沒看我們，所以沒看到小娜驚醒，眼睛圓睜，然後嘩一下嘔吐，一大堆黃黃咖啡咖啡黏黏塊狀的東西從她嘴巴裡噴出來，噴得前座椅背上到處都是，小小的腿上也到處都是，還有她紅白相間的藍色小精靈T恤還有我身上也到處都是，因為我正想要把她從安全座椅抱出來，抱到我腿上。

「沒事的，小娜，沒關係，沒事了。」我說。

「妳給她吃的藥不是治這個的嗎？」蜜絲蒂說。

「寶貝，我就跟妳說她臉色不大好。」邁可說。

「去你媽的氣死我了！」莉歐妮說。有一個瘦瘦黑黑的男生站在我這一側的車子旁邊，脖子很長，爆炸頭上東禿一塊西禿一塊。他看著小娜，然後又看我，小娜哇哇嚎哭起來。

「小鳥，小鳥。」小娜說。

男生把頭伸進車窗，他的輪廓很模糊。他說：「我要回家了。」

譯注

1 美國南方蓄奴時代，奴隸主慣常對奴隸施以鞭笞，以為懲罰，或逞其施虐癖好。奴隸解放後，監獄內仍以鞭笞作為懲罰手段。甘可仁（亦即帕奇曼Parchman，即密西西比州立監獄）即藉鞭笞維持紀律，對服刑中囚犯的各類大小過錯施以次數不等之鞭笞，並將一條三呎（約九十公分）長、六吋（約十五公分）寬的皮鞭命名為「黑安妮」（Black Annie）。

第六章
阿財

這個小孩是阿河的孩子，我知道。打從他走進這個農場裡，打從那輛有凹痕的紅色小車轉進停車場，我就聞到了。我循著氣味找到這個皮膚黝黑、頭髮鬈曲、坐在後座的男孩時，四周的草都發出了顫顫幽幽的悲鳴。就算他沒有樹葉在河底分解成泥土的氣味，沒有飽含了沉積物和水及螃蟹、魚、蛇、蝦之類小動物骨骸的支流河水氣味，我還是可以從他的外型分辨得出，他是阿河的孩子。鋒利的鼻梁，沼澤底一般墨黑的眼眸，和阿河一樣筆挺、柏樹一般堅強不屈的骨骼。他絕對是阿河的孩子。

他回到車上時，我再一次宣告，我知道他是阿河的孩子。我是從他抱那孩子的模樣看出來的。那個生病的金黃色小女孩，他抱她的模樣像是他以爲自己可以纏捲包覆她，可以把骨骼肌肉化作屋舍來保護她，保護她不要被大人傷害，不要被一望無際的天空傷害，不要被長滿草、淺淺埋著眾多墓塚的廣袤大地傷害。他就像阿河一樣努力保護人。我想告訴他：小子，你保護不了的。但我沒說。

我只是把身體蜷縮起來，坐在汽車的地板上。

最初，我在一個半明半暗的陰沉日子裡醒來，周遭是一叢松樹苗。我記不起自己是如何跑去蹲伏在松針堆中的，豬毛一般軟而尖的松針刺著我的腿。四下既不熱，也不冷，走起路來猶如在微溫的灰濛水中泅泳。我繞著圈踱步，不明白自己何以停留在這個地方，不明白何以每當我走到苗圃的邊際，來到松樹生得較高、較粗、顏色較深、帶刺的綠色藤蔓糾結成網的地方，我就轉身往回走了。在那個永不結束的日子裡，我看著樹梢搖擺，努力想記起我是怎麼來到這裡的，在來到這個地方、來到這個安靜的棲息地之前，我是誰？但是我記不起。我看見一條白蛇，粗如我的臂膀也長如我的臂膀，從樹底的陰影盤繞滑行而出，我在牠面前跪下。

你來了，牠說。

松針戳著我的膝頭。

你想離開嗎？牠問。

我聳肩。

我可以帶你離開。牠說，但你得要自己想離開才行。

帶我去哪裡？我問。我被自己的聲音嚇了一跳。

上面，牠說，到處走走。

為什麼？

有些東西你需要看一看，牠說。

蛇揚起白色的頭，在空中擺動，接著如油漆溶解在水中一般，牠的鱗片一排排緩緩轉爲烏黑，最後成了星辰與星辰之間那片空曠穹蒼的顏色。牠的兩側伸出小小手指，手指長成翅膀，兩扇貨眞價實的黑色翅膀，覆滿鱗片。兩隻有爪的腳從牠腹底穿出，插入土中，尾巴縮小成扇形。牠成了一隻鳥，但又不是鳥，沒有羽毛，渾身是黑色鱗片。是隻長了鱗片的鳥，一隻有角的禿鷹。

牠縱身一跳，落在最幼小的一棵松樹頂端，怒髮衝冠，烏鴉也似呀呀啼鳴起來，在這片寧靜之地聽來粗糙刺耳。

過來，牠說，上來。

我站著不動。牠的一枚鱗片脫落，羽毛般輕盈飄落地面。

撿起來，抓住，牠說，然後你就會飛了。

鱗片如銅板大小。我緊緊握住，鱗片在我的手裡發燙，我飄升起來，腳尖踮起，轉眼就離了地面，飛了起來。我跟著那隻有鱗的鳥，升高，升高，遠遠飛去，飛進了天空的滾滾浪花之中。飛翔就像在洶湧翻騰的河水中漂浮。那鳥如今在我的身側，是地平線上一個聒噪的污漬，有時又在我的頭頂，像頂皇冠。我展開四肢，有一股笑意在體內蠢蠢欲動，但到了喉頭就胎死腹中，因爲我記起來了，記起了從前，記起我曾經如此大字形趴在泥土地裡，一群男人圍著我，弓著背鞭笞我，還有一個十幾歲少年站在我的肩旁，高高站在長長的陰影之中。阿河，阿河，當那些男人鞭打我的背，當我哭泣、嘔吐、將塵土嘔成泥漿的時候，我感覺得到他在那裡，知道在他們把我鬆綁之後，他會揹我回去。我的骨頭細如針尖，我的肺毫無作用，他把我揹回我的小床，俯身照顧我，讓我胸中某種水母般柔軟而焦躁的東西鼓鼓跳動。那是我的心，他是我的兄長，我的父親。

我從飛翔中墜落，回憶把我拉向地面。那隻鳥憤怒尖叫。我落在一塊棉花田裡，棉花樹一排又一排，連綿不絕，許多男人彎著腰，沿著成排棉花樹快步疾走，像寄居蟹，彎腰，摘採。我看見這塊田地與其他田地的邊緣有建築物群聚，朝地平線的盡頭一路延伸。那隻鳥朝男人的頭頂俯衝，成群的人消失了。這是當年我被使喚奴役的地方，也是當年我挨打的地方，也是當年阿河保護我的地方。那隻鳥落到地面，鳥喙插入黑色的土壤中，我記起了我的名字：阿財。我記起了這個地方：甘可仁監獄。我也記起了那個人的名字：紅河。我墜落，潛入土壤，土壤如海浪退開，我鑽進去，緊緊依偎。我需要土壤的黑手將我緊緊擁抱，需要不再看見上面的人，不再看見往日回憶。但回憶還是來了。我消亡，卻又重新存在。那枚鱗片在我手中發燙，我沉睡，醒轉，升到地面，在監獄田地裡揀著路徑小心行走，潛伏在營房裡，在一張又一張的臉孔上方盤桓，想要找到阿河。他沒有在那裡。人們離去，回來，又離去，新的人進來。我鑽入地底，沉睡，在混濁的微光中醒來，我的時間是以那些黝黑臉孔的來去與地球的轉動來計算，直到那生著鱗片的鳥回來，引領我到那輛車旁，引領我看見坐在汽車後座的那個與我同年紀的男孩，喬喬。

我想告訴那孩子，我認識生他的男人，我比這孩子更早認識他，我認識他的時候，他叫紅河。囚犯們叫他阿河，因爲他的阿爸和阿母就是把他取名爲阿河，囚犯們說，他像河一樣，什麼事都能兵來將擋，河水一樣不畏烈日與風雨，越過樹幹與殘樁。他們把他的名字加了個紅字，那是指他的膚色——他的膚色是河岸的紅土。

喬喬不知道的事可多了，我有一籮筐的故事可以告訴他。阿河所述說的我和甘可仁的故事，是一件被蟲蛀蝕的襯衫，被啃囓成鬚了，衣服的形狀還在，細節卻都抹去了。我可以幫他補起缺口，可以把襯衫修補成新的，只除了尾巴，除了結尾。但我可以告訴這孩子我所知道的有關阿河和狗的事。

肯尼逃跑之後，典獄長和巡佐告訴阿河，狗群從此就由他管理。他輕鬆以對，好像由他管或不由他管，他都不在乎。他們派他管狗的時候，我聽見獄友們說，尤其是老鳥們說，打他們有記憶以來，打從他們進到這裡以來，管狗的人總是年紀大一點的白人。雖然有些白人和肯尼一樣越獄，然後因爲逃亡，或是因爲殺了人、強暴了人或重傷了人，又被抓回甘可仁，巡佐還是會挑選他們來訓練狗。只要他們稍有一點點這方面的才能，就會被派任這項差事，即便他們有脫逃的危險，即便他們在牢獄內外都做過天地不容的事，狗鍊還是歸他們管。那些老鳥縱然都是凶狠殘暴的白人，看見阿河變成未來要追緝他們的人，都深覺受辱。他們不喜歡由阿河來管狗，他們說，讓黑人拿槍做模範槍手，這樣很不尋常。他們說：這樣違反自然，不過甘可仁本來就是違反自然的。可是讓有色人種去管狗不是很正常，這樣做是不對的，狗和黑人之間一向是有樑子的，他們被教養成敵對的兩方，奴隸要防著流口水的獵狗追捕，罪犯要躲避牠們。

但是阿河對動物很有一套，巡佐看出來了。阿河沒辦法叫狗去追肯尼，巡佐不介意，他知道沒有別的白人囚犯管得動這些狗，因此要讓這些狗保持敏銳，阿河是訓練牠們的最佳人選。這些狗很愛阿河，阿河只要一走近，牠們就變成軟綿綿、傻呼呼的。我有看到，因爲阿河請他們把我從田裡調到他手下，幫忙他管狗。他看出來我挨鞭子之後身體變多虛，他覺得我的背癒合得這麼慢，如果放我自生自滅，我可能會做出什麼傻事來。他說，你很聰明的，個子小又靈巧。他跟巡佐說，讓我下田工作是浪費了我這個人才。

可是我沒有阿河那種對付狗的天分，我覺得我有一點點討厭且害怕狗，狗也知道。狗看到我，不會軟綿綿地對我撒嬌，而會豎起尾巴，挺直背脊，靜止不動。清晨天還沒亮的時候，牠們看到阿河，會蹦蹦跳跳吠個不停，可是看到我，就定住成石頭。阿河對牠們伸出手，好像他是個牧師，牠們是他的信眾。牠們安靜聆聽，可是他並沒有說話。這些狗在藍色的曙光中聚在一起凝住不動，神情中有著一種崇敬。但是我照阿河說的，伸出我的手，等著牠們適應我的氣味、聽我命令，牠們卻怒氣沖沖地發出咯咯聲。阿河說，阿財，要有耐心，牠們會適應你的。但我不大信。雖然狗討厭我，雖然我仍然在太陽只是天邊一抹微光的時候就起床，雖然我仍然成天扛水扛飼料，跟在那些笨狗後面奔跑，我卻感覺比先前快樂，比先前輕盈，身體幾乎都好了。我知道阿河沒有告訴喬喬，因爲我也沒有告訴阿河，當我奔跑的時候，風好似吹著我前進，我感覺風似乎會把我提起來，高高托起，拋向空中，帶我遠離這個狗屎犬舍、這塊遍布傷疤的田地，遠離這些囚犯、模範槍手和巡佐，遠遠飛到天上去。風會帶我走。夜裡我躺在小床上，阿河幫我清洗背上的傷口，那些隨風飄起的時刻就像黑暗中的螢火蟲，在我身邊閃閃熠熠。我把這一把金黃色的瀅瀅亮光抓在手中，捧在胸前，吞入腹中。

我會這麼告訴喬喬：那是一個沒有希望的所在。

豬下巴回到甘可仁之後，情況變得更糟了。他們叫他豬下巴，是因爲他塊頭大，皮膚又白，活像一頭兩百多斤重的豬。他的下巴是稜角分明的方形，嘴巴是條細細長長的直線，那下巴如同野豬的下巴，可以用來攻擊人。他殺過人，這是人盡皆知的事。他曾經從甘可仁逃獄過一次，後來犯了暴力罪行，用刀或槍殺了人，又被送回來。白人就是要殺了人，才會回到甘可仁，就算他是因爲越獄才得以逍遙法外也一樣，越獄不會被抓，殺人才會。豬下巴殺過很多人，但是他回來之後，典獄長派他管狗，當阿河的頭。典獄長說：「叫有色人種管狗是違反自然的事。有色人種沒有管理的本領，天生不是做主人的料。」他說：「黑鬼唯一拿手的事就是幹奴才。」

我再也不感覺輕盈了。我奔跑著去搬運東西的時候，不再有如與風競速，生活中不再有如螢火蟲般在黑暗中瀅瀅閃爍的時刻。豬下巴身上有臭味，像餿水一樣的酸腐氣味，他看我的樣子很怪，不大對勁。我起先沒察覺，直到有一天，我們在野外訓練狗，豬下巴說，小子，跟我來。他要我跟他到樹林裡，我們要訓練狗把獵物逼上樹。豬下巴要阿河帶個口信去給巡佐，訓練工作由我和豬下巴兩個進行就好。豬下巴把手輕輕放在我的背上，他老是抓著我的肩膀，那手硬得像豬蹄，總是捏得好緊，緊到讓我感覺背都要彎曲了，整個人快要折腰、快要跪下來。阿河狠狠瞪了豬下巴一眼，那天他站在我前面，說：巡佐需要他。他看著我，頭朝農場的方向點了點，說：小子，快走，快。我頭也不回轉頭就跑，死命地跑，跑進黑暗中。隔天早晨阿河把我叫醒，告訴我我不再是他管狗的助手，我要回去下田了。

我想告訴車裡的男孩這件事，我想告訴他，他阿爸[1]一次又一次試圖要救我，可是他救不了。喬喬把那個金黃色的小女孩摟在懷裡，小女孩玩弄他的耳朵，他對著小女孩悄聲細語，喃喃的呢噥聲猶如平靜海灣裡浪濤拍打著船，這時我明白了，他的血液裡還有另一種氣味。這就是他與阿河的不同之處，那氣味比底層深黑豐饒泥土的氣味更強烈，那是海水中鹽分的氣味，鹽在滷水中沸騰的氣味，那氣味在他奔流的血液中汩汩跳動。這是他能夠看見我，而除了小女孩之外的所有人都看不見我的部分原因。那汩汩的悸動支配了我，我身不由己，猶如漁夫坐在一艘船上，沒有引擎，沒有槳，只能隨波逐流。

但是我什麼也沒對那男孩說。我安安穩穩在汽車地板上凌亂散落皺巴巴的紙和塑膠之間坐下。我像那隻生著鱗片的鳥一樣蹲伏，把那枚燙手的鱗片緊緊握在手中，等待。

譯注

1 喬喬將外公稱為Pop。英文中的Pop一字既可指稱祖父，亦可指稱父親，因此在不清楚對方相對的年齡差異或確切關係時，有時不易分辨Pop是指祖父或是父親。此處原文看似阿財誤以為Pop是喬喬的父親。

第七章
莉歐妮

因爲氣味難聞，我們不得不開著窗。我把置物箱裡所有的餐巾紙都拿來清嘔吐物，但梅可娜看來還是像身上沾著油漆，而且把喬喬也抹得一身髒，但喬喬不肯把梅可娜放下來，也就無法把自己身上擦乾淨。「我沒關係，」喬喬說：「我很好。」他一直重複這話，反而讓我看出這話不是眞話。我腦子裡可以從邁可身上轉開的一點點心思知道喬喬說的不是事實，他不好，他很擔心梅可娜。喬喬一直看著蜜絲蒂，蜜絲蒂半個身子伸在車窗外，對車子裡的氣味抱怨連連（「妳永遠也除不掉這個氣味了。」她說），蜜絲蒂先前抱怨時，喬喬的臉色明顯不快，我以爲此刻映在後照鏡裡的他也同樣會滿臉怒意，但今天他的面容裡有另外一種神色，在他圓睜的雙眼和抿成無影無蹤的嘴唇裡，有另外一種神色。

我們一夥人帶著渾身的嘔吐味、鹽味和麝香味縮在前廊，邁可敲門，艾爾開了門。

「嗨！出獄手續這麼快呀？」艾爾說。

他手裡又拿著一根湯勺，頸子上圍圍巾似地掛著毛巾。他家如果有打掃阿桑的話，我眞同情那位阿桑，因爲我相信他從來不洗他的鍋碗瓢盆，只是把用過的堆疊在流理臺上。他沒在辦公的時候，想必都是在燒菜。

「梅可娜還是吐。」蜜絲蒂用肩膀推開我們所有人擠過去，走進大門。

「那可怎麼成？」艾爾說。他退開一步，好讓我們全部的人進門。喬喬走在最後，梅可娜不肯放開他，他也不肯放下梅可娜。

「壁櫥裡有乾淨毛巾。」艾爾說：「你們大夥兒梳洗梳洗，我借蜜絲蒂用一用，去店裡買個藥。」蜜絲蒂點點頭，終於能夠搭一輛沒有灑滿嘔吐物的車，她似乎如釋重負。「食物櫃裡有麵包和薑汁汽水。」艾爾說：「我不知道昨晚我怎麼會沒想到要去買藥。」艾爾凝視著地毯，然後抬起頭來，用毛巾揩揩臉。「喔，我想起來了！」他對著我和邁可笑臉盈盈：「因爲我的訪客和她們帶來的伴手禮讓我太驚喜，我頭昏眼花了，對吧？」

邁可伸出手。他的手因爲在甘可仁農場操勞而結了繭。他在甘可仁照管乳牛和雞，也種菜。他告訴我，典獄長覺得放著密西西比河三角洲的肥沃土壤和一大批好手好腳閒閒沒事做的壯丁不用太可惜，決定重新開始讓囚犯務農。這給了邁可靈感，他在信裡告訴我，他喜歡務農，等他出獄，不管我們最後住在哪兒，他希望我們能弄個小花園，即使只是在水泥平臺上擺一堆花盆也行。我的手插在土壤裡的時候，就什麼煩惱也沒有了，他說，就好像我是用手指在和上帝說話一樣。艾爾的手看起來大而柔軟，他和邁可握手時，手像個大封套，把什麼都包進去了。

「謝謝你！」邁可說：「謝謝你為我和家人做的一切。」

艾爾聳聳肩，低頭看看彼此的手，本來已經很紅的臉更紅了。

「那是我該做的。」艾爾說：「我也得到了很棒的酬勞，我才要謝謝你！」

蜜絲蒂和艾爾離開後，我把邁可的衣服剝光，也叫喬喬脫掉上衣，把一堆衣服全丟進艾爾的洗衣機裡。他的洗衣機是直立式的，看起來很酷，我花了五分鐘東按按西扭扭，才搞清楚要如何操作。梅可娜洗澡時全程尖叫個沒完，眼光一直瞟向喬喬，我因此動作有些太過粗暴，用肥皂大力搓洗她清瘦的小小腹部和腿和背部，從頭髮裡挑出塊狀物體，用毛巾狠狠搓洗她的臉，搓去黏糊糊或結成硬塊的穢物，也搓去淚水，力道有點過猛，因為我氣炸了。阿母長年戴著一只橙色手環，她自己親手用橙色紗線編織而成的，上面串著橙色的小小珠子，每天放在她的裙子口袋中，若是我或阿賜幹了什麼蠢事，比方阿賜頭一回喝醉酒，帶著一張臭嘴回家，把她種在門廊的草藥吐得一塌糊塗，或是我誤把她種在花園裡的草藥當成雜草拔了，阿母就會抓著那只小小的橙色手環禱告。我會聽見她喃喃地說：聖女大德蘭[1]啊、坎德拉里亞聖母[2]啊、歐雅[3]啊。我不懂法文，只聽得出零零星星幾個字，但偶爾她也以英語祈禱，我聽見過許多次，也聽懂了：掌管風、閃電、暴風雨的歐雅女神呀，毀壞我們的思緒吧！用妳的暴風清洗這個世界吧！用妳裙襬的風粉碎並翻新這個世界吧！我問她這禱詞是什麼意思，她說：憤怒只用來揍人是不對的，所以就祈禱憤怒能颳起一陣暴風，來把人世間的道理給颳出來。

「聖女大德蘭啊！」我低聲說。「歐雅啊！」我一面說，一面沖掉梅可娜身上的肥皂泡。我舀了一杯水，從她的頭頂淋下去，她哀哀痛哭起來。我用一條毛巾裹住她，毛巾的底部泡在水裡，吸了水的毛巾變得沉甸甸。我把梅可娜抱出浴缸，她的雙腳踢個不停，我恨不得揮手揍她。不要讓我白白氣這一場，我心想。顯現一點人世間的道理給我吧！但什麼道理都沒有顯現，我擦乾梅可娜的身體，因爲她狂踢亂舞，所以我跳過了搽乳液的步驟，用肩膀推開喬喬，從他身邊走過。喬喬正在洗臉鏡前清洗他的前胸，我知道他也正像藍樫鳥媽媽一樣，在一旁虎視眈眈，只要我對梅可娜的動作有個什麼閃失，他就會飛撲過來啄我。萬一我眞的情緒失控，狠揍起梅可娜仍然溼溼黏黏又發著燒的屁股，他隨時準備衝過來代她挨打。瘦的男孩子在他這個年紀通常有兩種發展，一種是身材拉長，變得更瘦、更精實、更堅硬，另一種會在這個年紀胖起來，然後用青少年早期的全部時間來學習如何挪動被荷爾蒙充氣膨脹的龐大身軀。喬喬是這兩種形式的混合，所有的脂肪都集中在腹部，手臂、胸和臉卻安然躲過，因此穿著上衣時，他看來和小時候一樣清癯。從他清洗自身的樣子我看得出，他對此感到羞赧。他不知道，但我知道，過個幾年，隨著他長高長壯，那個小肚腩會自動一層一層消失掉，他會脫胎換骨，長出一副和邁可一樣四肢勻稱、和阿爸一樣瘦長高䠷的身材。

「肥油中間的皺褶要洗乾淨。」我說。他像挨了打一般抖顫一下，往鏡子的方向縮了縮。能夠使一使壞，閃過那個我不能揍的小孩，而把怒氣發洩在另一個小孩身上，感覺眞好。我從來就不配當那個小孩的媽，他也從來沒把我當個媽，只當我是莉歐妮。他喊這三個字的聲調，就和我這輩子聽阿母、阿爸，甚至阿賜喊的一樣，是滿懷失望的聲調。梅可娜是個哭泣的包袱，我把包袱扔在床上，用毛巾擦乾。她仍然踢著腳尖叫哀號，這會兒喊起喬喬的名字來，我恨不得賞她一巴掌，或兩巴掌，只要夠給她一點點教訓就好，但我怕我會欲罷不能，聖女大德蘭呀，幫助我，我會停不了手。我扔下哆嗦的梅可娜，走到門邊，對著浴室裡的喬喬大吼。喬喬的雙手塞在腋下，手臂像美式足球護墊一樣橫在胸前，站著看我們。

我對他吼：「幫她穿衣服，哄她睡一下午覺。不准離開這個房間！」

我甩上門。

我衝出走廊，看見邁可站在乳白色的微光中，怒氣轉瞬間化爲繞指柔情，我禁不住噤了聲，停下腳步，唯一能做的只是看著他走遍了房間的每一個角落，然後聳聳肩。

「他家沒電視。」邁可說：「他住這麼大一間老豪宅，居然沒電視。」

我大笑，就好像南方路途上那個砸壞電視的小屁孩也和我們一起在房裡似地，搗亂使壞想必帶給他戰慄快感，如今那快感浪潮一般湧過我的身體。

「他有比電視更好的東西。」我說。

壁爐很大，飾條的邊緣都發黑了，油漆脫落得像蛻皮的蛇。壁爐臺上放著三個有蓋子的陶罐，呈現著至少五種不同色調的藍色。像海一樣，昨晚艾爾這麼說。我不是說妳們那個海，說真的，那個地方根本不該叫海灣，那個水的顏色根本是水溝水的顏色。我指的是真正的海，像牙買加、聖露西亞、印尼、賽普勒斯那樣的海。他笑一笑，化解掉對墨西哥灣的侮辱，指指壁爐臺兩端那兩只較大的甕，說，老爸和老媽。然後他把中間那只較小的甕從薰得焦黑的木頭架上往前拉，拿下來抱在懷裡。這個是我的寶貝，我的摯愛。接著他拿出包裹說，她在這裡和我們一起開趴。蜜絲蒂興奮地吼了一聲。此時此刻我也掏出了包裹，邁可看來像是恨不得轉頭就跑，但隨即又像是我手上拿著他最愛的食物——焗烤通心麵——現在他想吃了。但是他沒有吃，而是抓住我的手，把我拉向他，抱住我，對著我太陽穴上的頭髮重重呵氣，呵得髮絲飛揚起來。五分鐘後，我們都茫了。

這可能是嗑藥造成的，但也可能不是，他全身都是眼睛和牙齒和舌頭。他的額頭抵著我的額頭，他低垂腦袋，在禱告，聲音太低了，我聽不見，但後來我感覺到了。「莉歐妮，樓妮，歐妮，歐。」他說。他的聲音揚起又褪去，手指出現又隱沒又出現，我的皮膚搔癢，刺痛，熱燙，灼燒。我已經許久沒有這種感覺了，胸口一忽兒虛空，一忽兒脹滿，一忽兒是一道塵土飛揚的乾燥溝渠，一忽兒又湧滿了春日驟雨過後的滔滔溪水，山洪爆發。沒有話語，一個男人包圍我，穿透我，祈禱，靜默，祈禱，又靜默，他不只是個男人，他的頭髮閃亮而蓬亂，眼眸晶亮而清澈，他渾身是火，口含金光，手是烈焰，倒三角的臂是悶燒的煤炭。水與火。洗淨。重生。蒙福。如此這般，是的，如此這般，是的。

我到艾爾那間冰冷潔白沒有沐浴設備的廁所尿尿，聆聽孩子們的聲音，什麼聲音也沒有。我走回客廳，窗戶把空氣中的塵埃照耀成金黃色。有件什麼事情不大對。邁可對著我嘻嘻笑，摸著頸子上我剛剛吸吮的地方，說：「妳好像種了顆草莓。」不是阿賜的阿賜身穿黑色上衣，垂頭彎腰坐在沙發的另一端。他揮著手，要我去坐在他倆之間。快感流竄過我的周身，卻又沉降消失。我坐了下來，邁可用溫暖而眞實的手捧起我的臉，他的唇貼上我的唇，我再一次開展全部的自己，失去語言，失去文字，在被渴望、被需要、被碰觸、被擁在懷裡的感覺中失去自己，而由於擁我在懷中的人也正是需要我、碰觸我、看見我的人，我爲此驚異讚嘆。我想，這是個奇蹟，因此我閉上了眼，不去理會不是阿賜的阿賜，他正滿面哀傷地坐著，嘴巴是個淺淺的顰眉。我想著邁可，眞實的邁可，好奇若我們再生個孩子，那孩子會不會比梅可娜更像他？如果我們有另一個孩子，我們的感情就不會再出問題了。

我以爲當我把嘴從邁可的嘴中抽開時，不是阿賜的阿賜就會不見了，但他的確不坐在沙發上了，卻改爲站在壁爐臺旁，看來就和我兩腿之下的邁可同樣眞實，卻又與那些骨灰罈同樣動也不動。邁可喘息呻吟，用一隻手揩臉，頸子和胸膛通紅，身上的雀斑如螞蟻的咬痕一般紅腫。

「甜蜜寶貝，妳是怎麼把我弄得神魂顛倒的呀？」他說。

我不知道該如何回答，因為不是阿賜的阿賜正專注地看著我，等著我給他答案，因此我什麼也沒說，只是搖搖頭，把臉埋進邁可的頸子裡，把邁可的氣味深深吸入體內。這樣地活生生。這樣地存在於此時此地。我但願當我坐起來時，不是阿賜的阿賜會回到他不糾纏我時待著的地方，回到我嗑藥時腦子前去召喚他的哪個詭異角落，回到空洞的虛幻中去。但阿賜沒有走，他站在兩個孩子房門外的走廊，背靠著牆在地板上坐了下來，用手搓著臉。

「我愛你。」我對邁可說。他捧著我的臉，又吻了我一次。不是阿賜的阿賜皺起眉搖了搖頭，好像我說錯了答案。我看著在我之下的邁可，不理會那個鬼魂，完全不往孩子房間的方向看，因此蜜絲蒂和艾爾不在的那一個半小時剩下的時間中，不是阿賜的阿賜只不過是我眼角餘光中一個淺淺的污漬，坐在孩子們的房門外守護孩子。但邁可撫摸著我的背和頭皮，這才是最重要的。

他倆糾纏在一起，梅可娜整個人包裹在喬喬身上，頭枕在他的胳肢窩，手臂橫過他的胸，腿壓在他的肚子上。喬喬則是把梅可娜摟在懷裡，前臂蜷縮在梅可娜的腦袋下方，繞過她的頸子，另一隻手臂則橫過兄妹倆的身子，平直抵著她的背。他的手呈保護狀態，堅硬如護牆板。但他倆的臉龐讓我同時興起兩種感覺——他倆的臉龐彼此相向，睡眠使他們表情寧靜，幾乎流露出一種嬰兒肥，肥得既柔軟又坦率，使我很想讓他們繼續沉睡，好讓他們繼續耽溺於他們所體驗到的感覺之中。阿賜想必也曾經這樣抱著我睡覺，我們想必也曾經口對著口呼氣，吸進相同的空氣。但另一方面我卻恨不得狠狠搖醒喬喬和梅可娜，恨不得彎下腰大吼一聲，把他倆嚇得坐起身來，我就用不著再看見他倆旋向彼此，像植物跟隨著太陽在天空中的挪移而旋轉。他倆是彼此的光。

「醒醒。」我說。喬喬直挺挺坐起來，仍然把梅可娜抱在懷裡。不是阿賜的阿賜坐在他倆的門外，一直坐到蜜絲蒂和艾爾回來為止。喬喬的肩膀向前彎，包裹住梅可娜，眼光掃過整個房間，停在唯一的梳妝臺上。我在他用肩膀護住梅可娜的樣貌、在他圓睜的大眼、在他突然的靜止中，依稀看見阿賜的影子，這感覺眞怪。「該走了。」我說。

「回家嗎？」他說。

邁可得坐在行李廂蓋上，行李廂才蓋得起來。後座現在有三個人要坐，不能像我們來時一樣把行李放在後座了，儘管喬喬抱怨得要命，我還是強迫大家把所有的東西都放到行李廂去，包括艾爾打包讓我們帶著上路的三明治。喬喬仍然噘著嘴，我簡直就快要轉過身去俯身到後座，一巴掌打掉他臉上的表情，打掉他緊繃的線條、噘起的嘴、低垂的眉，打得乾乾淨淨。他用噘著的嘴唱童謠給梅可娜聽，梅可娜拍著手，手指像小蜘蛛一樣舞動，著迷與無趣的神色在她的臉上交錯閃現。每唱五個字，她就點一下喬喬的鼻子。蜜絲蒂抱怨車裡還是有嘔吐味，足足抱怨了一個小時後，終於墜入夢鄉，現在由邁可開車，因此當我沒在看著邁可，沒在注意他的皮膚把愈來愈明亮的天光皆吸走時，我就注意孩子們。

艾爾把三明治交給邁可時汗流浹背，滿身的鹹水，散發著生洋蔥的氣味。他把三明治裝在一個小小的硬殼塑膠包裡，是個保冷袋，旁邊印著奇美啤酒的商標。「我們不能拿走你的袋子。」邁可說。「別客氣了，就拿吧！」艾爾說。他換氣急促，眼神渙散，目光在樹林、庭院、緩緩傾斜下沉的房子間飄移。他又嗑藥了。「算是答謝你們的好禮。」他說，然後朝我笑笑。他的牙齒很爛，像髒污的浴缸，每顆都有黑漬凝結，牙齦紅潤。他從不刷牙，我想。兩個男人互相握手，艾爾給了邁可什麼東西，邁可把那東西握在掌心，然後塞進口袋。

「過來。」邁可說。他的血液在我的耳朵下方隆隆作響，手臂的皮膚猶如溫熱的水。道路在田野與樹林間蜿蜒，一路向南蜿蜒至墨西哥灣，透窗而入的光線四處震顫飛舞。道路與海灣交會時，便沿著海灘綿延數英里。我看過照片，佛羅里達礁島群與海岸之間有橋相連，我但願我們的路也能如那橋一般越過海面，我但願這條路是永無止境的水泥板，越過波濤洶湧的碧藍海水，繞著地球一圈，我便能永遠如此地躺著，感受他手臂上的細細汗毛，孩子們靜默無聲，甚至根本不在此處，而他的手指在我的手臂上畫著圓圈和直線，寫著我懂得的符號，他在寫他的名字，在宣告我屬於他。世界是糾結成團的珠寶與黃金，飛旋且射出火花。我已經回到家了。

這種感覺我始終沒能嚐個過癮。我和邁可打得火熱之後，不到一年就懷了喬喬，那年我十七歲，還在念高中。打那時起，我們身邊便總是有喬喬和梅可娜，於是我們之間的距離就更大了。我往往是在嗑藥嗑茫的時候，會片片段段憶起我和邁可獨處的感覺，憶起我和他在一起時，可以從悲傷中泅泳而上浮出水面的感覺，憶起與他在一起時一切都更加生氣蓬勃的感覺。我們開著他的小卡車，停在繁星滿天的田野。我們曾偷溜進他爸媽的架高式游泳池游泳，沉入朦朧的碧藍池水中擁吻。我們在一個海鮮園遊會附近的海灘，就著遠方園遊會遊樂設施閃爍的燈光和擴音器傳來的蹩腳柴迪科舞曲[4]熱舞，他讓我旋轉又旋轉，直到我們重心不穩，雙雙摔倒在沙灘上。

「這樣不健康。」我頭一次帶邁可回家時，阿母這麼說。我們坐在沙發上看電視，阿爸在屋裡走動，對我們視而不見。邁可離去後，阿母開始燒飯，我坐在廚房桌旁搽指甲油，塗上一種粉彩似的淺粉紅，棉花糖般的顏色，因爲我覺得那色彩塗在我手上很好看。我希望邁可看了這顏色，會把我的手指含在他口中說：我要弄點這種甜點來吃。

「妳看到的，聽到的，都只有他。」阿母說。

「我也看到很多別的東西。」我說。我想要辯駁，但我知道我在說謊，因爲當我早晨醒來，我想到的是邁可的笑，是他點菸前彈菸的手勢，是他親吻我時嘴中的滋味。但我隨即想起了阿賜，想起了這件事所帶給我的罪惡感受。

「妳每次說句什麼話，就像小小狗一樣搖尾乞憐看著他，好像在等著他摸妳的頭。」

「阿母，我知道我不是小狗。」

「妳根本就是。」

我吹著右手手指，在臉的前方晃動手指，呼吸著廚房裡的熱氣。豆子在爐上咕嘟咕嘟滾動冒泡，玉米麵包正在放涼，這許多氣味讓我胃腸翻騰，但是是我喜歡的那種翻騰。早在還沒有懷喬之前，我就嗑過藥了，在邁可某個朋友家庭院裡的一間儲藏室裡跪著嗑。邁可有許多朋友的爸媽從來都不在家，正是那樣一位朋友的家。那時，世界恍若傾側而旋轉了，我的腦子彷彿穿出腦殼騰空漂浮。邁可抓住我的肩，穩住我，把我拉回我的軀殼。

「所以說，妳不喜歡他？」我問。

阿母重重吐一口氣，在和我隔著木桌相對的座位坐下。她抓住我沒上指甲油的那隻手，翻過來，讓我手心朝上，然後一面說話，一面點著我的手心。

「我……他生來是什麼人不是他的錯，生在什麼地方也不是。」阿母深深吸一口氣。「生在那個家庭也不是他的錯。」她又急促地吸了一口氣，臉龐皺起又鬆開，我知道她在想阿賜。「他不過是個孩子，就跟所有這年紀的孩子一樣，用下半身在思考，尿尿頭一次有了騷味。」她沒有說，跟妳哥一樣。但我知道她心中藏著這句話。

「我又沒做什麼神經事。」

「如果妳還沒跟他上床，遲早也會上的。妳要做好保護措施。」她說得對，但我沒聽進心裡。十個月後我就懷孕了。邁可買來驗孕棒，我驗了，把棒子拿去給阿母看，告訴她這消息。那天是星期六，我特意挑星期六，因爲阿爸星期六要工作，我不希望有阿爸在場。那是早春的一天，天氣很壞，雨嘩嘩下了整夜和整個早晨，有時雷聲好近，近得讓我感覺喉頭顫動，氣管閉鎖，呼吸困難。我向來害怕閃電，老覺得閃電總有一天會擊中我，會一路熾烈從空氣中呼嘯而過，藍色的巨大電弧砸向我，猶如一支長矛筆直朝我飛來，我只能束手無策地任由那尖銳矛頭嵌入我身。我在成長過程中一路杯弓蛇影，當我坐在車裡，閃電震得車窗格格作響，我老以爲閃電跟著我。阿爸在客廳裡以之字形來來回回掛了繩子，阿母這時正把草藥掛上繩子去晾曬，草藥於是便在充斥電光的空氣中傾斜，阿母半笑半咕噥，手臂柔軟的背面一忽兒閃現白色，一忽兒又消失，是小貓露出了肚子。

「他來了，唱歌唱了好幾個禮拜了。」

「什麼意思？」

阿母從阿爸替她做的松木踏凳跨下來。阿爸在凳子頂端刻了阿母的名字，寫得像一縷輕煙——菲樂美。這是多年以前的一個母親節禮物，我當時還好小，唯一的貢獻是在她的名字旁刮出一顆以四條中心交會的直線組成的小星星，阿賜則刻了朵玫瑰，看起來像個泥坑，在阿母長年的踩踏下，如今已經磨平了。

「我才在想，妳不知道要多久才鼓得起勇氣來告訴我。」她一面說，一面把凳子夾在腋下，看上去像是要把凳子收起來，卻沒有走進廚房，反而在沙發坐下，凳子橫跨在她的腿上。

「阿母？」我問。雷聲轟然乍響，我感覺脖子和腋下都在發燙，像是有人把熱滾滾的油脂潑在我的臉上和胸前。我坐了下來。

「妳懷孕了。」阿母說：「我兩星期前就發現了。」

她伸手越過腿上的木凳，碰了碰我，不是用無情的閃電碰我，而是用她乾枯而溫暖的手，因為操勞而粗糙的皮膚之下是柔軟的。她只輕輕拂過我的肩膀，像是發現我肩上有根線頭，要幫我拍掉似地。我出乎自己的意料，朝那隻手蜷縮傾側，頭枕在她腿上的木凳哭泣。她的手揉搓我的背，畫著圓圈。

「對不起！」我說。木頭抵著我的嘴，堅硬不屈，被我的淚水濡溼。阿母俯身向我。

「這種時候顧不得什麼對得起對不起的了，寶貝！」阿母扳住我的肩膀，把我扳起來，正視我的臉。「妳打算怎麼辦？」

「什麼意思？」最近的墮胎診所在紐奧良。我們學校裡比較有錢的幾個女孩子當中，有一個的爸爸是律師，她不幸中標之後，她爸帶她去過那間診所，所以我知道診所在哪裡，而且知道那裡很貴。我以爲我們沒錢去那種診所，事實也的確如此。阿母往我們頭頂那座在被閃電照亮的冷冷空氣中歪斜倒豎的叢林比了比。

「我可以給妳弄點什麼。」她的話尾小聲得幾乎聽不清了。她端詳著我，彷彿我是一本沾滿了污漬以致於看不懂的書，然後她清了清喉嚨：「我學草藥的時候，頭一個學的就是這個。這種茶總是供不應求。」她碰了碰我的膝蓋，像是又發現了一個線頭。她重新向後靠，褲裙繃緊在膝蓋上。多年之後，癌症最初帶給她的疼痛就是發生在這裡，在膝蓋，而後往上延伸，到臀部，到腰，到脊椎，到頭。癌症是條蛇，在她的骨骼裡鑽動。有時我回想起那一天，回想起阿母坐在沙發上，那樣極輕極輕地碰我，不願用她的碰觸左右我往哪個方向做決定。我相信她是渴望喬喬的，失去阿賜的哀痛使她渴望生命，但她不願左右我的決定。有時我會想，那一刻，癌症是否也與我們一同坐在那兒？癌症是否是另外一顆卵子，以悲傷爲體、彈孔爲形的黃色卵子，在她的骨髓中蠕蠕而行。那天，她身穿一件自己縫製的上衣，衣上印滿淡淡的黃花，依稀是玫瑰花。「妳想要這個小孩嗎，莉歐妮？」

一道閃電劈啪照亮屋子，雷聲乍響時我驚跳起來。

我哽到了，咳個不停，阿母拍著我的背。溼氣使她臉龐周遭的頭髮都有了生命，一綹綹的卷鬚直立起來，一鬈鬈地飛離她油膩的頭皮。閃電又響，這回像是打在我們的正上方，差個幾呎就會直劈我們家，阿母的皮膚石頭般雪白，頭髮漫天飛舞，我想起童年時看過一齣講蛇髮女妖的老電影，女妖形貌駭人，生著綠色鱗片，我心想：根本就不是那樣的。她跟阿母一樣美，那些人見了她會變成石頭，是因為見到世界上竟有這樣完美又強悍的東西，太過驚詫了。

「阿母，我想要。」我說。至今想起那事，想起我的遲疑，想起我在那光線之下看著阿母的臉，感覺到自己正在與想做母親的渴望、想把一個嬰孩帶入世間的渴望、想在一生中帶著這個孩子的渴望拉扯，內裡依舊有著什麼東西在扭絞翻騰。我們並肩坐在沙發上的情景，促著膝，彎著背，垂著頭，使我想起鏡子，想起我曾多渴望變成一個完全不同類型的女人，多渴望能搬到遙遠的地方，或許西遷到加州，與邁可一同西遷。邁可老是說想到西部去當焊接工，有了個寶寶，這計畫的實行難度就高了些。阿母看著我，她不再是石像了，她的眼睛起皺，嘴巴彎曲，這樣的神情告訴我，她清清楚楚明白我在想什麼，我擔心她讀得出我的心思，看得出我想成為與她不同的人。但我又想起邁可，想起他不知會有多開心，想起我將永世擁有他的一部分，心中的不安隨即如鑄鐵鍋上的豬油般融化。「我想要這個小孩。」

「可惜妳沒有先完成學業。」阿母說。她又發現一個線頭了，這次是在我的頭髮上，在我的頭頂。「但是既然碰到了，我們就面對它。」這時她笑了，嘴抿成細細的一條線，看不見牙齒。

我俯過身，又一次把頭擱在她的膝上，她用手上上下下摩挲我的背脊，撫過我的肩胛，按壓我的頸根。摩挲按壓的同時，她噓著氣，像條溪流，像是她把窗外滂沱傾洩的雨水全吸進了體內，如今正吐出涓滴細流來安慰我。我是海的女孩、水波的女孩、浪花的女孩，阿母喃喃唸著。我知道，我知道她在呼喚瑞格拉聖母[5]、海星聖母[6]，用噓聲和禱詞，呼喚海洋與鹹水女神葉瑪亞[7]，她如女神般摟著我，她的雙臂是世間所有孕育生命的汪洋。

我睡著了，但在邁可把我搖醒之前，我不知自己睡著了。邁可搖著我，指甲嵌入我的肩膀。我的嘴巴乾涸，兩片唇緊密閉合。

「警察。」邁可說。我們後方的道路一片空曠，但他手部肌肉的緊張和圓睜且骨碌碌轉動的眼睛讓我明白這情況非同小可。雖然我沒看見警察，也沒聽見鳴笛，但我相信他們就在不遠處。

「你沒有駕照。」我說。

「我們要換位子。」他說：「妳抓住方向盤。」

我抓住方向盤，腳蹬地板，抬起臀部，好讓他能伸條腿到副駕駛座，慢慢挪移過來。他的腳離開油門，車速慢了下來。我把左腳伸過去，靠近踏板。有一個可笑又可怕的瞬間，我坐在他的大腿上，坐在兩個座位的中間。

「靠！靠！靠！」邁可笑著說。他害怕的時候就會笑。我在聖傑曼街一家便利超商的糖果貨架走道上，羊水破了，開始陣痛，他把我抱起來，抱到他的卡車上，一路上一面笑，一面罵聲不絕。他告訴我，他小時候和一群朋友半夜拿著手電筒去戲弄牛，想把站著睡覺的牛推倒[8]，結果他的一個朋友被牛踢了一腳。那朋友是個紅頭髮的孩子，臂膀細得像鉛筆一樣，牙齒因爲長年不刷加上愛嚼菸草，爛了一嘴。他摔倒時用手撐了一下，結果手臂像樹枝一樣折斷，手肘歪了，一根骨頭從上臂突出來，凹凸不平的蠔殼一般，帶著珍珠光澤。邁可說，當時連他自己都被自己的笑聲嚇到，那聲音又高，又上氣不接下氣，像少女的笑聲。邁可把我抬離他的腿，自己滑進副駕駛座。我看見兩線道公路上有藍色的閃爍燈光從後方快速追來，聽見警笛聲斷斷續續嗚嗚作響時，我人已經坐在方向盤後方了。

「那個在你身上嗎？」我問。

「什麼？」

「那個鳥東西，艾爾給的那個啊！」

「媽的！」邁可在口袋裡一陣亂翻。

「怎麼了？」蜜絲蒂在後座醒來，轉頭向後望。我慢下車速。「靠！」看見警車燈光時，蜜絲蒂罵了一聲。

我看看後照鏡，喬喬正不偏不倚地看著我。他完全是阿爸的翻版，下撇的嘴，鷹勾鼻，毫不閃爍的眼，挺拔的肩。梅可娜醒了，開始哭。

「時間不夠了。」邁可說。他翻著地毯，想把那個塑膠夾鍊袋塞進地板上的小門裡去，但地上太多東西了，有剛剛加油時我在便利商店幫他買的揉成一團的襯衫，有我們用艾爾給的錢買的洋芋片、汽水和糖果。「這袋子他媽的有個洞。」黃色和白色的結晶體乾燥且邊邊角角易碎，塑膠袋的底部磨得凹凹凸凸，刮痕處處。

我一把搶過那個白色的小夾鍊袋，塞進嘴裡，擠出一些口水，和著吞下去。

警察很年輕，和我差不多年紀，也和邁可差不多年紀，很瘦，帽子似乎過大，他彎腰把頭伸進車裡時，我看得出他的髮膠乾掉了，沿著髮際線剝落下來。他開口說話，口氣中有肉桂薄荷的味道。

「小姐，妳剛剛蛇行，妳知道嗎？」他說。

「報告長官，我不知道。」剛才那個袋子像團棉花塞在我的喉頭，我快要不能呼吸。

「出了什麼問題嗎？」

「報告長官，沒有問題。」邁可代我回答：「我們開了幾個小時的車，她有點累了，如此而已。」

「先生。」警察搖著頭：「小姐，妳可以下車一下嗎？駕照和保險證一起帶下來。」我又聞到了他身上的另一種味道——汗水與香料味。

「好的。」我說。置物箱裡塞滿餐巾紙、番茄醬包、溼紙巾，亂七八糟。警察走開去和對講機裡一個被雜音嚴重干擾的聲音說話，邁可俯過身來，一隻手放在我腰際的肋骨上。

「妳沒事吧？」

「很乾。」我一面咳嗽，一面拿出保險證，然後抓起整個皮夾，走下車去等警察回來。除了梅可娜，所有乘客都釘死在後座，動也不動。梅可娜揮舞著手腳呼天搶地。這時是下午兩、三點，路旁的樹前前後後晃動，春日新孵化的小蟲唧唧呱呱鳴叫。路肩之下有條溝，溝裡積滿了水，有數不清的蝌蚪彎彎扭扭游來游去。

「小朋友怎麼不坐安全座椅？」

「她剛剛不舒服，」我說：「我兒子只好把她抱出來。」

「車裡那個男的和另外那個女的是誰？」

我想說，我先生，好似這樣說了，我們就算有正式的婚姻了。或者甚至可以說：我未婚夫。但喉嚨裡哽了團東西，光是吐露實情已經夠困難，若是說謊想必會噎死。

「男的是我男朋友，女的是我同事。」

「你們開車要上哪兒去？」警察問。他手上並沒有拿罰單簿，但我感覺到恐懼在腹內翻騰，上升到喉頭，胃酸一樣火熱燒心，推擠著正在緩緩向下滑落的夾鍊袋。

「回家。」我說：「我們家在海邊。」

「那你們是從哪兒出發的？」

「甘可仁。」

我一說出口就後悔了，我應該隨便說個其他地點的，格林伍德、伊塔比納、納奇茲[9]，隨便哪裡都好，可是浮上腦海的偏偏就只有甘可仁。

我「仁」字都還沒說完，手銬已經銬上我的手了。

「坐下。」

我坐下了。喉嚨裡的球像溼棉花，在沉降的過程中愈來愈濃稠厚重。警察走回車旁，要邁可下車，把他也上了銬，押過來坐在我身旁。

「寶貝？」邁可說。我搖搖頭，意思是我並不好。空氣是另外一種棉花，被春雨潤得潮濕，使我感覺就快要窒息。喬喬下了車，梅可娜掛在他身上，兩腿夾著他，兩手緊緊抱住他的脖子。蜜絲蒂從後座下來，兩隻手掌心朝前，嘴巴在動，但我聽不見她說什麼。警察看看喬喬又看看蜜絲蒂，做了決定，走向喬喬，拿出第三副手銬。梅可娜放聲大哭，警察示意要蜜絲蒂把梅可娜抱走，蜜絲蒂於是伸手把梅可娜從喬喬身上拉開，但梅可娜把臉埋在喬喬的頸子上，雙腿狂踢。梅可娜從來就不喜歡蜜絲蒂，有回我到州際公路旁的便利店買菸，順道去蜜絲蒂家，把梅可娜也帶了去。蜜絲蒂彎下腰，探頭進車裡和梅可娜打招呼，梅可娜不理會蜜絲蒂，轉過頭問了個問題：「喬喬呢？」

「保持呼吸。」邁可說。

我很容易就忘記喬喬年紀有多小，平時看著他，看著他瘦高的身材和寬厚的啤酒肚，很容易就誤以爲他是個成年人了，但如今看著他站在警察身邊，我驚覺他不過是個嬰孩。他伸手進口袋，警察拔槍對準他，對準他的臉，這時的喬喬不過是個兩膝肥嫩、腿呈O型、還在搖搖學步的小娃兒。我該尖叫的，但我叫不出聲。

「可惡！」邁可低聲說。

喬喬交叉著舉起手，警察對他咆哮，嗓音粗野且遠遠迴盪，喬喬一秒也沒耽擱地連忙搖頭。警察把他的雙腿踢開，槍放低了些，但仍然指著喬喬的背部中央，喬喬被踢得重心不穩，搖搖晃晃。我閉上眼，依稀看見子彈穿過他身體的軟嫩油脂。我渾身震顫，重新睜眼，喬喬仍完好，但如今他跪著，槍指著他的頭，梅可娜瘋狂搥打蜜絲蒂。

「妳媽的混帳！」蜜絲蒂尖叫一聲，鬆手放了梅可娜，梅可娜衝向喬喬，撲在他背上，雙手雙腳裹住他。她小小的骨骼是蠟筆和彈珠，她是一張盾牌。我跪了下來。

「不要！」邁可喊：「莉歐妮，寶貝，不要這樣！」

我霎時崩潰。我想像我的牙齒戳入警察的脖頸，我可以撕爛他的喉嚨，沒有手也無妨，我可以把他的頭骨踢成稀巴爛。喬喬往前仆倒在草地上，警察搖搖頭，伸手鑽過梅可娜的身下，要用一隻手給喬喬上銬，梅可娜猛踢他，他朝蜜絲蒂比手勢，蜜絲蒂衝過來，從梅可娜的腋下抓住她，像與鱷魚搏鬥一般與她纏鬥。

「喬喬！」梅可娜尖叫：「我要喬喬！」

警察重新站在我面前。

「小姐，我需要妳同意我搜車。」

「把我的手銬解開！」他要是更靠近我一點，我可以用頭撞他，把他撞瞎。

「這是同意的意思嗎，小姐？」

我吞了一口口水，吸了一口氣。空氣像泥坑一樣貧脊。

「是。」

喬喬只關注梅可娜一個人。他扭頭去看梅可娜，對她說話，又是一段我聽不見的喃喃咕噥，像樹在風中搖曳的窸窣聲。雲似巨大的灰色海浪，輕巧橫越天空。空氣已然潮潤。梅可娜搥打蜜絲蒂的脖子，我很確定蜜絲蒂爆著粗口，字眼含混難辨，但每一個音節都如鋼釘插入枕木一般，銳利地劃破空氣。

「他把槍收起來了對吧，寶貝？」邁可問。

我點頭，哀哀嚎叫。

行李廂裡全是垃圾，警察翻揀得很小心。戴著手銬、快要窒息的我，現在看出來了，行李廂裡全是垃圾。裝滿褪色醜陋衣物的塑膠袋、艾爾打包的那一整袋三明治、一根輪胎撬棒、幾條跨接線、一個裝了幾個洋芋片空包裝袋和空飲料瓶的冰桶，接縫處發霉了。卡在喉頭的夾鍊袋如今從喉頭消失，滑進胃裡去了。大口大口的空氣湧入，我終於可以呼吸了，但安非他命的作用來得快，藥效如一隻大手，擠壓我，搖撼我。這是另外一種窒息，我顫抖，閉眼又睜眼，幽靈阿賜坐在喬喬身旁的地上，伸出手，彷彿可以碰觸他。不是阿賜的阿賜放下了手。喬喬有半張臉都在塵土之中，但我仍看得見他下撇的嘴，嘴角抽動。嬰兒時期，當他努力忍著不哭時，就是這神情。

「我要喬喬！」梅可娜拔尖了聲音高嚷。警察從行李廂直起身，走向蜜絲蒂。蜜絲蒂把梅可娜舉在半空中，兩人爭鬥著。幽靈阿賜站起身來，朝警察、梅可娜和蜜絲蒂走去。

「寶貝，妳還好嗎？」邁可問。

我搖頭。不是阿賜的阿賜又伸出手了，這回是朝梅可娜伸手。梅可娜彷彿看得見他，他彷彿碰得到梅可娜，因爲剎那之間，梅可娜緊繃起來，接著一股金黃色的穢物從梅可娜的口中噴湧而出，警察穿著制服的胸膛於是覆蓋了一層外衣。蜜絲蒂放下梅可娜，彎下腰乾嘔，幽靈阿賜無聲地拍手，警察則完全定住了。

「幹！」他說。

梅可娜手腳並用爬向喬喬，警察扯住喬喬的口袋猛拽，挖出一個小包包，打開來看了一眼，像扔爛香蕉皮似地把小包包往喬喬臉上一扔，怒沖沖走回來，再度站在我和邁可面前，解開我們的手銬，他渾身發亮，膽汁輝煌，藍衣閃耀。

「回家去吧！」他說。肉桂和古龍水的芳香消失了，如今只剩胃酸的腥臭。

「謝謝你，警官！」邁可說。他抓住我的手臂，帶著我往車旁走。安毒在體內張狂，邁可的手指抓住我，警察解開喬喬的手銬，我掩飾不住興奮的戰慄。

「那小子口袋裡放了顆鬼石頭。」警察說：「回去吧，盡可能讓小孩子坐在安全座椅上。」

我跨進副駕駛座，幽靈阿賜對著我皺眉，我的身體癱軟，眼不能眨，一闔眼就陡然睜開，一次又一次。不是阿賜的阿賜搖頭晃腦，眞實的邁可砰一聲關上副駕駛座的門。

「幹幹幹幹幹！」蜜絲蒂在後座低聲咒罵。喬喬給梅可娜的腿綁上安全帶，然後抱了抱她，把整個安全座椅，包括塑膠椅背和軟墊，都抱了進去。梅可娜抽抽搭搭地哭，扯著喬喬的一小撮頭髮。我以為喬喬會對梅可娜說不要怕，沒事了，但他沒說，只是閉著眼，用臉揉搓梅可娜。我的脊椎像條繩子，一忽兒向北扯，一忽兒又向南扯。邁可發動車子。

「妳需要牛奶。」邁可說。幽靈阿賜用手抹抹嘴，我這才發現我自己的嘴裡流出鼻涕般濃稠的口水。不是阿賜的阿賜掉頭走開，遠離車子，不見了蹤影。我明白了，幽靈阿賜是時鐘的中心，他離開了，剩餘的時鐘便滴答滴答滴答，他的離開使道路開展，樹木飛馳，雨水傾瀉，雨刷狂擺。我彎著腰，嘴埋在手肘和膝蓋間，哎哎呻吟。我但願我是趴在阿母的膝上。我的牙齒上下摩擦，格格作響。我吸著氣，吞著口水，一切都既美好，又可恨。

譯注

1 Saint Teresa（一五一五—一五八二），又作聖德勒撒或聖女德勒撒，西班牙天主教神祕主義者，加爾默羅修會修女，一六二二年被冊封為聖人。

2 Our Lady of Candelaria，西文作 Virgen de Candelaria，意為「持蠟燭的聖母」。又作聖女坎德拉里亞。一三九二年西班牙加那利群島（Islas Canarias）之特內里費島（Isla de Tenerife）上發現一尊女性雕像，一手抱嬰孩，一手持蠟燭，後被尊奉為持蠟燭的聖母，成為加那利群島的守護神。此信仰後來傳至南美，與原住民文化相融合。祕魯普諾市（Puno）甚且有坎德拉里亞聖母節。

3 Oya，非洲約魯巴民族（Yorùbá）傳統信仰中主掌風、雷、生育、死亡、戰爭、冥界及火之神，亦是尼日河（Niger River）女神。

4 zydeco music，發源自路易斯安那州南部的一種黑人音樂，融合了法式舞曲、加勒比海音樂、藍調等樂風，盛行於德州與路易斯安那州，主要使用的樂器有手風琴、吉他、小提琴，有時包括洗衣板。

5 Our Lady of Regla，西文作 Virgen de Regla。早年西班牙拓殖美洲，引入大量黑奴，並強迫黑奴改信天主教，然非洲約魯巴民族信仰多神教，相信萬物有靈，兩種信仰交相融合。瑞格拉聖母即天主教之聖母瑪利亞與約魯巴信仰之海神葉瑪亞的結合。

6 Star of the Sea，聖母瑪利亞的古老尊稱。此稱號最初據說來自於抄經時經過多種語言轉換所發生的錯誤，信徒據此稱號，相信聖母能如北極星般指引並保護航海人，因此許多沿海城鎮信奉海星聖母，許多濱海教堂以海星聖母為名，臺灣的旗津、蘭嶼、墾丁等地亦有海星聖母堂。

7 Yemayá，約魯巴宗教中的水之女神，常與瑞格拉聖母或聖母瑪利亞的其他形象混為一談。葉瑪亞是婦女的保護者，掌管受孕、分娩、育兒等事務。

8 cow-tipping。據說鄉下人窮極無聊時，會半夜溜到牛欄去把站著沉睡的牛推倒，以此為樂。但牛事實上並不會站著睡覺，因此這種娛樂不可能成功。

9 Natchez，密西西比州的一個城市。

第八章
喬喬

我不敢正眼看他。他坐在車子的地板上，擠在小娜的安全座椅和前座的中間，面對著我，什麼話也沒說，只是用手抱著膝蓋，嘴巴貼在手腕上，一隻手握成拳頭。我從來沒看過像他那樣的膝蓋，簡直就是又髒又破的兩顆大網球。雖然說他很瘦，手臂跟腿都像球拍一樣細，可是還是不大可能塞得進他現在縮著的那個地方。他的身體稜角分明，可是太大隻了，所以我看著他的時候，心裡唯一想到的就是：他不大對勁。這句話在我腦海裡像蝙蝠一樣，劈劈啪啪鼓著翅膀，在閣樓的角落飛來飛去撞來撞去。一直到車子停下來把我驚醒之前，我都不知道我自己睡著了。車子在閃個不停的燈光裡停下來，窗口有個警察叫莉歐妮下車，地板上那個男生用手摀起耳朵，更往地上縮。

「他們會把你銬起來。」他說。

那個警察繞到後門來說：「年輕人，下車！」那個小孩像西瓜蟲一樣，把身體蜷縮成更小，皺起一張苦瓜臉。

「我就告訴你。」他說。

這是我第一次被警察訊問。小娜一直尖叫，伸著手要我抱，蜜絲蒂抱怨個沒完。她的襯衫領口滑得更低，胸部的上端都露出來了，可是我沒有空閒去看她，我的眼睛都用來注意小娜了，小娜拚命在掙扎。那個人叫我坐下，好像命令狗一樣。「坐下！」於是我就坐下了，我覺得不像小娜一樣反抗一下很有罪惡感，可是接著我想起阿財，想起阿拔給我的小包包在我的短褲口袋裡，所以就伸手去掏。我想如果我碰碰那顆牙齒、那根羽毛還有那張小紙條，也許就可以感覺到那些東西的力量穿過我的身體，也許我就不會哭，也許我的心就不會像撞上行駛中汽車的小鳥一樣，眩暈又震驚。可是那個警察忽然掏出手槍指著我，伸腿踢我，吼著叫我趴在草地上，給我銬上手銬，問我：「小子，你口袋裡裝了什麼？」一面說，一面伸手掏出阿拔的小包包。可是小娜跑得有夠快，小不隆咚又很凶，一撲就撲到我背上。我應該要安慰小娜，應該要叫她下來，放開我，跑回蜜絲蒂那邊，可是我說不出話來。有一隻鳥爬到我的喉嚨，翅膀在我的喉嚨裡抽筋發抖。萬一他開槍打她怎麼辦？我想著。萬一他對我們兩個都開槍怎麼辦？然後雖然手銬刮得我手腕很痛，我卻發現阿財正在車窗裡面往外看，他讓我從這個悶熱的天氣裡分心了，從蜜絲蒂把小娜拉走的動作裡分心了，但只分心了一秒鐘，因爲我的注意力沒辦法不回到小娜棕色的手臂還有那把黑色的槍上面，黑得像腐朽了一樣，滿滿地裝載了恐懼。

槍的畫面一直停在我的腦海裡，即使後來小娜吐了，那個警察檢查了我的褲子口袋，解開了那個把皮膚磨得很痛的手銬，我們大家都上了車而且重新上路，莉歐妮在前座不舒服地彎著腰之後，那把黑黑的槍還是在我的腦子裡，甩都甩不掉，變成後腦杓上面微微的刺痛，肩膀上面小小的搔癢。小娜靠到我身上來，很快就睡著了，車子裡又溼又熱，蜜絲蒂的髮際線冒出汗來，小娜打著鼾的鼻子上有一點一點的小水珠，我可以感覺到有水沿著我的背脊、肋骨一路滴下來。我揉揉手腕上凹凹的地方，剛剛手銬就是壓在這裡，槍的樣子又浮現在我眼前，然後那個男生說話了。

「你叫他阿拔。」阿財說。我想他是在問問題，卻說得像是在陳述事實一樣。我抬頭看看蜜絲蒂，她正在一邊啃手指頭，一邊看窗外。我點點頭。

「他其實是你阿公。」那個男生說。他的眼睛往上吊，看著車子的天花板，好像他說的話是從天空上的讀稿機讀出來的。邁可完全沒在注意後座發生什麼事，他一邊開車，一邊按摩莉歐妮的背，莉歐妮彎著腰哼哼哎哎的。我又點頭。

「我叫什麼名字？」他說。

我用嘴型回答：阿財。

他看起來像是想要笑一笑，可是沒笑出來。

「他有跟你說過我的事嗎？」

我點點頭。

「他有跟你說我們是怎麼認識的嗎？有沒有說我們一起在甘可仁坐牢？」

我有點不太爽地呼了一口氣，再點頭。

「他們現在不會把像你這麼小的人送進去了。」

我的手腕還是一直痛。

「有時候我以爲已經不一樣了，可是我睡著又醒來，結果什麼也沒改變。」

手銬感覺好像戳到骨頭裡去了。

「就像蛇蛻皮一樣，鱗片換新了，所以外面看起來不一樣了，可是裡面其實還是一樣的。」

感覺好像我的骨髓都瘀青了。

「你長得跟阿河很像。」阿財說。他把下巴放在前臂上，大力喘氣，像剛剛跑了好遠的路。我把小娜抱到腿上，她弄得我好熱。我不想要再看那個縮在汽車地板上有點不大對勁的男生，所以我往窗外看，看著高高的樹木飛快往後跑，想著那把槍。那把槍讓我覺得很冰涼冷酷，可是我想那槍摸起來應該很燙，燙到指紋都會燙掉。

走了好長好長一段路，中間至少有兩個小時，外頭除了樹以外什麼東西也沒有，我們才終於到了一間加油站，邁可把車停在路邊。那個男生一直安安靜靜坐著，我一直在唱歌給小娜聽，蜜絲蒂則忙著玩手機，所以車子停進停車場之後，我們都抬起頭來往外看。下午的太陽持續地曬，熱度都沒改變。莉歐妮還趴在前座，不過沒有再哎哎哼哼呻吟了。她跟那個男生一樣安靜，可是沒有像那個男生一樣靜止不動。她把手交叉在胸前，一直揉搓她的肚子和兩側，還有背，像是用默劇手法表演兩個人在擁吻，手指嵌在肋骨跟肋骨中間淺淺的縫隙裡。大概每隔五秒左右，她的頭就會忽然往後仰，好像臉被籃球砸到一樣，就像我七歲在公園打籃球時被砸到一樣。我表哥瑞特把球丟給我，叫我接住，可是叫得太慢了。我沒看他，也沒專心打球，我在注意看臺，莉歐妮跟邁可穿著腫腫的大衣，坐在冬天好冷的看臺上，大腿貼著大腿，像築巢的母雞一樣擠在一塊兒。等我轉過頭的時候，球正好打中我的鼻子跟嘴巴，打得好重，我眼前一片白，口水還沾在球上。全部的人都笑了，我覺得又好笑又可怕。

邁可伸手在莉歐妮的皮包裡翻了一陣，掏出十張一塊錢紙鈔，對著我揮了揮。

「你去買兩種東西，牛奶還有木炭。」

「小娜在睡覺。」

「你媽不舒服，她需要那兩種東西來治她的肚子。」

我想起那些灰色的水，她用樹葉熬給小娜吃的黑水。

「她之前做了一種怪東西給小娜吃，讓小娜不會一直吐。那個沒有了嗎？」

我不知道她熬的那個不知道什麼草藥對她會不會有幫助，會不會讓她噁心到把體內的莫名其妙毒素給吐出來。

「她全部給小娜喝了。」蜜絲蒂說。

「木炭是要做什麼用的？」

「喬喬，有人叫你做什麼事的時候，你一定要說這麼多話嗎？」

他可能會揍我。通常揍我的人都是莉歐妮，但我知道邁可也是會揍人的，不過不是用拳頭，而是用巴掌，打在我的肩胛上、胸膛中央骨節多的地方，還有手臂上肌肉不夠多、比較禁不起打的地方，那個巴掌感覺像支小鏟子。

「小娜在睡覺。」我又說一次，想要裝出很堅決的樣子，可是實際說出來卻很小聲，像含了顆滷蛋在嘴裡，完全不是我想要表現的那種語氣。邁可聽見的不是你別打攪我們，他聽見的是我很軟弱。

「把她放到安全座椅上。」

「這樣她就會醒。」我說。其實她通常睡得很沉，而且加上身體不舒服，很可能不會這麼容易醒，可是我不想把她放下來，阿財坐在那裡，就在她腳邊，她的腳趾會靠著他的頭，小腳丫會在他的嘴巴旁邊晃來晃去，我不想把她單獨留在安全座椅上。萬一她看得見他怎麼辦？

「搞什麼呀？我去買算了。」蜜絲蒂說，開了車門。

「不行。」邁可說：「喬喬，你給我乖乖滾下車去，到那家店去買我叫你買的東西，現在就給我去！」

「他會打你，打你的臉。」阿財說。可是他沒有抬頭，沒有往上看，只是低著頭說話：「我不會碰她的。」

「小娜。」我說。

邁可把鈔票朝我扔過來，一隻手已經調整成手刀狀，另一隻手放在莉歐妮的肩膀上，穩住她。

「她太小了，幫不了我，我需要的是你。」阿財說。

「我去就是了。」我說。

邁可沒有把身體轉回去，他看著我把小娜放上安全座椅，看著我把她的腦袋扶正，以免腦袋耷拉到前面，下巴抵在胸口。他看著我往地上的阿財瞟一眼。阿財搖搖手指，沒有抬頭。

「我就待在這裡，不會亂跑。」阿財說。

店裡面很涼，外面的空氣又濕又熱，所以店的窗戶都起霧了。我從店裡面看不見莉歐妮的車子，只看得見髒兮兮的灰色玻璃窗。站在櫃檯的那個人長了滿臉的大鬍子，棕色的，超級濃密，每一根鬍鬚都往不同的方向長，可是除了鬍鬚以外，他整個人面黃肌瘦，就連頭髮也又黃又細，他把頭髮往後梳，想要遮掩住底下的禿頭，也眞的成功了，因爲他的頭皮就跟身體其他的地方一樣黃，所以我很難分辨哪裡是頭髮，哪裡是頭皮。

我把一大瓶牛奶跟幾塊木炭放在櫃檯上，那個人問：「這樣就好嗎？」他把字音拉得很長，聲音就在我們兩個之間迴盪。他的口音很重，我要在腦子裡翻譯一下才聽得懂。我往前靠過去，他倒退了一小步，只有小小一片指甲那麼小的一小步，其實只是抽動一下而已。我想起來我的皮膚是棕色的，所以我就也往後退了。

「對。」我說，然後把錢從櫃檯上推過去。

我帶著那包東西回去車上，結果邁可很失望。

「回去那個店裡。」邁可說：「買個榔頭還是螺絲起子之類的。到家庭五金或汽車五金的那一區去找，總會有什麼工具。不然你要我怎樣把這些木炭敲碎？」

我把胎壓計放到櫃檯上，那個人說：「看來剛剛沒買齊全？」

我說：「對呀！」他對我笑了笑，每顆牙齒都灰灰的，牙齦則紅紅的。他的嘴巴是他渾身上下唯一有色彩的地方，是從他鬍子叢裡冒出來的讓人驚奇的紅色。我從櫃檯展示架上拿起一根棒棒糖。

「這個多少錢？」

「七毛五。」那個人說。他的眼神說的不一樣，他的眼神說：我能作主的話，我就送你一根，可是這裡有監視錄影機，我不能送你。

「我買一根。」我說：「不用收據。」

我回到車子旁邊邁可坐的那一側，把胎壓計交給他，零錢在我口袋裡冰冰的。

「有沒有找錢？」

我本來希望他會忘記找錢這回事，到了下一站停下來的時候，我就可以帶著小娜溜進去，給我自己買包牛肉乾和一瓶飲料。我感覺我的內臟現在又像一顆氣球了，裡面有滿滿的空氣，其他什麼也沒有。零錢散在阿拔給我的包包旁邊，我把零錢掏出來。坐上車子的後座之後，邁可遞給我一個莉歐妮之前塞在駕駛座底下的髒盤子，還有一塊木炭，跟那個胎壓計。

「這木炭眞是媽的有夠貴！」他說：「你把這木炭敲碎。」

「糖糖！」小娜說，然後伸手要我抱。

「梅可娜，別吵妳哥哥。」邁可說。他摸著莉歐妮的頭髮，彎下腰去在莉歐妮耳朵旁邊輕聲說話。我聽到了其中的一點點。「專心呼吸，寶貝，就呼吸就好。」他說。

「噓！」我對小娜說，然後用膝蓋頂著門，對著盤子跟木炭弓起背，輕輕敲起木炭來。我怕把盤子敲破，所以敲得很輕。小娜咿咿呀呀地哀叫，越叫越大聲，我以為她會開始死命地尖叫糖糖、糖糖，可是我回過頭去看她，看見她把兩根指頭含在嘴裡，我從她專注看我的樣子，兩顆小眼睛像彈珠一樣圓滾滾的樣子，安安靜靜坐在安全座椅上，沒放嘴裡的那隻手來來回回摩搓安全帶扣的樣子，我看出來了，她也有這能力，跟我一樣，她也能看懂別人沒說出的話，甚至比我還更厲害，因為她現在就已經會了。她看著我，知道我在想什麼，知道我在說，我有糖糖，小娜，我有糖糖要給妳，可是妳要等我弄完這個，我保證我弄完，妳就有糖糖吃了，因為妳好乖。她的嘴巴包在溼溼的手指頭外面，咧出笑容，小小的牙齒像還沒煮的米粒一樣整齊又漂亮，我知道她聽見我心裡的話了。

「小邁，你確定這樣有用？」蜜絲蒂問。

「醫院也是這樣做的。」邁可說。

「我從來沒聽過有誰是用煮飯用的木炭的。」

「這個嘛。」邁可說。

「萬一她吃了反而更糟怎麼辦？」

「妳是知不知道她做了什麼事呀？」

「知道。」蜜絲蒂說得很小聲，幾乎要把聲音呑掉了。

「那妳就該知道她需要吃點什麼來解毒。」

「我知道。」

「我就只弄得到這個了。」邁可說。他的語氣很堅定，像水泥正在凝固，像是在回答一個問題，一錘定音。

「敲好了。」我說。

「全部敲碎了？」

我把盤子舉高，好讓他看見盤子裡那一小堆聞起來有嚴重硫磺味的黑黑灰灰的粉末。像某種很爛的泥土，像密西西比河的支流在水位很低的時候，在退潮之後或是很久沒下雨之後泥濘的河底，小龍蝦會在那裡鑽洞躲藏，泥濘的河底會在藍天底下變黑，變成軟軟黏黏臭臭。邁可把粉末接過去，剝掉牛奶瓶蓋上的塑膠膜，打開瓶蓋，喝了兩大口。我好餓，餓到可以從邁可的口氣裡聞到牛奶的味道，他把木炭倒進牛奶裡面，蓋上蓋子猛搖牛奶瓶，我也聞得到車子裡有牛奶的味道。牛奶慢慢變成灰色了。邁可又一次把蓋子打開，現在車子裡有了一股新的味道，是一種會讓我的喉嚨後面感覺黏黏的氣味，讓我想要吞口水，所以我就吞了口水。

「我的媽呀，有夠臭的！」蜜絲蒂說。她把上衣拉起來，像面紗一樣遮住下半張臉。

「這東西本來就不會好聞的，蜜絲蒂。」邁可說。他把莉歐妮撐起來，莉歐妮的頭往後倒下去。我以為她的眼睛會是閉著的，結果不是，她的眼睛睜得大大的，眼睫毛像蜂鳥的翅膀一樣一直拍一直拍，是一個打得開開的白色震撼。「來，寶貝，妳要喝點這個。」

莉歐妮像沒有骨頭一樣，扭過來扭過去，身體像蟲一樣蠕動。

「糖糖？」小娜問。

邁可的鼻孔張大，兩片嘴唇也張開了，看起來像是要笑，可是嘴巴沒有形成曲線，溼溼黃黃的牙齒閃著光，像狗。他不會發現的，他全部的注意力都在莉歐妮身上，注意著她彎彎的頸子，還有一直揮動著想把他趕走的手。

我拆開棒棒糖的包裝，裡面紅紅亮亮的。我用手心遮掩著棒棒糖，遞給小娜。如果邁可問起這糖哪兒來的，我就要說是我在車子的地上撿到的。

「那是什麼？」阿財問。

「蜜絲蒂，來幫忙我。」邁可說。莉歐妮掙扎著不讓他灌，牛奶順著他的手臂流下來。「捏住她的鼻子！」

「靠！」蜜絲蒂說。她走出後座，跑到前座，兩個人一起壓制住莉歐妮，邁可盡可能把牛奶倒進莉歐妮的喉嚨，莉歐妮一邊吞，一邊透氣，一邊嗆咳，灰色的牛奶灑得到處都是。

「抱我！」小娜說。她爬到我的腿上，頭髮軟軟地扎著我的臉，氣息裡有酸酸甜甜的糖果味。她轉動腦袋，我感覺就像是整張臉沾上了棉花糖，粗糙又香甜。

「這是棒棒糖。」我小小聲說。阿財點點頭，然後手伸起來越過頭頂。

「那個是你媽媽？」他問。

「不是。」我說。我沒有再多做解釋，就連邁可把莉歐妮拉下車，兩個人都跪在加油站旁邊的草地裡，莉歐妮吐得一塌糊塗，背像生氣的貓一樣彎成弧形的時候，我也都不解釋。

莉歐妮在外面吐的時候，我對著小娜唱兒歌，因爲我希望她把注意力放在我身上，我不希望她看到莉歐妮彎腰弓背在那邊狂吐，不希望她看到邁可一臉緊繃，像快要哭出來，也不想要她看到蜜絲蒂從加油站拿著好幾杯水跑到他們兩個待著的草地上，說話聲音又高又尖，滿臉通紅。可是我的兒歌唱得完全不對，莉歐妮唱兒歌給我聽是好久好久以前的事了，我只記得片片段段。我記得一些時刻，那時候，我坐在莉歐妮的腿上，我們在廚房裡唱歌，廚房裡煮著洋蔥、甜椒、蒜頭和芹菜，水霧蒸騰，氣味好香，香得讓我連空氣都想吃。阿嬤會笑我的發音，笑我把狗狗說成抖抖，鍋子說成多子。我那時候一定才只有小娜現在這麼大，可是我那時候就聞得到莉歐妮的氣味了，她的歌聲從我的耳朵旁邊飄過的時候，氣息有一種味道，是她嚼的紅色肉桂口香糖的味道。即使我後來比較大了，她不再親我了之後，只要有人嚼那種口香糖，我就會想起莉歐妮，想起她軟軟乾乾的嘴唇貼在我的臉頰上。我唱的歌詞是從記憶裡拿一些很相近可是不怎麼相合的拼圖隨便湊的，可是小娜不在乎。我唱：王老先生有隻鴨、公車上面有條牛、公車輪子轉呀轉、小小蜘蛛爬呀爬。每句歌詞我都自創了動作，小娜最喜歡的是小蜘蛛往上爬的動作，因爲我把兩個拇指交叉，其他指頭張開擺動，車子裡就有了一隻蜘蛛，距離小娜的臉只有幾吋遠，蠢蠢地在雨裡面往上爬。那個男生開口講話的時候，我正小小聲唱著歌，小娜也小小聲唱著歌，因爲她覺得這樣很好玩。我停下來安靜聽，小娜也停下來聽，可是我一停，她就揮舞著小手臂哎哎叫，所以我又重新開始唱。

「阿河很老了嗎？」阿財問。

我點點頭，繼續唱歌。

「他比你瘦，比你高。很有他自己的一套風格，鶴立雞群，不只是因爲他年輕，而是因爲他是阿河。」

太陽悄悄爬到天頂上了，陽光穿過那個男生的臉，落在小娜身上，照得她兩隻眼睛炯炯發亮。

「那裡面有很多人都不是很友善，以前和現在都一樣，一大堆不正常的人，不欺負別人就好像渾身不對勁，好像非要欺負人才會舒服一樣。」

陽光應該會照亮那個男生的臉才對，可是結果卻好像把他的臉變成了更深的棕色。

「裡面的人會揍人。有些人看到我們這個年紀的男生，就覺得他們是軟嫩可口的小鮮肉，覺得可以欺負一下。阿河想要幫我擋開那種事，可是他擋不了全部的事，而且我那時候太小了，我受不了，一直想著我的弟弟妹妹，不曉得他們有沒有飯可吃。那時候好想知道醒來不會覺得有一叢荊棘插在我肚子裡是什麼感覺。」

那是一種很接近黑色的棕色。

「我受不了了，所以決定逃跑。阿河有跟你說我逃跑嗎？」

我點頭。

「我好像沒逃成功。」阿財笑了，是一種慢吞吞的、吃力的咯咯笑。然後他忽然嚴肅起來，臉變成了明亮陽光下的黑夜。「可是我不知道是怎樣失敗的。我要知道才行。」他抬起頭來看著車子的天花板。「阿河一定知道。」

我不想再聽這個故事了。我搖頭，我不希望他跟阿拔說話，不希望他問阿拔那時候的事。阿拔從沒告訴過我阿財逃跑之後發生了什麼事。每次我問起，他就會轉移話題，或是要我幫忙他做院子裡的什麼事。我看得懂阿拔轉開眼光或是邁步走開要我跟上來的時候，藏在裡面的心情，我知道阿拔在說：我不想談這件事，談這個會讓我很難受。

「怎麼了？」阿財問。他看起來很困惑。

「不要吵。」我輕輕地說，然後用腦袋往小娜的方向指一指。小娜在空氣裡扭著手指頭，說：「小蜘蛛，小蜘蛛，小蜘蛛。」

「我一定要再見他一次。」阿財說：「我一定要弄清楚。」

邁可把莉歐妮抱起來，像抱小嬰兒一樣，一隻手放在她的膝蓋下面，另一隻手在她的肩膀下。莉歐妮的腦袋往後面垂下去，邁可對著她的脖子說話，抱著她往車子的方向走。莉歐妮在搖頭，蜜絲蒂用紙巾擦她的額頭。阿財站高了一點點，好像他有身體一樣，好像他有皮膚有骨頭有肌肉，需要伸展一下一樣，然後又重新坐回他在地上的那個太小的座位。

「我要弄清楚了，才能回家。」

那時候是下午，雲沒有了，天空一片蔚藍，柔柔的白光灑滿大地，照得小娜全身金黃，照得我皮膚發紅。每樣東西都把陽光吸進去了，只有阿財抖抖身體甩掉陽光。樹木沙沙作響。

「你家又不在野林鎮。」我說得好像我知道一樣，其實我是在問他問題。

阿財往前靠過來，靠得離我好近，如果他有呼吸，氣息就會噴在我臉上，口臭會直衝我的鼻子。我看過四〇年代牙刷的圖片，大得跟梳子一樣，刷毛像鐵絲。不知道甘可仁裡面有沒有牙刷，還是他們把小樹枝咬成鬚狀，然後用那個刷牙齒，阿拔說他小時候是那樣刷的。

「有些事情你以爲你知道，其實你不知道。」

「譬如什麼事？」這幾個字我說得很快，因爲蜜絲蒂已經在打開前門，邁可已經在把莉歐妮放在副駕駛座了，我知道接下來我都只能用氣音說話。

「所謂家不是指一個地方。我小時候住的房子已經不見了，只剩下一塊田地和幾叢樹林。可是就算那個房子還在，那也不是重點。」阿財把兩隻手的指節互相搓來搓去。「我也不知道。」

我對他揚起右邊的眉毛。阿嬤會這樣只揚一邊的眉毛，我也會，阿拔和莉歐妮就不會。

「家的重點在於土地，在於土地會不會打開來接納你，會不會把你拉得好近，近到你和土地之間的空間都融掉了，你和土地合而爲一，土地像你的心臟一樣跳動，跟你的心臟同步跳動。我家人住的地方……那裡是一面牆，是硬地板，是木頭，下面是水泥，不會打開，沒有心跳，也沒有空氣。」

「那又怎樣？」我用氣音說。

邁可發動汽車，開出加油站旁邊碎石路面的窄窄停車場。風揉搓我的頭皮。

「我就是用這種方法找到的。」

「找到什麼？」
「一首歌。那個地方是一首歌，我會變成歌的一部分。」
「你的話不知所云。」
蜜絲蒂看了我一眼，我轉頭看向窗外。
「你會懂的。」阿財說：「就是因爲這樣，你才會聽得見動物說話，才會看得見不存在的東西。那是你的一部分，是你全部的內在和全部的外在。」
「還有呢？」我把手和嘴巴都壓低了。
「還有什麼？」
「還有什麼我不知道的？」
阿財笑了，是老人的笑，一種沙啞的咻咻聲。
「太多了。」
「最重要的。」我用唇語說。
「家。」
我翻白眼。
「愛。」
我指指小娜，阿財聳聳肩。
「還有更多。」他說。他扭了扭身體，好像地板太硬一樣，好像他不想討論愛一樣。然後他看著我，那眼神就好像我七歲的時候不小心尿了褲子，坐在一張很硬的橘色塑膠椅上等莉歐妮帶乾淨褲子來的時候，學校祕書看我的眼神。我在塑膠椅上發抖了一個小時，莉歐妮一直沒有來，最後他們連絡上阿嬤，阿嬤跑來帶我走出冷氣房，走進熱烘烘的天氣裡。那個眼神看起來，好像他很同情我有這麼多不懂的事。

「還有時間。」他說：「你對時間的瞭解完全是個屁。」

第九章
阿財

我知道喬喬很單純，我從他毫無滄桑的圓胖身體看出來的。他的臉蛋光滑，帶有嬰兒肥的飽滿，肚子圓圓挺挺，手腳和他妹妹一樣軟嫩。睡著之後他看起來稚氣更濃，幼小的妹妹整個人橫在他身上，兩個人睡得香甜，像兩隻野貓，嘴巴張著，手腳也攤得開開，暴露出頸部的要害。我十三歲的時候，懂的可比他多多了。我知道金屬的腳鐐手銬會長進皮膚裡，知道皮鞭可以把人的肌肉像奶油一樣割開。我知道飢餓會痛，會把我像葫蘆瓢一樣挖空。我知道看見弟弟妹妹挨餓，會把我的另一個部位挖空，會讓我的心在胸膛裡瘋狂彈跳。我看著喬喬和小娜攤開了手腳酣睡，好奇我在那樣年少的時節有沒有曾經那樣酣睡過。我好奇阿河在看著我的時候，有沒有曾經看見他的隔壁床睡著一個天真狂野的動物？有沒有曾經感覺憐憫？又或者他感覺較多的是愛？喬喬打鼾打得呼嚕一聲，鼾聲就停止了，我感覺胸膛裡活著時應該是心臟的位置爲他而柔軟了起來。

年少的時候，我也不懂時間。我如何能知道我死了之後，甘可仁會把我從天上拉下來呢？我如何想像得到，甘可仁會把我拉向它，並且不肯放我走呢？我如何設想得到，甘可仁同時是過去、現在與未來，又如何猜得到，把這個地方從荒野中雕刻出來的歷史與情感會向我展示，時間是一座廣闊無邊的海洋，所有的事情其實是同時發生的？

我被困住了，就如同當初醒來時困在那松針遍布的空間裡一樣地困住了，就如同在那條白色的蛇、黑色的鷹來找我之前一樣地困住了。甘可仁再一次囚禁了我，我在這座新的監獄裡夜夜遊蕩。這是一個以水泥與空心磚鑲邊的地方。我看著男人在黑暗中歡愛或打鬥，彼此交纏到我分不清兩具軀體的界線。我在新的甘可仁度過了地球的許許多多次轉動，留神等待那隻暗色的鳥，但牠杳然無蹤。我絕望了，鑽入塵土沉睡，醒來時見證了新落成的甘可仁，我看著戴著手鐐腳銬的男人清理土地，打下第一批木樁，營建供囚犯與模範槍手居住的牢房。我以爲我做了惡夢，以爲只要我鑽進塵土中再睡一場覺，就會回到新的甘可仁，但結果不是。當我沉睡後再度醒來，我置身於還沒有建造監獄的密西西比河三角洲，原住民在肥沃的大地上遊蕩、打獵，偶爾停下來歇息，抽抽菸或打打棍球[1]。我大惑不解，於是又再度鑽入塵土酣睡，醒來時重新回到新的甘可仁，裡面有些男人留著長髮，編成緊貼頭皮的辮子，在無窗的小小房間裡一坐坐上數鐘點，盯著一個會漂流出夢境的大黑箱子目不轉睛，幽幽藍光之下的臉龐僵硬如死屍。我鑽進土裡、沉睡、醒來，多次之後我終於明白，這就是時間的本質。

我從沒有回到過我和阿河待過的甘可仁，這是小小的恩典。我僅在記憶中回訪過當時的甘可仁，那記憶竄上我心，如腐敗的氣泡浮上沼澤的水面。阿河在甘可仁有個女友，當我沉睡時，記憶如一張黑毯包圍我，那女子在黑毯中閃出金光。她是專門服務獄中黑膚男性的煙花女子，看來足可以當我媽，和我一般瘦，一般黑，眼眸像天黑後的樹木一般幽森如墨。她常穿著黃色衣衫。我問阿河爲什麼喜歡她，他說這要我長大一些後才會懂。我問他愛她嗎，他搖搖頭，我好奇他在墨西哥灣畔是不是有個心上人，某個鹹水女孩。

我和阿河得知那場私刑，就是那名黃衣女子說的。其他男人稱她爲陽光女人。那天是她在甘可仁的最後一天，但是我和阿河都不知道。她坐著，兩手交橫在胸前，一隻手摀住了嘴，看著那些模範槍手。我們坐在廣場角落一個工棚的陰影中，她告訴我們最近有人被吊死。是個黑人，她說，住在納奇茲市郊。有天他帶著他的女人進城去，有個白人女性經過時，他沒走下人行道讓路。他走得離那女人太近了，陽光女人說，碰到了她的身體，隔著衣服摸到了她肌膚的軟嫩。陽光女人說，那個白女人朝他們吐口水，怒罵那一對黑人，黑女人說對不起，說她男人不是故意的。陽光女人說，她認爲實情是，那男人不希望自己老婆要踩到馬路上，因爲前些天下過大雨、淹過水，馬路的車轍積著水。那個黑人可能挺自豪，覺得自己對女伴殷勤有禮，讓她走在乾淨的路上。陽光女人說，他的女人那天穿了她最好的衣服出門。白女人回到家，跟她丈夫說有個黑人騷擾了她，黑人的女伴則對她出言不遜。那對黑人男女連家都還沒回到，就被暴民追上。就是他們，白女人說，就是那邊那一對。陽光女人說，暴民有百來人，那一帶的居民都看到了亮光，火炬和燈籠把黑夜照成了黎明。

陽光女人說到這裡時，開始壓低聲音說話。她說鄉人隔天到林子裡去找，找到了他們兩個。她說暴民把他們打得很慘，打得腦袋腫脹，眼睛都不見了。地上到處是包香腸的蠟紙和吃剩的玉米梗。男的黑人沒了手指、腳趾和那話兒，女的沒了牙齒。兩個人是被吊死的，屍體周遭地上所有的樹根都在冒煙，因爲那些暴民還放火焚燒那兩人。這裡不安全，陽光女人說，所以阿河，今天是你們最後一次在這附近看到我了。我要和我阿姨還有姨丈北上到芝加哥去，她說，你出獄之後如果不北上，你就是傻子。

阿河看起來好像吃到了什麼髒東西，好像他的飯裡有小蟲還是石子之類的，他說：不行，陽光女人，我要回南方去。阿河往我瞥了一眼，說：我覺得妳不該跟我們兩個講這故事，也許妳應該以後再說。

他年紀夠大了，才會進到這裡來，阿河。陽光女人說，這表示他年紀夠大，可以知道這些事了。

阿河把手臂從陽光女人的手中抽開，走到陽光下。

他進了這裡也不表示他可以承受這種事。他根本用不著聽這樣的事。阿河說。

陽光女人好像對阿河很失望，很生氣，可是雖然這樣做看起來好像很痛苦，她還是把手鑽過他的臂彎，說：對不起，阿河。對不起，小弟。她拖著阿河離開，留下我一個人孤零零站在屋子的背風處。我仰頭看看生鏽的鐵皮牆壁，想起我應該告訴陽光女人的，她沒有告訴我什麼我本來不知道的事。要是我講了，阿河不知會不會比較不氣她？我有一次和弟弟妹妹在林子裡玩，看到樹上掛了一具屍體。是個矮小的人，和我一樣矮，可是渾身爛成軟綿綿，發著臭味，嘴巴開開，好像在咧嘴笑。那個笑很猙獰。弟弟妹妹們尖叫著跑回家去，我回到家時，阿母賞了我一巴掌，因爲我是大哥，居然帶著弟弟妹妹到不該去的地方。可是我想起阿河訓斥陽光女人，想起他爲了保護我而從她身邊走開，我開始理解什麼是愛。我開始理解阿河和陽光女人做的事並不是出自於愛，但阿河爲了我而站到陽光下卻是。這個理解壓得我沉甸甸跌坐地上。我想叫住陽光女人，告訴她我會，等我出獄之後，我會北上。阿河回過頭來看我，眼睛黝黑無神。他好像聽得見我的心聲，好像知道我想說什麼。我看著陽光女人把阿河從我身邊拉走，我感覺一陣刺痛，從腳趾、腳跟、腿，蔓延到屁股，貫穿整個背脊，爆發成火，燒灼我的骨頭，舔舐我的每一條胸肋，那是一股狂放奔騰的強烈感覺，像一聲吶喊自咽喉掙脫而出，一個尖銳的音符傳遍我的周身。在那一刻，我決定要逃跑。

阿河和我比鄰而眠，他在黑暗中說故事給我聽的時候，我開始理解了什麼叫家。有回阿河告訴我什麼是海。他說：我們家鄉有很多很多水，從北方沿著河道順流而下，在支流鬱積成潭，奔流入海，海一路延伸，延伸到你所能看到的天地的盡頭。他說，海像小小的蜥蜴，會改變顏色，有時是狂暴的藍，有時是冷靜的灰，清晨天剛亮的時候，是銀色的。其他的囚犯咳著嗽、翻著身的時候，他告訴我，你看著海，就會知道上帝是存在的。我們出去之後，也許哪天你可以去我們那兒看一看，阿河說。

小娜的手掌捲在喬喬的脖子上，喬喬的手臂跨在小娜背上。我好奇他們是否做著相同的夢，是否夢見家鄉，夢見叢林樹木互相交纏糾結，承載著天空的重量。夢見溪流匯入河川，河川匯入大海。我不知道在喬喬來到之前，我無法離開甘可仁，是否是由於甘可仁對我而言也算是一種家？猶如鐵鍊之於遭綑綁的狗，可怕卻又具有形塑力，逼得狗兒歇斯底里狂吠、繞著圈子奔跑、掘土掘到了草的根部、凶狠地攻擊體型小的鳥獸、殘殺牠所能觸及的一切生物。

今天喬喬來到甘可仁時，那條白蛇的低語聲喚醒了我。牠在我身旁的泥土深處掘了個巢，以便在我的耳畔說話，以便在我腦袋旁的黑暗中蜷縮，輕聲對我說，如果你願意起來，我可以帶你飛越這個世界的水域，到另一個世界去。這個地方束縛了你，這個地方蒙蔽了你。縱使你不能飛，還是留著那枚鱗片吧！往南方去，去找阿河，去水的表面，他會帶你看的，往南方去吧！牠纏繞我的頸子，驚得我往上爬，爬出塵土去追蹤阿河血液的氣味，那氣味濃郁如蜘蛛百合的芬芳。我看見喬喬和小娜在停車場上，那條蛇化身為一隻鳥，停在我的肩上，而後乘著一陣風揚長而去，快速而孤寂地朝南遷徙。小娜在睡夢中嗚咽，喬喬摩娑她的背安撫她，有一道陰影灑落，自他們身上飛掠而過。天空中，那隻生滿鱗片的鳥在翺翔，散放一道黑暗的光芒。

我會跟你去，我說。我但願牠聽得見。我說：我要回家了。

譯注

1 stickball，北美原住民的一種傳統團隊運動，類似長曲棍球。

第十章
莉歐妮

我和邁可剛開始交往時，曾有一個月的時間，每晚都把車停在支流的泊船碼頭，臉貼著臉親吻。他的皮膚光滑，風從敞開的車窗透進來，香甜而帶有鹽味。有一個月我們開著車到處跑，哪兒都去，就是不接近他位於殺戮鎮的家，他在天亮前一個小時開到我家讓我下車。那些日子當中，有一夜我躍下懸崖。我先助跑，然後躍過岩岸，墜入河水黯黑而羽毛般柔軟的中心，一路墜到河底。河底是軟泥而不是石礫，傾倒的樹木在河底腐壞，中心變得軟爛。我沒有游上來，拍擊水面的驚天一震麻痺了我的手和腿，四肢給這墜落的力道嚇傻了，我任由潭水托著我，極其緩慢地向上浮升，浮升，升向乳白混濁的光線。我清楚記得那經歷，因為我再也沒做過相同的事，那一段令人麻痺的浮升嚇壞了我。頭枕在邁可的腿上醒來就是那樣的感覺，他的手指仍觸著我的頭皮，車子骨碌碌前行，刺眼的陽光斜斜射入車窗。從幽深黑暗的地方慢慢浮升就是這樣的感覺。我稍稍抬起身子，把額頭靠在邁可的大腿上呻吟。

「嘿！」我聽得出他嗓音裡的笑意，字眼聽起來較高、較薄。我距離他的鼠蹊部太近了。

「嘿！」我一面說，一面把身子抬得更高一些。終於整個人坐直起來，我感覺不大對勁，像是脊椎裡每一塊骨骼、每一個關節都被打散了又重新拼起，卻拼歪了。

「妳感覺怎樣？」

「什麼？」

邁可把我額上的頭髮向後撥，他的觸摸使我閉上了眼。我的喉頭灼燒。邁可看了看後照鏡，把我拉向他，於是我的頭靠在他的肩上，他的唇在我的耳邊。

「我們被警察臨檢，妳記得嗎？因爲來不及把艾爾給的東西丟掉，妳就把那鬼東西給吞了。地板上一堆鳥垃圾，妳的車該整理整理啦，莉歐妮！」他說這話聽起來眞像阿母。

「我知道，邁可。還有呢？」

「我在一間加油站幫妳買了牛奶和木炭，妳吐了。」

我吞了一口口水，感覺舌根發疼。

「我嘴巴痛。」

「妳吐了超多的。」

車窗外的世界一片碧綠，晃晃悠悠，迷迷濛濛，是邁可眼睛的顏色，也是春天樹木萌發新生命的顏色。幫助我從黑暗中浮升的記憶、縱身躍下懸崖的記憶，是一片鬧哄哄的綠，但如今我體內沒有一丁點兒那種綠，只有乾燥而生著苔蘚的水櫟樹枝幹，燒成了灰，仍在冒著煙悶燒。我感覺不對勁。

「還要多久才會到家？」

「一小時左右。」

就連色彩向來柔和的蒼翠松樹似乎也比平時明亮了。我透過松樹，看見太陽就要下山。

「到了叫我。」

我躺在灰燼中睡去。

我醒來時，邁可已經把所有車窗都搖下來了。我感覺像是作夢作了數個鐘點，夢見我在渺無邊際的墨西哥灣中央，困在魚比人還大的遠洋中一艘氣快漏光的充氣小艇上。小艇上並不只有我，喬喬、梅可娜和邁可也都在，擠得手肘都貼在一塊兒。但小艇肯定有洞，不斷漏氣，我們都快沉入海中了，海中有蝠魟遊蕩，鯊魚頂著我們。我自己快沉了，還是努力想讓大夥兒都浮在水面上。我沉到浪底了，但用力把喬喬往上推，好讓他浮出水面透氣，但是梅可娜卻又沉了，我又把她往上推，接著邁可沉了，於是我一面下沉一面掙扎，一面把他往上推，但他們全都不肯待在水面，全都像石頭一般只想往下沉。我不斷把他們推向水面，推向破碎的天空，好讓他們能活命，但他們不斷從我手中溜開。夢境感覺好真實，我幾乎可以感覺到手掌觸著他們溼透的衣裳。我害他們失望了，我們全都要淹死了。

「好些了嗎？」邁可問。

天空變成了粉紅色，每個人看起來都衣衫襤褸，就連蜜絲蒂也是，她臉貼著車窗睡著了，頭髮散在額頭上，沿著鼻子和臉頰的輪廓垂落，成了一條黃色的頭巾。

「應該是好些了。」我說。

我真的好些了，只有那個夢不大好。那個夢揮之不去，是記憶中的一個瘀青，一碰就疼。我轉頭去看梅可娜好不好。她溼溼冷冷的上衣貼著她小小、熱燙的身體。

「我們可以讓孩子們先下車，我們兩個去吃點東西，然後再回家。」

「回家？」

「回妳爸媽家。」邁可說。

我知道我們是要回我爸媽家，我們沒有別的地方可去。不可能去殺戮鎮，不可能去他爸媽家，他爸媽連梅可娜都沒見過，頂多只看過照片。我們不可能去不歡迎我們的地方。但可能是我腦海中一時幻想我們自己有棟公寓吧！等哪一天能自力更生了，就要找棟自己的公寓，大概是我憧憬得太熱切，因此一想到要回家，我想到的就是自己的公寓。我想像我們會在墨西哥灣沿岸某個大一點的城市安家落戶，住進那種不同樓層間有金屬和水泥樓梯連接的三層樓公寓，裡面有鋪著地毯、粉刷了牆壁的大房間，可以有自己的空間，隱姓埋名，寧靜度日。

「對。」我說。

「所以好不好呢？」

梅可娜踢著我的椅背。她的頭髮在頭頂糾結成一團，嘴巴咬著一根棒棒糖，紙棍已經融化了，剝落的碎紙屑黏在嘴邊。我對她笑笑，等著她回我一個笑，但她沒有笑，只是又踢了一下，含著紙棍露出牙齒，那不是笑。

「梅可娜，別踢媽咪的椅子。」

「偶尼。」她一面說，一面用力吸紙棍，雙手在空中揮舞。正看著窗外的喬喬轉過頭來，低頭看看梅可娜踢著椅背的腳，皺起眉頭。「偶尼。」梅可娜尖叫。

「她在叫妳的名字。」邁可說。

「叫媽媽。」我對梅可娜說。

「偶尼。」梅可娜說。有一剎那，我又回到溺水的夢中，我感覺到我的掌心托起她熱烘烘、溼淋淋的背，但她不斷滑脫又滑脫。

「好。」我對邁可說：「讓他們先下車。」

邁可從一條籠罩在樹木之間的窄小道路轉上另一條路，樹葉滴著水，點點落在擋風玻璃上。我從樹木枝幹的分布樣貌得知，我們已經回到野林鎮了。遠遠的前方有兩個人走在路上，我們在這條綠色隧道中前進，稍近些時，我看出其中一個是男的，矮小精壯，用鍊子牽著一條黑狗，走在他身旁的是個瘦小的女子，雲朵像盤捲在頭頂的頭髮黝黑，像蝴蝶組成的萬花筒一般顫動。一直到我們駛到他倆身旁，我才看出他們是誰。是住在附近的一對兄妹，史基塔和愛雪兒。兄妹倆步伐一致，兩人都腳步輕快。愛雪兒說了句什麼話，史基塔笑起來。暮色漸沉，道路昏暗，我們就在這蒼茫天光中，從他倆身邊駛過。

梅可娜又踢了我的椅背，我轉過頭，一掌拍在她腿上，力道大得手掌痛了起來。嫉妒與憤怒相生相倚。這個女孩子多幸運呀，她擁有她哥哥的全部。

房子看上去像快垮了，屋頂傾頹。喬喬扭轉門把，鑽進黑暗的大門消失不見，他看來像是比我們出發時高了。不一會兒，喬喬又走出門，往車子走回來。天色已經黑暗到我看不清他的臉了，就連他彎腰探進車窗，邁可打開車頂的照明燈，他的臉上仍像籠罩了一層黑色的薄膜。

「沒人在家。」他說。

「阿拔和阿嬷呢？」我問。

「不在。」

「有沒有留紙條？」

喬喬搖頭。

「上車吧！」邁可說。

「什麼？」我說。我疲倦得厲害，感覺像是有人在我的腦袋上放了條溼毛巾，毛巾的重量壓得我不能思考。

「我們可以在這裡等。」喬喬站著不動。

「上車吧！」邁可說。

喬喬抿著嘴唇，爬上後座，梅可娜再度把臉埋在他的頸間，一隻手指玩弄著喬喬的一綹頭髮。邁可倒車，開上空蕩蕩的街道。

「要去哪裡？」喬喬問。
「去看你爺爺奶奶。」
我的心像一隻陷入牢籠的松鼠，手臂上的汗毛倒豎起來顫抖。邁可的老爸浮現腦海，肥胖的身材冒著汗，步槍鬆鬆橫在割草機上，馬達聲刺耳哀鳴，因爲他加足了馬力，盡其所能地奔馳著越過草坪，想要到達我的車旁，抓到我。我看見我黝黑而骨骼細瘦的手擱在方向盤上，看見阿賜的手和我一樣纖細，但被弓弦磨出了圓圓的繭。
「爲什麼忽然要去看他們？」我問。
「我出獄了。」邁可說：「妳知道他們從來沒去甘可仁看過我。」
「因爲他們根本不關心你。」我說，但我知道那不是事實。
「他們關心我，只是不知道要怎麼表達。」
「因爲有我還有小孩的緣故。」我說。
這是我們吵架的老哽了，所以邁可找了一個新的切入點。
「何況喬喬十三歲了，該見見他們了。」
「喬喬十三歲了，他們根本不在乎，也沒想過要看看他或看看梅可娜。」我說。
邁可沒有理會我，繼續往北開。殺戮鎮的空氣較涼，因爲房子比野林鎮更少，有較多黑暗的大地在漸深的天空下沉睡。
「說不定情況會令我們意外呀，莉歐妮。」邁可說。

我的嘴裡像是嘗到了嘔吐物。

「親親寶貝！」

「不要。」

邁可把車停在路邊。蟋蟀喧鬧起來。

「拜託！」邁可說。他揉揉我的頸背。我恨不得奪門而出，拔腿逃跑，消失無蹤。

「不要。」

「我是他們生的，孩子是我們生的，他們要見到了喬喬和梅可娜，才會理解這一點。」邁可說。我感覺我的肩膀開始下垂，鬆弛，安定了下來。

「你怎麼跟他們說的？」我問。

邁可看著蟲子蜻蜓點水一般從擋風玻璃上跳躍而過。

「我跟他們說，是時候了。」邁可說：「我說，他們要是愛我，就也要愛我的孩子，因爲孩子是我的一部分。」他看著我，綠色的眼眸在漸暗的天光下看上去像棕色，頭髮烏黑。坐在駕駛座的人像個陌生人。「妳也是。」他說。

我拍掉他停在我頸子上的手，揉了揉他剛才碰觸的地方，好像那是蚊子咬出的腫包。

「好啦！」我說。邁可於是北上，駛進殺戮鎮。

「小娜餓了。」喬喬說。

「芋芋。」梅可娜說。外頭已經完全暗了，田地與樹木墨黑。我搖起裂了縫的車窗。車子開上密絲蒂家門口的碎石車道，我搖醒蜜絲蒂。她從腳邊抓起包包，踉踉蹌蹌下車，尖酸地說了句：「掰了！今天旅途可眞愉快呀！」甩上車門後，她趴在我的車窗上，銳眼瞪著邁可，說：「祝好運！」我從她的神情知道，她會恨我一、兩天，但等她洗了衣服，嘔吐物的氣味從她的鼻腔消散後，她又會打電話來。我探身到後座去搖起蜜絲蒂剛剛靠著睡覺的車窗，喬喬盯著地面看，像是掉了什麼東西。

「地上有剩菜剩飯嗎？」

「沒有。」他說。

「我們要去你爺爺奶奶家。」邁可說。

「芋芋。」梅可娜說。

「很快就會有東西吃了，梅可娜。」我說：「喬喬，把她抱過來。」

喬喬解開安全座椅的安全帶，把梅可娜往前送。梅可娜後側的頭髮糾結成一團，鬈髮被安全座椅磨得毛茸茸。我把她的頭髮順了順，想讓頭髮乖乖膨在頭頂，但她甩著頭，再一次哭喊著要吃洋芋片。我在皮包裡翻找，皮包裡除了一些零錢和一顆我從酒吧帶回來的薄荷糖之外別無長物。我撕開糖果紙，把薄荷糖遞給梅可娜，她含著薄荷糖，安靜下來。車子裡充斥著薄荷及梅可娜頭髮的氣味，香甜如糖。邁可慢下車速，穿越平交道，就在這一刻，說時遲那時快，一隻生著獠牙、渾身黑毛、有兩個男人那樣大的野豬從林子裡衝出來，飛快穿越馬路，腳步輕盈如孩童。

邁可猛一轉彎閃避，我抓住梅可娜，但沒抓穩，她從我手中飛出去，腦門撞在儀表板上。邁可彎下馬路，停下車來，梅可娜彈起來，滑落到我腳邊，安靜無聲。

「梅可娜！」我喊。我從她的胳肢窩抱起她，把她拉上來，她的額頭腫了一塊青紫色的包，淌著殷紅鮮血。她還活著，因爲她睜著眼，抖顫著就要哭泣，氣息在喉頭裡抽搭，緊接著放聲嚎啕。

「小娜！」喬喬喊。

「喬喬！」梅可娜手臂戳著我的鎖骨，推開我，要去找喬喬。車燈的亮光隱沒在黑暗中，龐然巨豬也隱沒在黑暗中，我突然感覺自己像是沒了骨頭，癱軟如水母，我沒有力氣與她相爭了。

「乖乖別怕！」我說，但我嘴裡一面安撫她，手卻一面把她抱往後座，她又重回了喬喬的懷抱。妹妹摟著哥哥的頸項，哥哥拍著妹妹的背，我和邁可對面相覷，我皺起了眉，我們又轉回面朝前方，看著霧氣籠得擋風玻璃一片迷濛。

「喬喬，把她放上座椅扣好。」我沒有回頭，直視前方這麼說，因爲我不想看他的臉，害怕在他的神情裡看到阿爸的堅毅，看到他對我的批判。又或者更糟，看到阿母柔柔的憐憫。

「眞的沒問題嗎？」邁可的手握緊方向盤，放開，握緊，又放開，彷彿在測試自己的反射動作，檢驗手指的靈活度。我從那動作看出來，他動搖了。一隻蟲子酣醉在燈光裡，啪一聲撞上擋風玻璃，又一隻跟著撲上來。

「你想去。」我說。

「對。」

「那就去吧！」

車裡沒有開收音機，沒有人說話，只有車子賣力前進的轟隆聲、輪胎壓擠碎石的吱嘎聲、樹林裡的池塘和人家庭院裡正圓形人造水池傳來的蛙鳴聲。邁可爸媽的家夜裡看來和白天完全不一樣，我已經有許多年不曾在夜裡造訪過這個地方了，即使是此刻注視著它，也仍覺得記憶模糊。門前的碎石車道長而直，穿越田野通往房子，在月光下呈現黃色。碎石閃著光，像是煙火穿越暗夜空氣過後留下的殘光。有兩扇窗是亮著的，分別在屋子的兩端。邁可熄燈，車子於是小心翼翼、吱吱嘎嘎開上了車道，石子在車輪底滾動，小小聲地乒乓作響。我們的車停在大喬瑟的小貨車和一輛引擎蓋短小、車身和車背四四方方的藍車旁。藍車的後照鏡上掛了一串玫瑰念珠。我小心翼翼打開車門，忽然間尿急得不得了。我不想來這裡。邁可伸出手，兩個孩子還坐在後座，我恨不得爬回車上，甩上車門，載著孩子離去。遠方有隻狗在吠叫。

「來吧！」邁可說。

「走吧！」我對喬喬說。他下了車，站在黑暗中。他已經和我一樣高了，可能還比我高一些，我看得出來，要不了兩、三年，他就會和阿爸一樣高了。他把梅可娜從車裡抱起來，摟在胸前，梅可娜的背脊就是他的盾牌。梅可娜摸著額頭，額上有一塊匯集了血液的黑暗星叢。她問著喬喬問題。

「阿嬤呢？」她問：「阿拔呢？阿嬤呢？阿拔呢？」

「不是要找他們。」喬喬說：「我們要去找不一樣的人。」

但他沒有說明我們要找的人是誰。我想要當個稱職的母親，回答她的問題，想要說：是妳的爺爺奶奶，妳的另一些家人，另一對阿拔和阿嬤。但我不知該怎麼說，不知該如何解釋，因此我什麼話也沒說，決定讓邁可去回答她。但邁可同樣什麼也沒回答，他踏著露臺階梯，走上門廊，來到門前，拉開紗門，敲了敲門。是兩記自信滿滿的敲門聲，像馬蹄敲在柏油路面般大力。我跟在邁可身後，喬喬慢吞吞拖著腳跟著，黑暗中碎石在他腳底咕咕作響。邁可走下階梯，是漫天漆黑裡的一個白鬼。他抓住我的手，把我拉上臺階，讓我和他肩並肩站在門前。

他又敲了一次門，我聽見屋裡有腳步聲。喬喬的聽覺像動物一樣敏銳，他往車子的方向倒退一步。

「喬喬，別這樣！」邁可說。

門開了，燈光亮得刺眼，我不得不低頭去看腳。邁可的手握在我的手裡，硬得像金屬。他握得好緊，緊到我的手指想必都發紫發白了，但我看見他，看見大喬瑟，大喬瑟身穿連身工作服和一件太緊的T恤，鬍鬚花白，手臂粗壯，這整個景象在一片黃光中教我難以招架，我後退一步，邁可把我拉回來。

「爸爸。」他說。

「兒子。」大喬瑟說。這是我第一次直接聽見他說話，他的嗓音之高令我吃了一驚，這嗓音與他整個人完全不搭調，他感覺是個紮根在土地裡、非常低沉、非常靠近地面的人。頭一次聽見他說話是在法院裡，但當時他是殺我哥的凶手的叔叔，除此之外，他對我毫無意義。

「我們來了。」邁可說。他舉起與我十指相扣的手。大喬瑟身子歪了歪，像棵老橡樹被強風吹拂，但並沒有移動腳步，沒有退後一步說：進來吧。背後的黑暗裡，梅可娜哭了起來。

「吃饅饅。」她說：「喬喬，要吃饅饅。」

屋裡有腳步聲，不像大喬瑟的腳步那樣粗重，而是較沉穩、較紮實的啪啪聲。我知道那是邁可的母親瑪姬的腳步聲，但聽見她那低沉沙啞的老菸槍嗓音，我還是抖顫了一下。她猛力拉開門，門前的她身穿米色毛茸茸睡袍，腳上兩隻動物腳掌似的白色室內拖鞋，整個人像隻兔子。我在其他地方見過她兩次，我知道袍子之下她的身材也同樣像隻兔子——四肢細瘦，肚腹滾圓。

「我要起司，喬喬！」梅可娜尖叫。

「喬瑟，你聽見那孩子在哭了。」瑪姬說。她的臉一陣抽動，但隨即又靜止不動。她的頭髮是頂紅色帽子，雙眼黑得深不可測。「晚餐時間到了。」

「我們已經吃飽了。」大喬瑟喘著氣說。

梅可娜嗚嗚哭泣起來。

「她還沒吃。」瑪姬說。

「妳知道的，這個家不歡迎他們。」

「喬瑟！」瑪姬說。她對著他皺眉，推了一下他的肩膀。

大喬瑟喉嚨裡發出一個聲音，身子再度傾側了一下，我這才明白強風就是瑪姬。大喬瑟看著我，彷彿但願那把步槍此刻橫在他腿上，但他退讓一步，不再堵在門口。他倆預先討論過這情況了，我從瑪姬喊他名字的語氣中聽出來的。一個女子用這樣的口氣喊一個她深愛已久、共同生活已久的男人的名字。光是她喊他名字的那語調就足夠了，我知道他們討論過我，討論過喬喬，討論過梅可娜。瑪姬推開紗門。她沒有說進來吧，也沒有說歡迎，只是站在那兒，側過身子。我從她身邊走過時，她身上有乳液、香皂和煙的氣味，但不是香菸的煙，卻像是焚燒過的橡樹落葉。她的臉像邁可，走過她身旁時我心一驚，因為在一個婦人的身上看見邁可的臉——細窄的下顎、剛挺的鼻梁——感覺太奇異。但她的雙眼卻完全不同，像兩顆堅硬的綠色彈珠。我們在屋裡擠成一堆，遠遠躲著家具，像一群受驚的動物。大喬瑟和瑪姬並肩立著，像是彼此碰觸著，卻並沒有。瑪姬比照片上看來要高，大喬瑟比照片上看來要矮。

「你不幫我們介紹一下嗎？」瑪姬說話時看著邁可，邁可眨眼般微渺地極輕極輕點了個頭。

「是的，媽媽，這位是……」

「喬喬。」喬喬說。他把梅可娜舉起來。「這是小娜。」梅可娜用美麗的綠眼看著瑪姬，這時我發現她倆的眼眸生得一模一樣。我捏捏邁可的手，我的孩子像一對我不認識的人。梅可娜是個黏人的金黃色小傢伙，歪著的腦袋與清澈的眼眸如成人一般，直來直往，毫不留情面。喬喬與邁可一般高，幾乎快要與大喬瑟一般高，肩膀向後挺，脊梁的線條像根金屬的圍籬柱。我從不曾見他與阿爸如此相像過。

「很高興認識你。」瑪姬說，但她的臉上沒有笑容。

喬喬連頭都沒有點，只是注視著瑪姬，把梅可娜換到另一邊抱。大喬瑟搖搖頭。

「我是你奶奶。」瑪姬說。

廚房裡有只大壁鐘，尷尬的靜默中，壁鐘分針行走的滴答聲格外響亮，響亮到我禁不住開始計算秒數。邁可皺著眉，看看母親又看看父親，握著我的手逐漸鬆開，我卻把他的手捏得更緊，愈來愈緊。喬喬聳聳肩，梅可娜把兩隻中間的手指塞進口裡，大力吸吮，屋裡瀰漫著檸檬清潔劑和炸馬鈴薯的氣味。

大喬瑟在一張安樂椅上撲通坐下，扭轉椅子朝向電視。

「我早猜到這兩個小孩沒家教。」他說。

「爸！」邁可說。

「也不跟你媽打聲招呼。」

「他們只是害羞。」邁可說。

「沒關係啦！」瑪姬說。她每個字眼都說得短促。

我想必是在冒汗，胸膛裡有火在灼燒，火焰的底部是顆大石頭，沉甸甸壓在胃裡。我綳緊雙腿，分不清究竟是想吐還是想尿。

「跟奶奶問聲好。」我啞著嗓子說。

喬喬叛逆地望著我，嘴角下撇，眼睛幾乎閉起。他把懷中的梅可娜顛了一顛，往門邊退一步。我不知道我為什麼會說出那句話。梅可娜看著我，像是並沒有聽見我說話，搞不清楚狀況的人可能會以爲她是聾子。

「瑪姬呀，那女人帶大的，妳想是會多有禮貌？」

「喬瑟。」瑪姬說。

我恨不得把什麼都吐出來，食物、膽汁、胃、腸、食道、所有的器官、骨骼、肌肉，什麼都吐出來，吐到只剩皮，或許皮還能翻過來，我就什麼也不剩了，這副軀體、這張皮，什麼都不剩。或許邁可還可以把我的心臟踩扁，讓它停止跳動，再把一切都燒成灰燼。

「拜託，他們有一半是她的血統，還有那個叫阿河的小子的血統，都是壞胚子，什麼鳥皮膚！」他說到話尾，嗓音飆得奇高，幾乎被電視的聲音淹沒。電視上，一個慷慨激昂的汽車售貨員正在進行價格超優惠的跳樓大拍賣。瑪姬的嘴抿成一條縫，兩隻手互相揉搓，我忽然恨起她來，因爲她能走路，而我阿母纏綿病榻。我也恨喬瑟，因爲他稱我爸爲小子。我不知他對我爸瞭解多少，不知當他看著阿爸臉上的每一根線條、走過的每一個步伐、口中吐出的每一個字，看到的除了一個頂天立地的男人之外還能有什麼。阿爸比大喬瑟起碼大上二十歲，大喬瑟還在包尿片時，阿爸已經是成年人了，所以當大喬瑟看著阿爸，看著他多麼堅若磐石，彷彿是吸納了全世界的苦難，讓那些苦難將他一吋吋鈣化，使他變成了一棵石化的樹，大喬瑟除了看見一個頂天立地的男人，還能看見什麼？阿爸可以海扁他一頓的。我在腦海中看見大喬瑟站在阿賜的屍體旁，低頭噴著氣息，彷彿阿賜不過就是隻在公路上被意外輾死的動物，我不知他如何能對阿賜的完美視而不見。那樣一雙拉弓的長手臂，死去的雙眼之上的高聳額頭，他如何能視而不見？

「去你的，老爸！」邁可說。

大喬瑟從椅子上跳起的速度就和他坐下去時一樣迅捷。他朝我們走來，但面向邁可。

「我跟你說過了他們不屬於這裡。我早就叫你別搞上黑鬼了！」

邁可用頭去頂大喬瑟，兩人腦殼相撞的啪啦聲在空氣中迴盪，大喬瑟的鼻子湧出鮮血，父子倆在地上扭打，但邁可並沒有出拳，兩人只是互推，彼此都想把對方壓制在地上，孩子一般滾來滾去，呼吸濁重，汗水淋漓，可能還淚眼婆娑。邁可一次又一次重複說著：「可惡，爸爸，可惡，爸爸！」大喬瑟什麼話也沒有說，只是咻咻喘著氣，喘得厲害，聽來像啜泣。

「夠了！」瑪姬尖叫：「你們鬧夠了！」她跑著走開，我簡直無法相信她就這樣放任他們在廚房地上扭打，但她隨即又跑著回來，手裡拿了支掃帚，往邁可肩上打去，因爲這會兒是邁可在上，大喬瑟在下。瑪姬怒吼：「起來！給我起來！」我仍然感到噁心欲嘔，也感覺冷，感覺自己太微小，承受不住這場面，心裡微微有個念頭，想抓住喬喬的手，把兩個孩子拉出這房子，任由他們父子繼續大打出手，但另一方面，我又想張口大笑，因爲這一切多麼荒謬，一切的一切。我望向我的兒子，非常確信他必定在笑，想必看得出來這情況有多愚蠢荒謬，但他的眼光並不在那對扭打的父子身上，而是看著我，有一瞬間，我看見他臉上閃過我從未見過的神情。他看著我，彷彿我是一條水蝮蛇，剛剛咬了他，剛剛把牙齒插進了他腳踝的骨骼中，把那腳踝咬得紅腫起來。他看來像是準備要一腳踩扁我的頭，踩碎我的頭骨，把我踩進猩紅泥土中，踩得我僅存皮和骨，泥土從裂隙滲入全身。他看起來不像是我的孩子。梅可娜在她哥哥的身上攀爬，愈爬愈高，幾乎要坐上他的肩。於是我動手了，我大步跨向前，雖然有些懷疑喬喬會掙脫，還是一把抓住他的手，拉著他往門邊走去。

「很高興認識兩位。」我說。兩個男人仍在地上扭打，瑪姬仍啪啪揮著掃帚，我的話聽來嗓音尖銳且愚蠢。此時大喬瑟在上，勒著邁可的頸子，我很想回頭去解救邁可，但我沒這麼做。我打開門，把喬喬和梅可娜拉出去，回頭看了一眼，看見邁可往他老爸的咽喉揍了一拳。我們出了門，殺戮鎮的天空寬廣開闊且清冷，星辰滿布，我們走下門廊階梯，站在車旁發抖，聽著屋子裡的砰砰打鬥聲。忽然一聲嘩啦，什麼東西破了，燈光滅了。

「上車。」我說。喬喬帶著梅可娜爬上後座。

「靠！」梅可娜口齒不清地說，聽起來像套。

「不要說這種話。」我說。我們在黑暗中坐在車裡，與溫暖月分裡第一批活過來的蟋蟀與螽斯作伴，一面聆聽牠們用宛轉鳴聲抗議空氣的凜冽、星辰的冷漠，一面等待。

過了數分鐘，或是數個小時，也或者是數天，或許我們在睡夢中度過了日升日落，一次又一次在夜裡醒來，那對父子仍在屋裡扭打翻滾砸東砸西。最後邁可和他媽走出門來，邁可一腳踢破紗門，瑪姬追出來扳住他的肩，把他扳向她，對他怒吼，而後是好言好語，最後是低聲呢喃。邁可喘著氣彎身靠向母親，最後是趴在母親身上，頭枕著她的肩，母親揉搓他的背，像安撫一個小嬰兒，袍子上邁可碰觸過的地方隨即變黑了，是點點的血漬。邁可抽抽咽咽在哭。蟲子不叫了。

「我們剛剛應該走掉的。」喬喬小聲說。

「閉嘴。」我說。

「小娜還是很餓。」喬喬說。

我該走的，我該讓邁可跟他的家人在一塊兒，我則帶我的女兒回家，給她吃點東西，塡塡她的胃，平息她的嗚咽，但我並沒有，我做不到。瑪姬拉開門，走進屋內，我以爲邁可就會朝車子走來，但並沒有。他只是彎下身子，交叉起手臂，把手臂搭在前廊欄杆上，弓著背趴在那裡等待。他的母親再度打開門，險些打到他。她遞給他一個購物紙袋，把他拉向她，擁抱他，再一次對他說話，每說一個字，就用手掌拍一下他的背。他重新變成寶寶了，他媽媽看起來像是在給他拍背幫助打嗝。我低頭看看我的腿，又透過駕駛座的窗戶往外看，望向樹林的最遠端。我聽見門砰然關上的聲音，接著是一聲咿呀，邁可打開車門，坐上副駕駛座。蟲聲響亮起來，隨即又隱沒。紙袋窸窸窣窣。

「你還好嗎？」我問。我知道這樣問很笨，但還是這麼說了。

「我們走吧！」邁可說。

車子卡了一陣，然後重新活了過來。我緩緩開下車道，繞過泥濘水窪，蟲子朝著我們狂鳴。

我轉上街道，那房子完全黯淡下來，所有的窗都沒有光，前側的外牆和梁柱及玻璃光滑且靜止，像一張沒有表情的臉。

我把車彎上碎石車道的時候，阿爸已經在家。他坐在門廊前，就和門廊上的鞦韆以及左右兩側花盆裡的植物一樣靜止。他把燈關了，因此成了黑暗中的黑暗，我之所以知道他在那兒，是因爲他彈開打火機又放開，任火焰搖曳熄滅，然後又重來一次。我小時候他會抽菸，會自己包菸捲菸，但有回他抓到我在工棚後面點他的菸屁股，菸屁股裡的菸草只剩下一個指甲那樣小，阿爸一掌拍掉我手中的菸屁股和火柴，從此我沒再見過他身上有菸，也沒再聞到過他身上有菸味。菸屁股被拍到地上之後他看我的神情，眼睛睜得老大，是失望，是痛楚。那是我記憶中阿爸頭一次那樣看我。當時我十一歲，胸脯才剛剛萌芽，學校同學已經在吸大麻或其他更糟的東西，所以我想至少試試看抽菸。但只要一想起他的神情，那混合了愧疚與憤怒的神情，我就後悔自己曾經拾起那一小截菸屁股，後悔當初偷了那根火柴，後悔曾經燃起火柴，並且躲在屋子後方讓阿爸抓到。

因此現在每當阿爸思考著什麼事，卻不願旁人得知他在尋思、在憂慮時，就這麼做。點火，任火焰搖曳熄滅，點火，任火焰搖曳熄滅。在殺戮鎮，裹足不前的人是我，如今換成邁可萎靡地蜷縮在我身邊，像是我用一條過短的破爛牽繩牽了一條雜種狗。他想去把梅可娜抱下車，但還沒來得及走到梅可娜的那一側，喬喬已經下車了，梅可娜拍著喬喬的臉，說：「吃饅饅。」每說一個字就拍一下。他倆已經在黑暗中朝阿爸走去。我和邁可到車上去拎行李，走上門廊時，梅可娜已經在掙脫阿爸的懷抱，喬喬則把她抱進屋裡。此刻的阿爸是一枚黯淡的汙漬，臂膀上的刺青在打火機點燃的瞬間亮起，隨即又消逝。我年少時，阿爸若在沙發上小憩，我會躡手躡腳走去他身邊站著，嗅聞他身上的氣味，他的氣味混合了菸草、薄荷和麝香味。我會用食指循著他的刺青的線條隔空劃過一遍。刺青裡有艘船，有個看來像阿母的女子，以雲彩為衣，手中拿著箭與松枝，還有兩隻鶴，一隻代表我，一隻代表阿賜，阿賜的那隻呈飛翔狀，容光煥發，腳從沼澤青草上掠過，我的那隻嘴插在泥土中。我五歲的時候，阿爸指著我的那隻告訴我：我為妳刺的這一隻，是幸運的符號，看到就幸運，它代表一切都是平衡的，代表風調雨順，水裡有魚，沼澤泥巴裡有東西在蠕動，支流的青草很快就會綠了，這是代表生命的符號。火光漸弱，刺青隱沒在黑暗中。阿爸開口說話，我看見他的牙齒。

「妳阿母在找妳。」

「先生您好。」邁可說。我聽見他說話，也感覺到他說話，熱熱的氣息輕撫過我的肩膀。

「邁可。」阿爸說。他清清喉嚨：「回家真好，是不是？」

「是的，先生。」

「妳阿母……」阿爸的話戛然中斷。

「我們很快會找地方搬出去住。」邁可插嘴。

阿爸點起打火機，他的臉亮起來。他皺著眉，火光隨即又熄滅。

夜色幽幽，月黑風高。

「這個明天再說吧！」阿爸站起來：「莉歐妮，快去看看妳媽。」

阿母躺在床上，面向著牆。她的胸脯靜止，鎖骨凹處的骨頭堅硬而緊貼皮膚，是生鏽的烤肉架在破碎的烤爐上。她的手臂全是骨頭，骨頭上的皮膚和薄薄的肌肉堆聚在奇怪的地方，距離手肘太遠，距離喉頭的中心太近。她吞了口口水，一股寬慰流遍我全身，我這才發現我在觀察她有沒有在呼吸，有沒有在動，人是不是還在。那感覺就像及時雨落在乾燥滾燙的地面。

「阿母？」

她的頭挪動了一吋，又一吋，然後看著我，一對眼睛在臉龐上出奇靈動，黝黑的瞳孔閃著痛楚，煙塵一般在眼白上飄移，是整個暗沉身軀裡唯一明亮的部位。

「水？」她問。那聲音是沙啞的低語，夜晚的蟲鳴喧囂從開著的窗透進來，她的話語聲若有似無。

我拿起阿爸放在床邊的杯子和吸管，湊到她的嘴邊。我該守在她身邊的。

「邁可回家了。」我說。

她用舌頭把吸管踢出嘴巴，嚥下水，頭重新枕回床上。她的手蜷曲在薄薄的白色毛毯上，像久病者的手。

「時候到了。」

「什麼？」我說。

阿母清清喉嚨，但她的低語聲沒有比剛才大聲，像過長的褲管從泥土中拖過。

「時候到了。」

「什麼時候到了，阿母？」

「我離開的時候到了。」

「什麼意思？」

我把杯子放在床頭櫃的邊緣。

「這個痛。」她眨眨眼，像是要皺眉，卻並沒有皺。「如果我繼續在這床上躺很久，這個痛就會把我的心臟燒掉。」

「阿母。」

「我能做的什麼都做了。我熬了各種的草藥，我敞開心胸迎接神祕者[1]，迎接聖猶達[2]、瑪莉．拉芙[3]、伊羅科木[4]進入，但他們進不來，身體不讓他們進來。」

她的指節遍布著各種傷疤——滑脫的刀子、摔碎的碗盤、沉重的洗滌衣物。如果我把她的手拿到鼻前嗅聞，不知是否會聞到她多少年來放在神龕上的供品以及治病用材料的氣味——成串的胡椒、馬鈴薯、甘藷、香蒲、蜘蛛百合、鬼針草、香車葉草、野秋葵，世上所有的植物都採集到她手上了。但當我執起她乾燥如砂紙的手掌嗅聞，聞到的卻是打過了穀、被冬陽曬褪了色的乾草味。死的氣味。她捏了捏我的手，力道微弱得可憐。我年幼的時候，她替我洗頭，我坐在浴缸裡，膝蓋抵著下巴，她按摩我的頭皮，用指甲搔抓。我想哭，我不知道她在對我說什麼。

「還有一個。」她說。

「一個什麼？」

「還有最後一個神祕者，布莉姬媽媽[5]。讓她進到我裡面來，主宰我。她是死亡的母親，是審判者。如果她來了，說不定會帶我走。」

「沒有別的神祕者嗎？有沒有治病的神祕者？」我問。

「我教妳的還不夠多，妳安撫不了那些神祕者。」

「我可以試試看。」我愈說聲音愈微弱，字眼像條鬆垮垮的釣魚線從我口中垂落，晃蕩著一枚沒有魚想咬的魚鉤。夜晚的昆蟲互相叫喚，牠們在求歡、恫嚇、歌唱，我一點兒也聽不懂。阿母望著我，有一霎，希望閃現，像渾圓的滿月一樣明亮而遙遠。

「不行。」她說：「妳不會，妳從來沒接觸過神祕者。他們看見妳的時候，會覺得妳不過是小嬰兒。」

我把手從她的手中抽出。她靜靜躺著，雙眼太大也太潮濕，眼皮搧動。她從不眨眼的。

「妳可以幫我收集東西。我需要石頭，墓園的石頭。要多到可以堆成一堆。還有棉花。」

我想走出這房間，走出大門，走到支流旁，走到水邊，踏進去，把閃亮如玻璃的水踩在腳底，一路前行，直到我隱沒在地平線之外。

「玉米粉，蘭姆酒。」

「然後妳就要走了嗎？找到那個鬼就要走了？」

我的嗓子哽咽了，臉溼了。

「爲什麼不叫阿爸去找？」我問。

「妳是我的寶貝。」她的呼吸濁重，烤肉架崩解了，墜入生鏽的靜止中。「就像我掀開簾幕，讓妳進入這一世的生命，妳也要爲我揭開簾幕，讓我走進下一世。」

「阿母，不要……」

「幫忙我準備。」她嘆了一口溼漉漉的氣，我伸手去抹她的臉，淚水之下的皮膚溫暖潮溼，充滿著鹽和水和血。「我不想要空有呼吸，其他什麼也沒有。我不想要痛到骨髓裡。我不想要那樣，莉歐妮。」

「阿母。」

杯子從床頭櫃摔下去，在我鞋邊擴散成一汪水潭。螽斯一陣嘓嘓，不知是歡呼還是譴責。

「寶貝，求求妳！」阿母說。

她的眼睛大且狂野，她發出呻吟，某種東西在她的體內遊走，可能是痛楚，觸動她的腿在蓋毯下不安地挪移，而後又靜止不動，像一陣狂風吹過寒冬光禿禿的樹枝。嗎啡的力量不夠強。

「讓我憑著自己的一點點什麼離去，拜託！」

我點了點頭，伸手去摸她的頭皮。她的頭皮在我的雙手之下，摸起來熱燙，我按摩並且搔抓，一如當年她按摩並搔抓我的頭皮，她的嘴一開一闔，舒暢又疼痛。那一開一闔可能是來自啜泣，但她壓抑住了那啜泣。舒緩再度降臨，這一次猶如洪水漫過乾涸的平原，從我碰觸她頭皮的地方，滔滔奔湧過她瘦削的臉龐、強健的脖頸、平坦而滿布刻痕的胸脯、肚腹的凹陷處、腰臀裡虛空的臟器，兩條腫脹而黝黑的長腿，到她扁平的腳板。我等待著，但她的軀體毫無改變。我以爲她平躺的身子會鬆懈下來，但並沒有。我僅能從她的眼皮得知她已入睡，眼皮下那對光滑的珠子鬆弛了。我走出房間，帶上門。邁可在沖澡，阿爸仍在門廊上，在黑暗中閃光明滅。客廳的燈不知被誰點亮了，阿賜的照片一張又一張俯視著我。年復一年拍攝的照片，照片中他似笑非笑，歪斜著腿，像是隨時要一躍而起拔腿奔跑。許許多多的阿賜。我多麼希望他再度出現，因爲我好想問他：我該怎麼辦？

梅可娜在客廳裡的第二張沙發上。張著嘴呼吸，嘴裡吐出麵包屑，一片吃到一半的餅乾從她手裡落到地上，我連撿都沒有撿。我自己房裡的雙人床感覺和阿母的一樣窄小，我和阿母一樣面朝牆壁躺下，感覺她就在我的身側，熱燙燙烘烤著我。我從前看不出，但現在感覺到了，她的胸口不再虛空，她的胸口塞滿了木柴與煤炭，浸泡在打火機油中，痛楚是熊熊烈火，摧枯拉朽地殲滅了一切。

譯注

1 mystère，又作羅瓦神（Loa），巫毒教的神靈，本身並非神，而是創造神本爹（Bondye）與人類之間的中介，但信徒並不直接敬拜本爹，而是敬拜羅瓦神（亦即神祕者）。

2 Saint Jude，耶穌的十二門徒之一。

3 Marie Laveau，一七九四（一說一八〇一）—一八八一，生於紐奧良，擁有非洲、印地安及白人血統，擅長占卜、算命，以及用魔法為人治病，人稱巫毒女王。

4 Loko，又作Iroko，一種主要產於非洲西部的熱帶喬木，樹形巨大，木質堅韌，常用來取代柚木。非洲約魯巴人認為伊羅科木中住著精靈，因此對這種樹抱持敬畏，不可隨意砍伐，某些部族並將之視為聖樹並加以崇敬。

5 Maman Brigitte，海地巫毒教中的死神。

第十一章
喬喬

我把小娜抱下車，跑向門廊，跑向阿拔和他的打火機。打火機在黑暗裡閃啊閃，像燈塔一樣明亮。我越過好幾級臺階，一跳跳上門廊，在阿拔面前啪一下停住，就好像黃昏時分在房子附近爬來爬去的兔子一樣，吃一吃，停住不動，突然跑起來，馬上又停住不動。牠們跟我說：好好吃，好好吃，可是不要動，不要動，對，我看到你了。牠們對彼此呼喊：跑，跑，跑，停。

「阿弟仔。」阿拔說，然後用溫暖的大手捏住我的後頸。我的手腕像破了皮一樣痛，嘴巴自然而然張開，用力吸氣，聽起來好像我的喉嚨裡有痰織成了網。我的眼睛發燙，我閉上嘴巴，咬緊牙關，拚命忍住不要哭出來。我又呼了一口氣，聲音聽起來像在抽泣，可是我不要哭，雖然我好想抱著小娜彎下身去，好希望阿拔把我摟在懷裡，好想把鼻子狠狠擠在他肩膀上，擠到我不能呼吸，可是我沒這麼做。我感覺到他摸著我，所以我就踮起腳尖，讓他按得更緊。我感覺得到他手指頭的熱度，他把手往下滑，滑到我的背上，停在我脊椎的頂端，我甚至想像我感覺得到他指尖的螺紋，還有他皮膚底下拍打流動的血液。

「阿拔。」我說。

阿拔搖搖頭，輕輕摸了摸我的背。

「帶你妹妹上床睡覺。我們明天再聊。」

我和小娜吃了餅乾、甜椒起司，還有阿拔爐子上小煎鍋裡的燜雞腿，配水吞下去。我本來想把小娜抱到浴缸裡洗一洗，但我聽見浴室裡有淋浴聲。房間裡阿嬤跟莉歐妮在說話，門廊上有阿拔的打火機在閃光，所以我知道在浴室裡沖澡的是邁可。小娜把頭靠在我的肩膀上，抓著我的頭髮，把我的鬈髮像麵條一樣繞在她的指頭上。

「阿嬤呢？阿拔呢？」

她的呼吸變慢了，然後開始流口水在我的脖子上，我就知道她睡著了。可是我沒有把她放下來，因爲我在看著阿財，阿財在看著阿拔，阿拔在看著黑黑的院子和遠遠的馬路。那個男生的臉出現在火裡面，我以前從沒看過這種表情，從沒看過有誰像阿財看著阿拔一樣地看著誰。他的臉上滿懷希望，那麼清晰地顯現在他圓嘟嘟的嘴巴、睜得老大的眼睛和皺起的額頭上。他一步一步向阿拔靠近，像一隻剛出生的小貓，嗷嗷待哺，朝著牠不能沒有、一旦沒有就會死掉的那個人走去。我把小娜放在沙發上，走出門到前廊去。阿財跟了出來。

「阿河。」阿財說。

阿拔點亮打火機，讓火滅掉，又點亮一次。

「阿河。」阿財又說。

阿拔把痰咳到喉嚨，吐到門廊外，低頭看了看手。

「你們不在的時候，這裡好安靜。」阿拔說：「太安靜了。」阿拔短短地笑了一下，打火機的火照亮了那個一下子就沒有了的笑容，然後火就熄了。「眞高興你們回來了。」

「我根本就不想去的。」我說。

「我知道。」阿拔說。

我揉了一下手腕，看著阿拔的側臉。他的側臉在火光裡亮起來，然後又模糊。

「你有沒有發現那個東西？」阿拔說。

阿財往前一步，他的表情變了，但只有一下下而已。他看看我又看看阿拔，皺起眉頭來。

「你說那個小包包？」我說。

「對呀！」阿拔說。

我點點頭。

「那是護身符。有沒有效？」

我聳聳肩。

「應該有吧，我們安全回來了。不過半路上我們被警察攔檢，然後小娜一路都在吐。」

阿拔點亮打火機，火焰燃燒了半秒鐘，亮亮冷冷橘橘的，然後就熄了。阿拔把打火機拿在耳朵旁邊搖一搖，又再點亮一次。

「他怎麼看不見我？」阿財問。

「只有這樣，我才能有一小部分跟著你們一起去。阿嬷……」阿拔清了一下喉嚨：「生病，而且我不能回去甘可仁那個地方。」

阿財離阿拔只剩下幾吋遠，我連點頭都不敢點。

「我每天都看到你的臉，就像太陽一樣。」阿財說。

阿拔把打火機收到口袋裡。

「你扔下我跑了。」阿財說。

我往阿拔靠近一點。阿財伸出手去碰阿拔的臉，用手指去摸阿拔的眉毛。阿拔嘆了一口氣。

「小子，你要小心，他以前也用這樣的表情看我。」阿財說。他的牙齒在一片黑暗裡看起來很白，又小又尖，像貓咪的牙齒。「然後他就扔下我跑掉了。」

我要用我說話的聲音去壓過阿財製造的安靜。他一說話，到處就靜悄悄，每說一個字，蟲子就乖乖停下來不叫了。

「阿拔，阿嬷有沒有好一點？」

阿拔在口袋裡找來找去，不知道在找什麼，後來又不找了。「有時候我會忘記，會忘記我已經不抽菸了。」他說。他坐在牆邊，在黑暗裡搖搖頭，我可以聽見他頭髮擦過牆壁的聲音。「阿弟仔，你阿嬷的病越來越嚴重了。」阿拔說。

「你是我記憶裡唯一的爸爸。」阿財的聲音細得跟貓叫一樣。「我要知道你爲什麼會丟下我跑掉。」

阿財不說話了，阿拔也不說話。我沿著牆壁往下滑，從站著滑成坐著，跟阿拔一起坐在門廊上。我想把頭靠在他的肩膀上，可是我已經很大了，不能這樣靠了。只要感覺到阿拔的肩膀碰到我的肩膀，這樣就夠了。他用手去摸臉的時候，肩膀就會碰到我的肩膀。還有他把打火機在指節中間轉來轉去的時候也會。他有時候也會這樣轉小刀。樹在我們附近低聲說話，天好黑，幾乎都看不到樹了。我聽見莉歐妮從阿嬤的房間走出來，呼吸好深好用力，好像剛剛才跑完步一樣，吸氣吸得好像呼吸會痛一樣。我抬頭看看閃閃發亮的天空，尋找阿拔教我認的星座。

「獨角獸。」我說。我認出了麒麟座。「兔子。」那是天兔座。「大蛇。」長蛇座。「公牛。」金牛座。星座的正確名稱我是從學校圖書館裡的書上學到的。我知道莉歐妮現在一定在屋子裡往門廊上看，一定在想我跟阿拔在一團漆黑裡是在做什麼。「雙胞胎。」我說。雙子座。莉歐妮的房間門打開又關上了，我想起莉歐妮不舒服的時候，邁可像哄小嬰兒一樣地哄莉歐妮，我也想起我被警察銬上手銬的時候，莉歐妮一點反應也沒有。阿財看著我，好像知道我在想什麼。他跑到我們對面去坐，彎起膝蓋縮成一團，手抱著自己的背，發出像哭一樣的聲音，摸著自己的肩胛骨。

「我的傷口在這裡，黑安妮打出來的傷口，就在這裡，你幫我治好了，可是你跑掉了，然後現在你不想要看到我。」

我還是把頭靠在阿拔的肩膀上了，管他的。阿拔深深吸一口氣，然後清清喉嚨，好像是要說什麼話，可是卻沒說。不過他沒有把我的頭甩開。

「你忘記獅子座了。」阿拔說。樹在嘆息。

後來我們進屋去睡了，阿財還坐在那裡，不過沒有再摸他的傷口了，而是前前後後輕輕搖晃，臉上的表情看起來很傷心。阿拔關上門，我爬到沙發上，蜷縮在小娜旁邊，努力想安安靜靜躺著，想忘掉門廊上那個傷心的小孩，希望可以忘掉很久，久到可以睡著。我的脊椎、我的肋骨、我的背，是一堵牆。

「喬喬。」她說。她拍拍我的臉頰跟鼻子，捏開我的眼皮，我被她驚醒，跳起來，從沙發上摔下去，小娜笑了，像一隻剛剛學會怎樣跑步才不會被自己絆倒的小狗，黃黃的，閃亮又開心。我的嘴巴好像含了粉筆又舔了蚵仔殼，眼睛感覺很乾澀。小娜拍著手說：「吃饅饅。」然後我才發現我聞到了培根味，而且想起自從阿嬤生病不能煮飯之後，我再也沒聞到過培根味。我把小娜一甩甩到背上，她就緊緊夾住我。我還以爲煎培根的是莉歐妮，有短短一下下，我覺得心裡暖暖的，忍不住後悔昨天晚上我偷偷對她有很多埋怨，我想著：她還是疼我的，她還是疼我的。可是我走進窄窄的廚房，廚房裡的人不是她，是邁可。邁可穿著一件看起來好像被洗得縮水的衣服，衣服上的字都模糊了——那是我的T恤，有一年阿嬤買給我復活節穿的。他站在流理臺前面，早晨的太陽光照在他身上，被他的身體反射得好亮，看起來很奇怪。

「你們餓了嗎？」邁可問。

「不餓。」我說。

「餓。」小娜口齒不清地說。

邁可皺著眉看我們。

「坐下吧！」他說。

我坐了下來，小娜爬上我的肩膀，騎在我脖子上，像打鼓一樣敲著我的頭。

邁可把煎鍋從火爐上移開，放到旁邊，轉過身來面對我們，剛才用來翻培根的叉子在他旁邊滴著油，油都滴到地上去了。

他又起手，叉子又滴油了。培根還在鍋子裡滋滋作響，我好希望他可以把培根從鍋子裡拿出來，把油瀝乾，讓我跟小娜趁熱吃。

「你記得我們以前一起釣魚的事嗎？」

我聳聳肩，可是那段記憶還是跑出來了，就好像有人把一瓶水倒在我頭上一樣。那時候他跟莉歐妮說，就我們男生去就好。莉歐妮看著他，好像他在她身上最軟的部位戳了一下一樣。我還以為他會打消念頭，會說，我只是開玩笑啦，可是他沒有。那天已經很晚了，我們還是出發到碼頭去，然後拋出釣魚線。他的手指、綁鉛墜的方式還有釣魚餌的方式，都好像是在喊我兒子，我不敢碰蟲子、不敢把蟲子鉤到魚鉤上的時候，他笑我。現在邁可對著我揮舞叉子，他知道我在騙他，他知道我記得。

「我們以後要多一點那種父子相處的時間。」

釣魚的那天晚上，他跟我講了一個故事。就在漁夫們用燈光、魚網和魚叉抓比目魚的時候，他說：你對你舅舅阿賜知道多少？我告訴邁可，阿嬤給我看過他的照片，跟我講過他的事，阿嬤說阿賜舅舅已經不在了，到另一個世界去了，可是她沒說那是什麼意思。我會這樣告訴邁可，是因爲事情眞的是這樣，而且我希望他告訴我阿嬤的話到底是什麼意思。那時候我才八歲。

「我回家就表示我們父子相處的時間要變多了。」

邁可戳了一下培根。在碼頭的那天晚上，他沒有告訴我阿賜舅舅爲什麼會離開我們，也沒說他是怎樣離開的，而是告訴了我在油井工作的事。他說他很喜歡半夜工作，然後太陽出來的時候，海天會連成一片，感覺就好像是置身在一顆完完整整的蛋裡頭。他告訴我鯊魚其實是鳥，就跟老鷹一樣，在水裡面獵食獵物。牠們會被長在油井周遭的珊瑚礁吸引，會從柱子底下突出來，白白的鯊魚突出在黑黑的海面，就像刀子插進黑黑的皮膚裡，鮮血也是會跟著流出來。鯊魚走掉以後，海豚會跑來。只要牠們知道有人在看，在嘰嘰呱呱說話，牠們就會跳出水面。漏油事件之後，有一天他聽說海豚全部都會死掉，他哭了。

「給你跟妹妹吃。」邁可說。他撈起一直戳的那片培根。那片培根已經變成暗紅色而且硬硬的，可是他還是把它丟回去油裡面。

我真的哭了，邁可那天這樣對河水說。他好像覺得說這種話很丟臉，可是還是繼續說。他說海豚一隻一隻死掉了，整群整群的海豚屍體被沖上佛羅里達、路易斯安那、阿拉巴馬、密西西比海岸，身體都被油灼傷，都生病了，內臟都空掉了。然後邁可說了一些我永遠不會忘記的話，他說：英國石油公司有一些科學家說，海豚死掉跟漏油沒有關係，動物有時候就是會這樣，就是會因為一些意外的原因死掉，有時候會死很多，有時候一下子都死光了。然後邁可看著我說：那個科學家這樣說的時候，我想到人類，因為人類也是動物。那天晚上他看我的神情告訴了我，他想到的不是隨便哪個人類，他想到的是我。我不知道昨天那個警察掏出槍、把我推倒在泥土裡面的時候，他有沒有想到這個。

邁可撈出那塊培根，放在紙巾上。在碼頭的那天晚上，感覺好像月球的引力、漲起的潮水把邁可的話都吸出來了。他說：我的家人不是樣樣事情都做得對，你的阿賜舅舅是被我一個白痴堂哥殺死的。我覺得邁可沒有把全部的實情告訴我。阿拔或阿嬤或莉歐妮每次說起阿賜怎麼死的，他們就說：他被槍打到。可是邁可說的不一樣。有些人以為是打獵發生意外。他把釣線捲起來，準備要重新拋出去。有一天我會把事情的經過全部告訴你，他說。培根燒焦的淡淡氣味在空氣裡飄盪，邁可又撈了一塊出來，這塊已經捲起來了，又黑又硬。

小娜拍著手，拔著我的一撮撮頭髮，跟拔草一樣。

「我只是要你和梅可娜知道，我回來了，我會陪著你們，我很想念你們。」

邁可把培根從鍋子裡撈出來，放在盤子上。培根完全黑掉了，邊邊燒焦了，整個廚房都是煙和焦味。他跑去後門，把門打開又關上，想要把煙搧出去。嘶嘶作響的油慢慢沒聲音了。我不知道他希望我說什麼。

「我們叫她小娜。」我說。我把小娜舉過頭頂抓下來，放在腿上。「不要不要不要。」小娜一面說，腳一面開始亂踢。我的頭皮很痛，我抖抖腳，讓她在我腿上彈跳，可是她反而生氣了，身體僵得跟燙衣板一樣，從我腿上滑到地板上去，嗚嗚的哭聲越來越響，變成跟警車的嗚笛聲一樣。邁可搖搖頭。

「小姐，鬧夠了喔！不要在地上了，起來！」他說。他那樣開門關門沒有排掉多少煙。

小娜尖叫起來。

我在她旁邊跪下來，彎下腰去，把嘴巴湊近她的耳朵，用她聽得見的音量小小聲說話。

「小娜，我知道妳生氣，我知道妳生氣，我知道妳生氣。等一下我帶妳出去玩，好不好？可是妳要坐好吃飯飯，好不好？我知道妳生氣，過來，過來。」我這樣說是因為我聽見她的嚎哭裡夾帶了話語，我聽見她心裡在說：他為什麼不聽他為什麼不聽我的感覺？我把手插到她的胳肢窩下面，她扭來扭去，嚎啕大哭。邁可把門一甩，朝我們走過來，然後停住。

「妳不趕快從地板上爬起來，我就要揍妳了，聽到沒有？小娜，聽到沒有？」邁可說。他的手在空中揮，眼睛周圍還有脖子都紅起來，煙霧纏著他，像是他在身上裹了一條毯子，所以看起來更加臉紅脖子粗。我不希望他用叉子打小娜。

「好了啦，小娜，好了啦！」我說。

「太不像話了，梅可娜！」邁可說。

他朝我們彎下腰，叉子剛才已經丟開了，現在手揮過來又揮過去，在小娜的大腿上用力打了兩下。他的臉又白又緊繃，像打了一個結。「我怎麼跟妳說的？」他每說一個字，就拍一下小娜的腿。小娜張著嘴，可是沒有哭聲，她整個人呆掉了，眼睛因為痛而張得好大。我知道這種哭，我把小娜抱起來，轉過身，讓她面向我，躲開邁可的手。我的手拍著她的背，她的背熱熱的。我的安慰沒有效，我知道接下來會怎樣，果然，她用好長的一聲震天響的嚎哭把憋住的那口氣吐出來。

「你用不著那樣打她的。」我跟邁可說。他退開了，甩著剛剛打小娜用的那隻手，好像手麻掉了一樣。

「我警告她了。」他說。

「你可以不打她的。」我說。

「你們都不聽話。」邁可說。

小娜扭來扭去尖叫，整個身體縮成一團。我轉身背向邁可，從後門跑出去，小娜的臉在我的肩頭抹來抹去，一直尖叫。

「對不起，小娜！」我說，好像打她的人是我一樣。好像她哭這麼大聲還能聽見我說話一樣。我抱著她在後院走來走去，一直重複說對不起對不起，一直說到太陽都高高掛在天上了，很烈的陽光照著我們，把泥池都曬蒸發了，大地都烤乾了，把小娜烤成花生醬，把我曬成鐵鏽。

我一直道歉，道歉到小娜安靜下來，開始打嗝，道歉到她終於聽得見我說話了。然後我就等，等著她用小小的手臂環抱住我的脖子，頭枕在我的肩上。我等得好專心，都沒看見那個男生在一棵很高、有很多樹枝的松樹樹蔭下看著我們，一直到小娜捏我的手臂說：「不要，喬喬，不要。」然後我才發現他在那裡。在很明亮的陽光下，樹蔭把他遮得都看不見了，像密西西比支流冰涼黑暗的河水，跟泥土一樣的顏色，溫溫的又讓人眼花。他在樹下動，像是跟黑暗融爲一體。

「你阿拔在用餿水餵豬。」

我用鼻子呼出一口氣，我希望他不會覺得這有什麼意義。我希望他不要覺得我呼一口氣的意思是想跟他說話，也希望他不要覺得我呼一口氣的意思是不想跟他說話。

「他看不到我。爲什麼他看不到我？」

我聳聳肩。小娜說：「喬喬，吃饅饅。」屋子裡一片寂靜，有一秒鐘我很笨地想，莉歐妮怎麼沒跟邁可吵架，說他不該打小娜？然後我就想起來了，他們根本不在乎。

「你要跟他問起我的事。」阿財說。他從陰影裡面走出來，像游泳的人浮出水面透氣，在陽光下面閃閃發亮。到了光亮的地方，他看起來不過就是一個好瘦好瘦的男生，骨頭太細了，應該長肉的地方都餓得扁掉了。我本來會同情他的，可是他的眼睛忽然睜好大，我就不同情了，我把小娜抓得好緊，緊到她大叫起來。那個男生的表情充滿了飢餓和渴望。

我搖搖頭。

「只有這樣我才走得了。」阿財說完停了一下，仰頭看天空。「就算他不認得我，不在乎我了，我也要知道到底是發生了什麼事，才走得了。」他的爆炸鬈髮好長，從他的頭頂冒出來，像西班牙水草。「是那隻蛇鳥說的。」

「什麼？」我一說出口就後悔了。

「這裡不一樣。」他說：「空氣裡好多水，還有鹽，還有泥土的味道。我感覺得出來，離另外的那些水很近了。」

我聽不懂他在說什麼。小娜說：「進去，喬喬，進去。」

阿財看著我，好像是用我看他的眼光在看我。好像阿拔殺豬的時候看豬的眼光，在估量這頭豬有多少肉。他點點頭。

「你要在我在旁邊的時候，叫他把事情的經過講給你聽。」他說。

「我不要。」我說。

「你不要？」他說。

「我不要。」

小娜扯著我的耳朵，發出小小的貓叫聲。「我要吃饅饅，喬喬。」她說。「我們把你帶回來這裡已經很夠意思了。萬一阿拔不想說那件事怎麼辦？說不定那是一件他不想談的事。」

「他想不想談不重要，重要的是我需要知道。」

我搖一搖小娜，轉了個圈，我的腳陷到泥濘的草地裡。有一條牛在附近低聲地哞哞叫，我聽見牠說：這些新長出來的草又涼又綠。我又看見那個男生激動的眼神，我就停下來，不轉圈了。

「如果我把事情經過問出來，你就會走，對不對？你就會走掉？」我的聲音越來越揚起，揚成一個問句，嗓子尖得像女生。我清清喉嚨，小娜扯著我的頭髮。

「我告訴過你，我要回家了。」阿財說。他往前踏一步，站在我面前，可是草沒有被他的腳撥開，泥漿也沒有被踩出噗哧聲。他的臉皺皺的，是一張揉成一團的紙，揉成一個髒髒的球，把文字藏在裡面。

「你沒回答我的問題。」

「對。」他說。

他回答得不清不楚。如果他有血有肉，我會拿個東西砸他，從腳邊撿一塊空心磚的碎片砸過去，逼他回答。可是他沒血沒肉，而且我不想讓他有理由改變心意，我不希望他纏著我們家陰魂不散，纏著我們家的動物，把所有的光都吸走，然後反射成怪怪的回來，像哈哈鏡一樣。社區裡那隻長毛的雜種黑狗卡士柏邁著大步從房子的一個角繞過來，忽然停下腳步，開始吠叫。我聽見牠說，你的氣味怪怪的，**水裡面有蛇游過來了。會咬人！會流血！**阿財手心朝外舉著手，倒退回陰影裡。

「好吧。」我說。

我趁著卡士柏吠叫的時候轉過身。我知道那隻狗會把阿財困在陰影裡出不來，我就可以乘機跑上臺階，跑進屋子裡。我感覺得到阿財的眼光拉扯著我的肩膀。我和他之間有一條線，繃得緊緊的，像刀子一樣尖利。

培根還放在鋪著紙巾的盤子裡。我把小娜放下來，讓她坐在桌子旁邊，然後把肉挑一挑，把還有一點點黏黏、咖啡色的部位撕開，然後把肉一小絲一小絲遞給小娜。她吃了好多，結果我只剩下燒焦的部位可以吃，可是那些部位我根本吃不下去，只好全部吐掉，另外做了花生醬跟果醬三明治，給小娜也給我自己吃。邁可跟莉歐妮在莉歐妮房裡，關著門嘰嘰咕咕講話，講什麼外面都聽不見。阿嬤的房間還是暗暗的，百葉窗也關著，我走進去把百葉窗打開，把箱型電扇放在窗子上，開最小的風讓它運轉，空氣流動起來。小娜繞著阿嬤的床走來走去，唱著沒人聽得懂的歌。阿嬤動了一下，眼皮睜開成一條縫。我從水龍頭接了水，拿一根吸管，湊到她嘴巴旁邊給她喝。阿嬤把水含在嘴裡，含了好久，嘴巴鼓得像氣球一樣，很賣力地一點一點吞。好不容易吞下去的時候，她的臉色很難看，好像吞水會痛。

「阿嬤？」我說。我拉了一張椅子到阿嬤的床邊，把下巴撐在拳頭上，等著阿嬤像平常一樣摸我的頭。阿嬤的嘴巴抖抖抖，皺起來，沒有摸我的頭。我坐直起來，問了個問題，我希望這樣可以壓制住我胸腔裡頭的痛，那個痛像小狗狗要睡覺的時候一樣，一直轉圈圈。「妳感覺怎麼樣？」

「不太好，小乖乖。」阿嬤用氣音講話。小娜唱著聽不懂的歌，我幾乎聽不見阿嬤講話。

「藥沒有效嗎？」

「我大概已經習慣那個藥效了。」阿嬤呼著氣說。痛把阿嬤臉上所有的線條都往下拉。

「邁可回來了。」我說。

阿嬤揚起眉毛，我發現那是點頭的意思。

「我知道。」

「早上他打了小娜。」

阿嬤忽然直直看著我，不是看天花板，也不是看空氣，我知道她正在盡量忍住痛，努力聽我說話，就像小娜生氣的時候，我也會專心聽她說話一樣。

「我眞捨不得。」阿嬤說。

我坐挺起來，坐得跟阿拔一樣挺，然後皺起眉毛。

「沒關係，」阿嬤說：「你夠大了，我可以跟你說這個了。」

「說什麼，阿嬤？」

「噓。我不知道是我做錯了什麼，還是莉歐妮天生就這樣，她很沒有母性。你小時候我就知道了，有一次我們去逛街，她買了吃的東西，坐在你前面，自顧自就吃了起來，你餓得都哭了，她也無動於衷。那時候我就知道了。」

阿嬤的手指頭又細又長，除了骨頭就沒有什麼別的了，摸起來冰冰的，可是手心摸起來暖暖的，像小小的火焰。

「喬喬，我從來不想餓著你，所以我都很努力，如果莉歐妮不能照顧你，我就要照顧你，可是現在……」

「沒關係的，阿嬤……」

「噓，阿弟仔，聽我說。」

阿嬤的手指甲以前是粉紅色而且清澈透明的，現在變成貝殼，黃黃的，而且被侵蝕成一個洞一個洞。

「她永遠都不會幫你準備吃的。」

阿嬤以前因爲在廚房跟花園裡做很多勞動，所以手上本來肌肉很多，鼓鼓的。她伸出手來，我把頭鑽到她的手下面，讓她的手心貼在我的頭皮上，我的臉伸到她的被子裡。雖然這樣吸氣讓我很傷心，可是我還是用力吸氣，聞到的味道像金屬，還有被曬傷的草，還有腐肉。

「我希望我在的時候，給你吃得夠多，你就有所儲備，像駱駝一樣。」我聽得出她的聲音裡帶著微微的笑，露出牙齒的那種笑。「這個形容不好，應該說像口井，喬喬，你需要的時候，就可以汲水上來。」

我對著毛毯裡面咳嗽，一半是因爲被阿嬤快要死掉的味道嗆到，一半是因爲知道阿嬤快要死了。我覺得喉嚨裡面癢癢的，我知道那是一種暗暗的哭，可是我的臉埋在毯子裡，沒有人看得到我哭。小娜拍著我的腿，她現在唱的是沉默的歌。

「她討厭我。」我說。

「她不討厭你，她愛你，她只是不會表達，而且她太愛自己和邁可了，那個愛遮擋住了對你的愛，所以連她自己都搞不清了。」

我搖搖頭又抬起頭，順便把眼淚擦在被子上。小娜爬到我腿上來，阿嬤直直看著我。她的睫毛都沒有長回來，所以眼睛看起來更大了。她眨眼的時候，我才發現她的眼睛跟我的眼睛長得一模一樣。她的嘴巴動動動，好像在嚼什麼東西，然後吞了一口口水，又痛苦地皺起臉。

「你永遠都不會有這種問題。」

阿嬤講話的時候，我想告訴她那個男生的事，想問她她覺得我應該怎樣應付阿財，可是我又不想害她操心，我現在看得出來，她已經用全部的力氣去對抗疼痛了，我不想害她又多一個負擔。她就好像是平躺著漂浮在疼痛的海上面，好像她的皮膚是船殼，被藤壺吃成中空，疼痛都滲漏進去，把船都裝滿了，害她往下沉，往下沉，往下沉。窗外有個聲音，傳進屋子裡的時候，被電扇的扇葉切斷了，剁碎了。聽起來像有個嬰兒在哭。我往外一看，看見阿財正從窗戶下面經過。他發出一個小小的哭叫聲，然後大口吞空氣。接著又叫一聲，這次聽起來像貓的哭吼，然後又大口吞空氣。他從松樹底下經過，每經過一棵松樹，就摸摸那棵樹的樹皮。

「阿嬤，妳……」我說不出口，只好拐著彎說。阿財在嗚咽。「那個之後，會到哪裡去？」阿財停下腳步，身體歪歪，抬起頭看著窗戶，臉看起來像一個摔碎的盤子。卡士柏在遠方吠叫，連續吠了一串，聲音很高亢。阿財抹抹脖子。阿嬤看著我，忽然像一匹受驚的馬。意思是說，她的眼皮忽然一下子睜開了。

「阿嬤？」

「喬喬，你沒讓那條狗進我的花園吧？」阿嬤小聲說。

「沒有，阿嬤。」

「牠聽起來好像是在把一隻貓追到樹上去。」

「對，阿嬤。」

小娜從我的腿上滑下去，走到電扇旁邊，嘴巴湊上去，阿財每發出一聲貓一樣的小小哭聲，小娜就嗚嗚叫著回應一聲。電扇把聲音切碎，小娜聽了就呵呵笑。阿財站起來，手還是在揉他的喉嚨，他開始走路，走得一跛一跛，歪歪扭扭，就在窗子下面走。

「阿嬤，那個之後，」我說：「妳過去之後，會怎樣？」

我捨不得她變成鬼，沒辦法接受她坐在廚房裡，可是沒人看得見她，沒辦法接受阿拔在她旁邊走來走去，卻不能摸摸她的臉，低頭親親她的脖子，沒辦法接受莉歐妮坐在她身上，點起菸，對著暖烘烘、靜悄悄的空氣吐煙圈，卻看不見她，沒辦法接受邁可偷她的攪拌器和鍋鏟，到小工棚裡去調製他的東西。

「就是像走出一扇門一樣，喬喬。」

「可是妳不會變成鬼，對不對，阿嬤？」我知道阿嬤說話很吃力，我覺得阿嬤說越多話，就會越早離開我們，可是我非問不可。死亡是一張隨時準備把人吞掉的血盆大嘴。

阿財在摸紗窗，手在紗窗上抹過來抹過去。小娜笑得咯咯響。

「我也說不準，但我想應該不會吧，應該是只有死於非命、死得很激烈的人，才會變成鬼。老一輩的人總是說，如果有人死得很悽慘，有時候悽慘到連上帝都不忍卒睹，這個人就會有一半的靈魂留在世間遊蕩，會很渴望安息，就像口渴的人渴望喝水一樣。」阿嬤皺起眉毛，額頭凹出兩個下垂的魚鉤。「我不是那樣的。」

我揉揉阿嬤的手臂，阿嬤的皮膚被我的手一壓就滑開，皮膚太薄了。

「這不也表示我就不會在這裡了，喬喬。我只是會在門的另一邊，跟其他已經先走一步的人在一起，譬如說你的阿賜舅舅啦、我的阿爸阿母啦、阿拔的阿爸阿母啦。」

房子底下傳來一聲咆哮，還有一陣沙啞的狗叫聲，聲音從地板底下傳來，我知道是卡士柏回來了，現在正藏在地底下空心磚中間的爬行通道裡，變成塵土遍布的黑暗裡面一個黑漆漆的影子。

「怎樣跟他們在一起？」

「世界上的事情不是直線進行的，一切事情都同時發生，所有的事都是。我們所有的人都同時在這裡，我的阿爸、阿母，他們的阿爸、阿母，大家都同時在這裡。」阿嬤看著牆壁，閉上眼睛。「還有我兒子。」

阿財從窗子旁邊猛一下跳開，往後倒退，跟老人一樣，步履蹣跚，手臂伸在前面。卡士柏在說：有問題！沒有氣味！沒有翅膀的鳥，會走路的蟲，走開！我不揉阿嬤的手了。阿嬤眼光轉回來看著我，好像那個眼光可以穿透她的痛，清清楚楚看透我，好像我小時候有一次在學校的男廁跟同學比賽誰可以尿到牆上最高的地方，結果被抓，我沒告訴阿嬤，結果她看穿了我。

「你看過那樣的東西嗎？像鬼的東西？」阿嬤喘著氣說：「看到你覺得怪怪的東西？」

阿財像爬繩子一樣地爬著樹，鞋底抓緊了還沒長大的松樹，用力蹬，手掌平貼在長著羽毛狀松針的樹皮上，一吋一吋往上爬。他把一條腿跨過一根低矮的樹枝，坐在上面，手臂和腿仍然抱住樹幹。樹就像抱個小嬰兒一樣地抱住他。他對著卡士柏汪汪叫。

「沒有，阿嬤。」

「我從來沒有那種天賦，看不見死人。我看得穿活人，可以從他們的身體看出這個人的過去或未來，從他們發出的歌聲看出哪裡不對勁、需要點什麼。植物和動物我也看得出，可是我從來都看不見死去的人。阿賜死的時候，我好想看見……」

阿財的叫聲漸漸變成了哼唱聲，他在對卡士柏唱歌，而且是有歌詞的歌，只是我聽不懂，那個語言好像內外翻轉過來了，像一頭被剝了皮的動物，皮是反的。我感覺噁心，好想把這輩子吃過的食物全部吐出來，可是我忍住這種噁心，倒吸一口氣。小娜摸著紗窗，就像阿財剛剛那樣摸，一面哼歌，一面摸過來摸過去。

「沒有，阿嬷。」

「可是你有可能看得到。你可能有這種天賦。陰陽眼。」

阿嬷把頭轉到一邊，她聽見阿財唱歌了。她的臉皺起來，好像如果動起來不會痛的話，她就想要搖頭。

「外頭是不是有什麼東西？」

我代替她搖頭。卡士柏嗚嗚叫。

「你確定沒有？」

扇葉打碎了阿財的歌聲。我感覺得到他一波一波幽幽的低吟聲拍打在我的皮膚上，那是一種很不愉快的碰觸，像莉歐妮打我巴掌，像邁可一拳揍在我的胸口，像跟我一起坐在校車最後一排的學長嘉列，他把手放在我的腿上，捏我的雞雞，我用手肘去撞他的脖子，他被我撞得透不過氣，從座位摔到走道上，然後校車司機就寫報告我的狀。都是不愉快的碰觸。

「沒有，阿嬤。」我說。我不要害阿嬤沉掉。

第十二章
阿財

阿河就算沒有和他們同在一個房間裡，沒有身體上的接觸，也仍然在擁抱他們，擁抱那個小男孩喬喬，和那個小女孩小娜。阿河把他們抱得緊緊的，注意著他們有沒有吃早餐，吃麥片粥和香腸。他切下小塊小塊的奶油，塗在他親手調製、揉捏、烘焙的熱烘烘冒著煙的比司吉裡。奶油融化了，從比司吉的邊緣滲出來。要是能嘗一口這樣用心做出的麵包，要我付出什麼代價我都甘願。我想像那麵包嘗起來一定又鬆又脆。小娜吃得滿臉都是奶油，阿河笑她。喬喬的嘴邊沾了食物渣，阿河要他擦乾淨。然後他們一夥人就到阿河的果園去，摘草莓、採黑莓、除雜草，忙到日上三竿，然後直接在園子裡吃起樹上摘下來的莓子。我以爲會有某種長著翅膀的陰影落在他們身上，可是並沒有，這裡只有碧綠芬芳的果園，還有會帶來生命、迎來香甜果實的花朵，其他什麼也沒有。喬喬蹲在地上嚼著莓果，我朝他彎下腰。

「告訴我吃起來什麼味道？」我說。

他不理我。

「拜託告訴我。」

他把莓果吞下去，我從他的表情看出他的答覆：不要。他把好滋味都藏在身體裡，多麼豐美的祕密。

「我想要記起事情的經過。」我說：「幫我問問阿河，叫他告訴你。」

「夠了！」喬喬說。他拉扯一根紮根很深的雜草。

「你說什麼？」阿河問。他從土壤裡猛力拔出雜草，就像刀子切過蛋糕一樣俐落。

「我吃了好多莓果，」喬喬說：「夠飽了。」他的眼光從我身上穿透過去，然後彎下腰去拔漏網的零星雜草。

莉歐妮和邁可沒有踏進果園，就直接出門去了。那輛紅車轟隆隆發動，呼嘯著駛上馬路，消失在樹木編織成的隧道中。我有點想爬上車去，看他們上哪兒去，但我沒有，而是和喬喬、阿河及小娜待在一塊兒。我亦步亦趨跟著喬喬，仔細觀察，觀察阿河怎樣帶著他們避開犁溝和凹槽、怎樣煮豆子給他們當晚餐吃、怎樣注意他們上床睡覺之前有沒有先把身上洗乾淨。觀察這家人的生活讓我難受，像有隻手抓住我的內臟，扭絞，抽緊，很痛，痛到我沒辦法再看下去，於是我不看了，走到戶外去，夜晚天空多雲，我想鑽到泥土裡去睡覺，但我已經好接近，好接近了，我聽得見水聲，那隻有鱗片的鳥要帶著我乘風前往的地方，我聽見那裡的水聲。於是我鑽進房子底下，他們祖孫幾個在客廳歇息，我就躺在客廳底下的塵土之中，以大地爲床，唱起一首沒有歌詞的歌。傳來水聲的空氣也帶來了那首歌，我張開嘴，聽見浪花滔滔。

我看見這樣的景象：

水面上有塊陸地，一片碧綠而山巒起伏，樹木濃密，河川橫亙交錯。這裡的河水是反著流的，起自海洋，終於內陸。空氣金黃亮麗，是日昇與日落的燦爛，永恆的桃紅。山頂、低谷、海灘，都有住宅，亮藍色、暗紅色、深紫色和朦朧粉色的住宅，有的是蒙古包，有的是泥土房，有的是印地安帳篷、印地安長屋，還有豪宅別墅。有些住宅群聚在一塊兒，形成小村落，形狀渾圓、屋頂也渾圓的穩固小屋優雅地匯集。也有城市，城市裡有廣場、運河，建築物上聳立尖塔，有四坡屋頂、山形牆，或蹲踞的獸。還有龐然碩大的摩天大樓，詭異地朝天空綻放花朵，彷彿就要支撐不住而倒塌，卻並沒有倒。

城市裡還有人，微小而清晰的人，或走路，或飛翔，或漂浮，或奔跑。有隻身一個的，有成群結隊的，在山巔悠遊，在江海泅泳，在公園或廣場牽手漫步，走進建築物裡消失不見。他們從不靜默，片刻不休的是他們的歌聲，他們不動口，但歌聲卻是來自他們，他們在黃光中輕聲吟唱。歌聲也來自樹木、來自江海、來自黝黑的土壤和永遠光亮的天空，那是我聽過最美的歌曲，但我一個字也聽不懂。

幻象過去了，我倒抽一口氣。阿河家房子黑暗的下腹部陰森森橫在我眼前，吱嘎作響之後又沉靜下來。我往右望去，那海水、江河、荒野、城市、人群在我眼前閃現，隨即又是一片黑暗。我往左望去，那個世界再度浮現，又再度消逝。我刨抓空氣，但撲了個空，並沒有撕開一個通往那金黃島嶼的破口。

空缺。孤絕。我放聲大哭。

日升之時，我爬出屋底的空隙，莉歐妮和邁可正大力關上車門，朝屋子走去。樹木在藍色的曙光中仍靜止而沉默，空氣比前一天更潮溼，太陽僅是穿透樹木帶來些許光亮。水聲現在比什麼時候都更響亮，另一個世界的景象在我的視野邊緣飄盪。邁可和莉歐妮跌跌撞撞走著路，莉歐妮回頭望去，好似右後方有個什麼人走在那兒。我衝上前去，因爲我看見什麼東西一閃。有一霎，有個人依稀在那兒，生著和喬喬一樣的臉龐，有著和阿河一樣高瘦的身材，一雙眼睛肖似躺在床上的那個鹽水婦人。但那兒隨即又一片空無，只有空氣。莉歐妮和邁可在門前停下腳步，相擁呢喃，我在剛才出現人影的地方打轉，空氣如針。

「親親寶貝，妳得要睡一睡。」邁可說。

「不行，我還不能睡。」莉歐妮說。

「和我一起躺躺就好了。」

「我還有事要忙。」

「眞的嗎？」

「我去去就回來。」莉歐妮說。他倆擁吻，我轉過身。邁可抓著莉歐妮的頸背，莉歐妮捧著邁可的臉蛋，他倆的動作裡有著一種強烈的渴慕，粉身碎骨在所不惜的熱切，那樣的激情越是需要隱私的。邁可走進房子裡，消失了身影，莉歐妮則走下馬路。我忍不住跟在她身後。橡樹、柏樹和松樹的枝葉交織成拱門，我們就這麼一前一後，走在拱門之下。道路非常陳舊，幾乎已被壓成了碎石，偶爾路旁會有棟房子，沉靜且大門緊閉，其中幾間屋子裡有人在低聲說話、泡咖啡或煎蛋。兔子、馬和山羊啃著地上的草，享用早餐。有些馬或羊來到了牧場的邊緣，頭抬到欄杆上，莉歐妮走過時，手心從牠們溼漉漉的鼻子上拂過。此處的房子比較密集了，莉歐妮跨越馬路，我這才看出來，這裡是墓園。墓碑都是半橢圓形的，下半部插在土裡，有的墓碑上有死者生前的照片。墓園前側埋的是新近下葬的死者，莉歐妮在靠近墓園前側的一座墳前停下腳步，跪了下來，我看見了今天早晨站在莉歐妮身後的那個男孩，但此刻他雕刻在大理石中，大頭照的下方有個名字：阿賜．布萊斯．史東。莉歐妮從口袋裡掏出一根香菸點燃，煙味和灰味竄出來。

「你從來都不在這裡。」

樹上的鳥兒醒了。

「是你的話，你會聽話照做嗎？阿賜？」

鳥兒窸窸窣窣地翻身。

「她要放棄了。」

啁啁啾啾地棲落枝頭。

「你會做嗎？」

鳥兒從我們的頭上俯衝而過，吱吱喳喳彼此交談。

「你會幫她蒐集她要的東西嗎？」

莉歐妮哭了，淚水從下巴滴落到胸口，她完全不理會。一直到淚珠在鎖骨的皮膚上繪出了斑斑點點，她才伸手拭去。

「也許我太自私了。」

一隻灰色的小鳥降落在墓園的邊上，往土壤啄了兩下，尋覓早餐糧食。莉歐妮嘆息，嘆息聲卻哽住，化成了笑聲。

「你當然不會來。」

她彎下腰，撿起嵌在阿賜墳上塵土間的一塊石頭，從褲腰間拉出襯衫衣襬撐開，石頭就兜在衣襬裡。她站起來，對著空氣說話，小鳥蹦蹦跳跳，匆匆飛開了。

「我怎麼竟然會期待你來？」

莉歐妮在墓碑之間蜿蜒走動，不時彎下腰去，從墳間撿起石頭，從剛剛開始累積溼冷泥土的墳，一直走到墓園中間及後方，那裡的墓碑已經被風雨侵蝕得陳舊不堪，鏤刻的姓名都變得極淺了。鳥兒成群在空中盤桓，遠去了，去尋找更富庶的土地。莉歐妮回家時，衣襬兜成的籃子已經沉甸甸裝了許多石頭，她淚流滿面。長長的道路靜謐無聲，她的淚水染黑了石頭。她走進屋子，從還在客廳睡覺的喬喬、阿河和小娜身旁經過，走進母親的房間，石頭仍然是溼的。那個房間裡的氣味全是鹽的氣味——海洋和血的氣味。她跪下來，讓石頭噗啦噗啦滾到地板上。那個鹽水女人驚醒了，莉歐妮看著她說：

「好了。」

淚水和海洋和血可以把鼻腔燒出洞來。莉歐妮從石頭堆上爬過去，爬向那個鹽水女人，喊著：「阿母，阿母。」那鹽水女人看著莉歐妮，眼神裡有那麼多那麼多的理解、寬恕和愛，我又聽見那首歌了。我知道那個歌聲，我在水那一邊的那個金黃之地聽過那歌聲。我的體內有個巨大的嘴張開來嚎啕悲泣。我是一個空空的胃。

那隻有鱗片的鳥落在窗臺上，呱呱啼叫起來。

第十三章
喬喬

昨天晚上，阿財爬到我們房子底下唱歌。我聽著歌聲從地底飄上來，沒辦法入睡。阿拔翻過身背對著我們睡覺，一直咳嗽，咳了又咳。小娜每半小時就醒一次，醒了就哭，我在阿財的歌聲裡哄著她。我們幾個都睡到很晚，可是我從沙發爬起來的時候，阿拔已經起床了。小娜把手臂橫在我原本睡的地方，我把被子拉過來蓋在她身上。後來我走出門到院子去的時候，已經快要中午了，我看見那個男生蹲在阿嬤窗外的樹上，後院傳來阿拔斧頭咻咻揮過和撲咚落下的聲音。

「來吧！」我輕聲說。

我說的時候沒有抬頭看樹上，沒有去看那個男生一吋一吋爬下樹，落地的時候一點聲音也沒有，一絲灰塵也沒揚起來。如果他是個活生生的小孩，樹皮會有紙一樣薄薄的小碎屑剝落，會像下乾雨一樣飄下來，可是並沒有。他站在我旁邊，肩膀彎彎的，他知道我是在跟他說話。我帶著他穿過曝曬在陽光下的院子，走到房子後面樹林的陰影裡，阿拔在那裡。有個像槌子敲擊的聲音在寂靜裡劈啪迴響，一聲之後又一聲。阿拔不知道在敲打什麼東西。我想要跟阿拔一樣昂頭挺胸，肩膀打直，背像一塊板子，可是我的頭低低的，身體垮垮的，整個人彎腰駝背。阿拔每次跟我講他和阿財的故事，都繞著圈子講，開頭講過了一次又一次，中間也講過一次又一次，結尾就總是繞過去，像黑色的大禿鷹在死掉的動物上頭斜斜地盤旋，譬如死掉的負鼠或犰狳或野豬或被撞倒的鹿，屍體在密西西比州的酷熱下腫脹而且發酸。

阿拔正在打掉一個舊的圍欄，用一支長柄的大榔頭猛敲圍欄的一角，本來就一半埋在土裡的圍欄被他敲得斷成幾截垮下來。我停下腳步，阿財往前多走了兩步，也停下來。我看不出來他是正在吸收陽光，還是在把陽光抖掉，總之不管怎樣，他的影子都好像是投射在他自己的身上，變成一個黑黑的罩子，把他從頭罩到腳，他走到哪裡，影子就跟到哪裡。從我看見他以來，他現在的頭髮最長，像寄生苔蘚一樣從他頭頂豎立起來。阿拔把榔頭往下揮，圍欄啪啦破裂，大的碎片變成了小的碎片。他的汗水像一層亮光漆。

「裡面長了白蟻，都被蛀空了。」阿拔說：「被白蟻蛀空以後，裡面的動物關不住，外面的東西也防不了。」

「需不需要我幫忙？」我問。

「幫我把這些板子踢成一堆。」阿拔說。

他又揮了一次榔頭，把接合處的木頭敲碎。我把木頭踢成一堆，腳踢到的地方，灰塵就揚起來。白蟻蜂擁而出，在空中飛來飛去轉來轉去，白色的翅膀閃著光。阿拔又揮一次榔頭，哼了一聲。

「阿拔。」

「什麼事？」

「你都沒告訴過我故事的結局。」

「什麼故事？」

「那個小男生阿財的故事啊！」

榔頭敲到了泥土裡。阿拔揮棒從來不落空的。他吸了吸鼻子，像揮高爾夫球桿一樣地揮了一下榔頭，估量球桿的重量，測試手感。有一隻白蟻停在我臉上，我把牠拍掉，盡可能不要皺眉，像阿拔一樣保持臉部平坦。

「我最後是跟你說到哪裡？」

「你說他生病了。他被鞭子抽，然後就發燒，還吐。你說他說他想回家。」

阿財完全不受白蟻影響。有一陣隱形的風把白蟻從他身邊吹開。白蟻說，來找我們啊！我用整隻手把白蟻揮開，阿拔抖縮一下，用兩根手指把白蟻彈走。

「我是這麼說的。」阿財說。他的聲音好低，低得就像我用手輕輕拂過我的臉，像阿拔的手指抹過他的眉毛。

阿拔點點頭。

「他想要逃跑。呃，不是想，他眞的逃了。」

「他越獄了？」

阿拔揮動榔頭，木頭嘩啦啦碎掉了。

「對。」阿拔說。他踢了一下木頭，可是一點力道都沒有。

「所以說，他回家了？」

阿拔搖搖頭。他看著我，好像是在估量我有多高、手有多大、腳有多長。我現在可以穿他的鞋子了，有時候他派我出去跑腿，外頭下雨，我就穿他放在後門口食品櫃下面的靴子出去。我看著阿拔，揚起眉毛。我沒有開口，可是我在跟他說：沒關係，我可以聽。

「是有一個叫阿藍的囚犯幹的。那天是棒球日，有外面來的觀眾，有一些愛玩樂的女孩子啦，或是囚犯的太太來。可是阿藍從來沒有人探監，他叫阿藍是因爲他的皮膚好黑，工作隊在太陽底下工作的時候，他像李子一樣發亮。可是他腦子不大對勁，所以才沒有女人想跟他說話，沒有女人來探監。所以他就在茅房外頭抓了個女囚犯，把她拖進一個樹叢裡。」阿拔停下來，回頭看了看我們家。

「他做了什麼？」我問。

「他強暴了那個女的。」阿拔說：「那個女的很強壯，因爲一天到晚摘棉花和縫衣服，手上結的繭和阿藍差不多厚。可是她不是阿藍的對手，阿藍只要用力往別人的頭上一捶，那個人就會被他捶昏。那女人的臉被他蹂躪得都認不出來了。要是他強暴的是別的女人，可能什麼事也不會有，可是他偏偏挑上了巡佐老婆最看重的一個人，巡佐老婆老是叫她幫忙曬衣服、刷地板或顧小孩。阿藍的頭腦勉強還知道這個，所以沒把她殺掉，只是把她扔在那裡，用她沾滿泥巴和鮮血的條紋裙子蓋在她頭上，遮住她血淋淋的臉，讓她留著一口氣，就逃了。可是他還沒有安全逃脫，就碰到了阿財。我不知道是在哪裡碰到的，不知道阿財是剛好在廚房或廁所附近，還是正在把工具從一個地方拿到另一個地方，總之阿藍逃跑的時候，阿財跟他在一起。」

「是我發現他們的。」阿財說：「他騎在那個女的身上，手上都是血，很大隻的手。他身材很壯，在囚犯裡大概是排行前幾名的，幾乎沒有人摘棉花的速度比得過他。他跟我說：小子，你想要你的臉變成跟她一樣嗎？我說不想。他就揮著他的大手說：過來。我之所以跟著他走，一半是因為我不希望臉變成跟那個女的一樣紅，一半是因為我討厭死那個地方了，我想要離開那裡。」

我們周遭的樹林是一大團亂七八糟的深綠色，橡樹的枝葉伸展得既低矮又寬廣，藤蔓纏在樹幹上，從枝條垂下來，毒漆樹、藍果樹、柏樹、木蘭樹在我們四周圍成了圓形的牆。

「你跟在他們後面嗎？」我問。

阿財往阿拔的方向歪過去，歪得好歪，如果他是活人，就會倒下去了。他的下巴左左右右一直晃動，牙齒磨來磨去。

「對。」阿拔把榔頭握得好緊，緊到指節都發白了。然後他鬆開手，又握緊，又再鬆開。

「對。」阿財說：「對。」

一隻身體灰灰、膝蓋粉紅粉紅的鶴從我們頭頂劃過天空，沒有啼鳴，沒有叫喚，什麼話也沒有說。

「然後怎樣了？」

阿拔又用那種估量的眼光看我了。我把肩膀往後挺，用力保持下巴很穩很堅毅。

「喬喬？」

我點點頭。

「阿藍是像豬下巴那樣的人。」

豬下巴，就是跟阿拔一起管狗的那個又壯又殘暴的白人。阿拔又掄起榔頭，圍欄的另一個角塌了。

「不把別人的生命當一回事，什麼東西的生命都一樣。」

阿財張開嘴又閉上嘴，舌頭在牙齒中間動來動去，好像在吃空氣。

「我不能不跟蹤他們。」

他在呑嚥阿拔的話。

「禮拜天比較少人注意女人。那個女人被發現，然後大家發現阿藍跟阿財失蹤，然後巡佐把兩件事聯想在一起的時候，已經是五個小時之後了。」阿拔說：「這時間夠他們跑十五英里，跑到甘可仁的邊緣，夠他們回到自由世界去了。典獄長對著所有人吼叫，他的衣服溼得好像剛剛穿著去游泳一樣。下次遭殃的就是白女人了！他說。」

「確實夠跑那麼遠。」阿財說。他的聲音空洞又刺耳，像蛙鳴，像很缺雨水的青蛙。「他跑得很快，有時候我要聽聲音才能跟蹤他。他一路都在自言自語。不是自言自語，是跟他媽媽說話，跟他媽媽說他要回家了，說他想要媽媽唱歌給他聽。他說，唱歌吧，唱歌給妳兒子聽。」

榔頭從空中呼嘯而過。白蟻在他們毀掉的家園裡翻滾蠕動。

「我遲了一步。」阿拔說：「他碰到一個在泉水邊汲水的女孩子，他把那個女孩子推倒，撕破她前側的衣服。女孩子抓著衣服跑回家，是個紅頭髮的白人小女孩，她跟她爸爸說有個神經病黑鬼攻擊她。」

「是我制止他的。」阿財說：「我用一根樹枝打他，打得很用力，他才放開那個女生，還往我的臉揍了一拳。」

「那時候事情已經傳開了，阿財跟阿藍已經跑了很久也很遠，太陽都下山了，白人開始聚集，所有的男人都出來了，比阿財還要小的男生穿著單邊吊帶褲坐在小卡車的車斗上，看起來差不多有一千個男人，在卡車車燈的照耀下，每個人的臉上好像都籠罩著一層紅霧，可是黑暗中，他們身上的其他部位看起來都是黑的，衣服、頭髮、眼睛都是。我看得出來，他們全都殺氣騰騰，每一個都躍躍欲試，像獵狗急著去打獵一樣迫不及待。而且笑聲不斷，笑得欲罷不能。我知道他們要是找到阿藍和阿財，這兩個人對他們來說沒有分別，他們只會看到兩個黑鬼，兩頭碰了白人女性的野獸。」

阿財從來沒有這麼安靜、這麼定住不動過。他的嘴巴張得開開的，動也不動，眼睛睜得很大，黑油油的。他踮著腳尖，幾乎像座石像。可是阿拔渾身上下都在動，一邊說話，手一邊揮舞，肩膀輕輕地往前縮，就像花朵在一天最熱的時段慢慢凋萎。我從來沒看過阿拔的肩膀這樣。他的臉，臉上的每根線條，都像破裂大地上的斷層一樣互相擠壓。在底下支撐著這些斷層的，是痛苦。榔頭落了下來。

「我指揮狗越過圍牆，越過甘可仁的邊界，到密西西比河三角洲去。一整個平坦平原的土壤都長成了灌木林，又被黑人的手開墾夷平，土壤就跟黑人的手一樣黑，而且脆脆的，腳一踩就陷下去，足跡很明顯。我跟蹤他們的足跡，狗追蹤他們的氣味，我們穿過粗硬的樹叢，越過給人虛幻希望的田野，經過泉水和小屋，又看到更多田野、更多小屋，田野上和小屋裡有老老少少的白人男性蜂擁聚集，大家的行動都一致，準備要大開殺戒。」

阿拔低下頭，用肩膀抹去頭上的汗，跺了一下腳，像馬一樣，要踢人之前會先跺一下腳，以示警告。

「後來呢？」我催他講下去。

阿拔沒有抬頭。

「典獄長跟巡佐都坐著車子跟在狗後面，跟著狗吠聲走。那些白人也到處在找，也放了狗出來找。找到阿藍的是個男孩子，是無意間發現的，他躲在西邊一叢樹叢裡的一棵樹上。發現他的時候，人群間響起一陣吶喊聲，我禁不住斜著眼去看。那些人紛紛開槍射擊，典獄長、巡佐和模範槍手也紛紛往那方向趕去。我跟在狗旁邊等著，因爲這些狗不是往西走，牠們是往北去，我知道牠們在追蹤的是阿財。不到五分鐘後，我就看到那些人升起營火，我知道發生了什麼事，我還沒聽見阿藍慘叫，就已經知道發生了什麼事。」

阿財眨著眼，手指像鳥的翅膀一樣叉開，起先眨得很慢，但是阿拔越說話，他就越眨越快，最後快得跟蜂鳥的翅膀一樣，快到都看不清了。我全部就只有看到他黑黑的眼睛，上面覆蓋著一層薄紗。

「有一個模範槍手後來告訴我，他們把他身上的器官，手指、腳趾、耳朵、鼻子，一塊一塊割下來，然後剝他的皮。那時候我正叫狗群們安靜別出聲，我跟著這些狗，越過由藍轉黑的天空，越過一塊塊田地，到了另一叢樹前。阿財弓著背縮在其中一棵樹下，手掩著他黑黑的眼睛。他在哭，仰起頭去聽阿藍還有群眾的叫嚷聲。」

阿財握起拳頭，放開，又握起拳頭，然後又把手指張開成翅膀狀。

「等他們處理完阿藍，也一樣會這樣對待阿財。他們會來找這個男孩，會這樣一塊一塊割下他的身體，割到變成血淋淋、軟綿綿、淒厲尖叫的肉團，然後把他吊在樹上。」

阿拔看著我，他身上的每一個部位都在顫抖。

「他才不過是個小孩子，喬喬。他們就是殺禽獸也不會殺得這麼狠。」

我又點點頭。阿財用手臂環抱他自己，抱得越來越緊，手臂和手指頭變成超級長。

「我說：不會有事的，阿財。阿財說：你要幫忙我嗎？阿河，我應該往哪邊走才對？我要狗群跟在我旁邊，我向阿財伸出手，掌心朝外，伸得很慢，安撫他。我說：我會幫忙你離開這裡，我來幫忙你離開。我摸摸他的手臂，他渾身發燙。阿河，我要回家了，對嗎？他問。我在他旁邊蹲下，狗持續叫著，我看著阿財。他的頭皮邊上還有嬰兒一樣的細毛，喬喬，從他喝母奶的時候留到現在的細細頭髮。我說，對，阿財，我要帶你回家了。然後我拿出一向藏在靴子裡的輕便小刀，往他的脖子刺進去，刺在他右側的大血管上，然後我抱著他，一直抱到鮮血不再噴湧出來。他嘴巴開開看著我，他是個孩子，眼淚鼻涕橫了一臉，既吃驚又害怕，一直到靜止不動爲止。」

阿拔對著自己的膝蓋說話。阿財的頭往後仰，一直仰到變成看著天空，看著那片超出了樹木懷抱的廣袤藍天。他的眼睛睜得比原本更大，雙手猛然伸展，兩腿叉開，他根本沒看見我或阿拔，卻看著我們之外的一切，眼光越過我們駕著車走過的那許多英里路、越過松樹化爲田地與棉花與春季剛剛抽芽的樹木之處、越過公路與城鎮，回到數百年前的沼澤與樹叢。起初我以爲他又在唱歌了，但隨即發現那是一種嗚咽，逐漸提高爲吶喊，又逐漸提高成尖叫，他臉上的表情是對他所看見的景象感到驚恐。我瞇起眼，在阿財的痛哭聲中，幾乎聽不見阿拔說話。

「我把他平放在地上，叫狗群來咬。狗聞到了血腥味，上前來把他撕碎。」

阿財在咆哮，卡士柏在馬路上的某個地方憤怒狂吠，豬在尖聲長鳴，馬在欄舍裡跺腳。阿拔的手左搓右搓，像是不知道該拿手怎麼辦。像是不知道手能做什麼用。

「我每天都洗手，喬喬。可是那個血永遠洗不掉。我把手舉在眼前，還可以聞到那個氣味在我的皮膚底下。典獄長和巡佐趕到的時候，狗群吠個不停，舔著自己鼻頭上的血。牠們咬斷了阿財的腳筋和喉嚨。那時候我還聞得到那個氣味。典獄長告訴我我幹得很好，那時候我還聞得到那個氣味。因爲我帶著狗找到阿財並且殺死阿財，他們放我出獄，出獄那天我還聞得到那個氣味。我找了好幾個星期，終於找到阿財的媽媽，告訴她阿財死了，他媽冷著一張臉看我，沒有表情，在我面前砰一下把門關上，那時候我還聞得到那個氣味。我終於在半夜回到家的時候，還聞得到那個氣味，在密西西比河支流的酸味和海水的鹽味之上，我還聞得到那個氣味。好多年之後，我和菲樂美一起上床睡覺的時候，還聞得到那個氣味。我把鼻子塞在你阿嬤的頸項間，深深吸氣，希望她的氣味能把另一種氣味沖刷乾淨，但是沒有用，沖不掉。阿賜死的時候，我以爲我會淹死在這個氣味中，這個氣味薰盲我的眼，逼得我心緒狂亂到無法言語。什麼都緩解不了這種痛苦，一直到你出生，才終於有了改善。」

我像抱小娜一樣地抱著阿拔，他把臉埋在膝蓋裡，背脊窣窣顫抖。我們兩個依偎在一起，彎腰弓背，阿財越變越黑，越變越黑，最後成了庭院中心的一個黑洞，就好像他把方圓幾里之內、多少年以來的光明與黑暗都吸走了，吸進他的體內，他變成一團燃燒的黑，然後就不見了。他原本所在的位置，現在是柔柔的空氣、鵝黃的陽光、飄盪的花粉，我和阿拔在草地上互相擁抱。動物們的軥軥聲、呼呼聲和汪汪聲都逐漸微弱了。謝謝，牠們說。謝謝謝謝謝謝，牠們歌唱。

第十四章
莉歐妮

我帶著一大堆從墓園裡收集來的石頭回家時，邁可開著我的車出去了。石頭放在襯衫裡沉甸甸的，讓我回想起身懷喬喬和梅可娜的時候，肚子裡裝著另一個人的感覺。撿起我扔在阿母房間的石頭後，我砰咚衝出房間，卻撞見幽靈阿賜。他的腦袋歪在一邊，正看著我們家從客廳到廚房到後門，可以一路筆直穿出去的路徑，正聆聽著什麼。我停下腳步。

「你幹嘛？」這話像小小的飛鏢射出。我知道這一定是我吞的那些安非他命的殘餘作用，但我感覺自己像鉛錘一樣清醒穩定，並不飄飄然。然而阿賜站在客廳裡，高大又帥氣。他的嘴巴在蠕動，像在複誦什麼人的話。如果他說得出話，此刻說的就是一種喃喃咕噥。但不管他在聆聽什麼，在學什麼人說話，那話都讓他衝到敞開的門口，停在廚房門前，低下頭，手抓住門框。我前一次看到他做這動作時，他還活著，血液還在他體內鼓一般地汩汩搏動，他和阿爸剛吵完架，爲了那臺雪佛蘭諾瓦或是他不怎麼樣的成績而吵架，或者是爲了他除去弓箭和足球之外，對什麼都不感興趣而爭吵。你得要有個方向才行啊，兒子，阿爸說。阿賜坐在沙發上，看著阿爸從後門走出去，他倒在沙發上，對我眨眨眼，輕聲說：你得要少吃點炸藥才行啊，老爸！

不是阿賜的阿賜肩胛骨在襯衫下拳頭一般揪在一塊兒。他對我搖了一下頭，又對著他聽見的不知是什麼東西搖了一下頭。

「我要瘋了。」我對自己說：「我眞他媽的要瘋了！」

我從阿賜身邊走過，往紗門外看去。阿爸和喬喬坐在後院豬圈旁的塵土間，弓著背說話。距離這樣遠，我聽不見他們說話，但阿賜聽得見。我不知道他聽見了什麼，但他聽見的內容令他頭搖得愈來愈快，拳頭無聲搥在牆壁的裝飾線板上，搥了一次，又一次。線板上沒有留下痕跡。我以爲走過他身邊時，會感覺到他的T恤擦過我的手臂，但我只有感覺到朦朧的涼意。他的嘴巴在動，我看得出他無聲說著的是什麼。他的嘴型說，阿爸，噢，阿爸。我瞇起眼。喬喬看來像是撫摸著阿爸的背，擁抱著阿爸，我忽然理解到，除了播種、拔草，或是與家畜扭打之外，我從沒見過阿爸坐在地上。

一記狗吠聲赫然響徹了吱嘎作響的廚房，阿賜一驚，轉頭看我，用嘴型說了一個字，張開手掌向我招手，像是可以從我身上招引出什麼答案來。誰？他的嘴型說。那是誰？他跑到紗門前。卡士柏又吠叫了，叫聲畏懼地揚起，變成了驚恐的嚶嚶聲。阿爸的身子似乎往下沉，喬喬撐著他。我不認識這個世界了。阿賜把手臂舉在身體前方，像在抵擋什麼。我不知看見哥哥的這個幻象是不是昨天那場安非他命大地震的餘震，不知道我吞下的那場巨震是不是把我的身體和心靈震開，震得四分五裂、支離破碎了。阿賜仍然在這裡，狗的吠叫聲一陣緊似一陣，阿賜開始流血。我沒有看到傷口，但他還是流血了，從他的頸子和胸口，當初他挨槍子的地方流出。他撐在緊閉紗門的木框架上，腿和手臂都在用力。有個什麼力量正把他往外拉，喬喬和阿爸彎腰蜷縮，狗仍然在吠叫，但我沒看見什麼不尋常的東西，直到我眨眼，眼角餘光隱約看見一團翻騰的黑雲，如一道暗色閃光，降落在庭院的地面，但我又一眨眼，那團黑雲就不見了。阿賜垂頭喪氣，手在門檻摸上摸下。他活著的時候也常這樣摸，把全家窗臺的木頭都摸成光滑溜溜。他忽然定住不動，看著我。我眞希望他活著，有血有肉，因爲我好想踢他，我氣他不能說話，氣他看見或聽見了院子裡發生的事卻不告訴我，我氣他闖入這裡，闖入清醒的世界，出現在我面前，我氣他把世界搞得天翻地覆——鳥兒撞上玻璃窗，狗兒狂吠不止且嚇到漏尿，田間的牛隻一屁股癱軟，再也站不起來——而他仍然在這裡眨眼含笑，每一個酒窩、每一顆牙齒都在宣告這是個玩笑。我氣他死掉，永遠都氣他這一點。阿賜又搖頭了，這一次搖得慢，但他的臉還是模糊了。我伸出手，朝他跨進一步，或許是想推推他，想試試看我能不能碰到他棕色的臂膀，像碰觸水泥一樣碰觸到他手上的厚繭。但梅可娜的哭聲劃破空氣，阿賜消失了。

梅可娜站在沙發上，從這一頭走到那一頭，嘶吼哭喊。她的頭髮因爲睡覺而糾結，臉龐因爲睡覺而腫脹，小小的腿因爲剛剛醒轉而笨拙，絆了一下，臉朝下摔倒，嘴巴吻上椅墊。

「那個男生，那隻黑鳥。」她抽抽咽咽地說。

我在沙發旁跪下，拍拍她熱燙的小背脊。

「什麼男生，梅可娜？」

「那隻黑鳥，那個黑人男生。」

她站起來，跑到離我最遠的沙發扶手旁，騎上去，滑下來。

「他會飛！」

她常常這樣醒來，未醒的夢像毛毯一樣拖曳在身後。她仍然睏倦，我從一邊的腋下抱起她，往上一甩，讓她的腦袋枕在我肩上。

「回去睡覺。」我說。

梅可娜雙腿亂踢，腳趾像小鏟子，敲上我的肚子，想要敲碎我身體最柔軟部位的土壤。從前我走路的搖晃可以哄她入睡，她在我的子宮裡，用沒有視覺的藍眼睛夢遊太虛。如今她狂拍猛踢，小手打在我的嘴上，要掙脫我的懷抱。

「他要抓阿嬤！」她尖叫，我的手臂被她叫得沒了動力，她癱軟如麵條，從我的前側滑下，一落地便拔腿朝阿母的房門狂奔，小小的拳頭敲著門，每一記輕微的咚咚聲都伴隨著一聲上氣不接下氣的嗚咽，眼珠子如受驚小馬的眼眸滴溜溜流轉。

「梅可娜。」我跪下來：「沒有人要把阿嬤帶到哪裡去。」她整個人掛在門把上，想要用自己的重量轉動門把，骨節突出的小小膝蓋摩擦著木門。我所說的不完全是事實——沒有人要帶走阿母，但她所派給我的任務卻會牽引她離開。我用膝蓋爬行，往梅可娜的方向挪移，地板摩擦著我的骨頭，恐懼如滾燙沙粒，溢滿整個胸腔，我驚異於這樣的恐懼。我那個頭矮小、身材圓潤的小女兒腳趾摩擦著門，我驚異於她的舉動。我驚異於未來，不知未來將向我索求什麼，也不知未來將向我的孩子索求什麼。梅可娜緊握門把的手鬆了，我扭開門把，推開門，攤開手掌指向阿母說：「妳看吧！」

我對眼前的景象卻毫無準備。

阿母半個身子在床上，半個身子在床下，腳踩在地板上，腿纏在被單裡，被單捲在身上，有些地方繩子一般又細又長，有些地方卻寬大而鬆垮。阿母像隻被捕捉的珍貴旗魚，自空中飛躍而過的銀白閃亮旗魚，身上仍有鹽水絲綢般光滑的觸感，在陽光下顫抖掙扎。房間裡比一般春日上午應有的氣溫更冷，如十一月的早晨那樣寒氣料峭，但阿母大汗淋漓，踢腿呻吟。梅可娜蹦進房裡，嗅聞空氣，步伐畏怯，伸手搆向天花板，輕聲說著同一個詞彙，重複又重複。

「小鳥。」她說。

房裡的氣味聞上去像是阿母的內裡被人翻了出來，那氣味像屎，像尿，像血。像腸子。距離腐臭只有咫尺之遙。她的眼光狂亂，手臂困在被單裡動彈不得，掙扎著想抽身。

「阿母？」我說，我的聲音像梅可娜一樣又小又尖：「我來幫妳。」

「來不及了，」阿母說：「莉歐妮，來不及了。」

我必須用力抓住她的手臂，才能幫她脫困，手指在她的肌膚按出了淺淺的一排凹痕，每碰觸一下，便留下清晰的手印。阿母哀號。我設法放輕力道，以免壓得她過疼，但徒勞無功。

「什麼叫來不及了？」我說。

阿母的皮下在出血，我的手碰過的每一個地方都透著血。沙灘裡的壕溝湧滿了海水，壕溝之下，是死亡。

阿母的眼光越過我，望向屋角，梅可娜坐在那裡，除了唱歌之外動也不動。她瞇著眼，而後又目光炯炯地望著阿母。阿母的視線輕快從我臉上掠過，望向天花板，又垂下眼光看看自己衰敗的身體，望向遠方，遠方。

「我聽見他的聲音。」她輕聲說：「我還以爲……」她喘息：「是貓。」

「阿母，妳說誰？」

「我從來看不見他們，但有時會聽見。」

「聽見什麼？」

「就像有人在三道門之外說話，在另一個房間說話。」

我放開其中一隻手，握成拳頭。

「他說他來找我。」

這樣多鮮血的花瓣。

「不是神祕者。」不是聖靈，不是神祇，不是神祕者。

在她的手腕上。

「是死人。」死去的人。

在她的手臂上。

「年紀很輕，充滿了憤怒和怨恨。」
腐朽中的花朵。
「像挨打的狗一樣一心復仇。」
花謝果落，凋萎飄零。
「身上背負著歷史的全部重量。」
她的呼吸哀哀悲鳴。
「像裝滿鉛塊的棉花袋。」
她說得沒錯。
「卻只是個孩子。」
我來不及了。
「渴求著愛。」
癌症摧毀了她。
「說要我當他的媽媽。」
把她摧毀得一乾二淨。
「我一直以爲……」
我鬆開阿母的另一條手臂，她卻伸手刨抓我的手臂。
「會是妳哥哥。」

我呆住了。

「我看到的第一個死人……」

我透不過氣了。

「會是他。」

阿賜站在房間的角落，長長的身形沿著兩座牆間的縫隙伸展，陰森森豎立在梅可娜的上方，像阿爸一樣剛硬而凶狠，我頭一次感到恐懼。阿賜在人間是個活寶，渾身上下都是笑料，每一寸骨骼都藏著幽默，人人都可以在他肩膀的垂落、腦袋的搖晃、嘴角的曲線裡看到諧趣。如今這一切蕩然無存，他在世時不曾背負時間的重量，如今這重量壓得他僵硬，裹得他清明，削得他尖銳，像阿爸。他搖著頭，開口說話。

「不是。」

梅可娜小小的歌聲沉落了。

「你的。」

阿母開始對抗我。

「媽媽。」

阿母的眼光越過我，望向裂痕處處的天花板。天花板千瘡百孔，垂掛著成百上千的鐘乳石，像洞穴的頂。阿爸曾花許多個鐘點，把掃把浸在油漆裡，再用掃把毛刺戳天花板，打著圓圈描著漩渦，塗畫出恆星和彗星。阿母張口又閉口，但啞然無聲。我隨著她的目光望去，除了天花板，沒有看見別的。天花板是一片寒酸的石膏板，被溼氣浸潤得灰濛濛。梅可娜輕聲唱著歌，手指就像唱「一閃一閃亮晶晶」時一樣扭動。她看見了天花板上有什麼。

「不是。」阿賜在說話，他臉上的每一個平面都聚攏在一塊兒，神情尖銳如刀。他也看見了天花板上的東西。

「你的。」

阿母也看見了。她的眼光轉向阿賜朦朧佔據的屋角，露出了牙齒，像是笑，也像是齜牙咧嘴。

「媽媽。」阿賜說完他的句子。

阿母打了我一巴掌。她打到的地方熱辣辣灼燒。她攤開掌心，又往我的另一側打去，我的耳朵有血脈嗡嗡作響。她右手抓住我臉頰，手指插入我眉弓，把我的臉捧直，像是防備著在我們頭頂上、在我背後的不知什麼東西，那個要來抓她的某種可怕的東西，一面小小聲地說話。我聽見我的頭頂有人輕聲細語。

「跟我走，媽媽，」那人說：「來吧！」

「不要。」阿母說。

她的手指把我的眼皮往上拉，往上拉，疼得很。

「不是我兒子。」她說。

她感覺像是在剝我的皮。

「阿賜。」她輕聲說。

我用力抽開我的頭。

「寶貝，拜託！」

寶貝二字把我驚得從床上一躍而起，因爲我聽見她說寶貝，此刻我又是她懷中那個齒齦軟嫩、眼眸潮潤的胖嬰孩了，而她又是那個身體健全、有著香甜乳汁的母親了。她的手從我身上落下，如玉米皮自玉米梗脫落，也如玉米皮一般乾燥清脆地落在床上，隨即卻又猛然揚起，手心朝上高舉。

「不行，小弟弟，不行。」阿賜說。

我把落在地板上的墓園石頭全部撿起來，堆到祭壇上，和我先前收集到的其他石頭堆在一塊兒。此外還有從浴室拿來的棉花球，食品櫃拿來的玉米粉，我昨天特地去酒鋪買來的蘭姆酒。

「唸吧，」阿母說。她的手落下來了。「唸連禱文。」她又說。她的氣息在喉頭喀啦喀啦作響。她並沒有把頭轉過去，看我身後阿賜站立的牆邊，似乎有個什麼隱形的東西把阿賜困在那裡，他劇烈扭動，想掙脫那東西。阿母的嘴張著，是無聲的嗚咽。梅可娜以一種我從未看過的樣貌哭泣，嘴巴在動，但沒有出聲。時間不存在，眼前的時刻吞噬了所有的過去與未來。我要唸禱文嗎？我一眨眼，天花板上有個男孩，男孩的臉是張孩子的臉。我又眨眼，淚水清洗了我的眼，天花板上什麼也沒有。

「阿母。」我哽咽得說不出話來，聲音微弱而充滿渴求，像個嬰孩。「媽！」我的哭泣和阿母的懇求和梅可娜的嗚咽和阿賜的吼叫聲如洪水一般淹滿整個房間，聲音在房間外想必也同樣響亮，因爲喬喬衝了進來，站在我的身後，阿爸則在房門口。

「你來這裡要找的東西已經找到了，現在快走！」喬喬說。

起初我以爲他在對我說話，但他的眼光越過我，向上望，於是我明白他在對誰說話。他的口氣裡有股力量，力量強大到我一邊哭也能一邊說話，並且把阿母拉到我的心口。

「布莉姬媽媽，所有亡靈的母親，墓地的女主人，所有死者的母親。」我喘得厲害，說出來的是一段高高低低的啜泣。

「不要，莉歐妮，」喬喬說：「妳搞不清楚。」他仰頭怒瞪著天花板。

「莉歐妮。」阿母哽咽著說。

「偉大的布莉姬判官，這個石頭祭壇是爲您而設的，請接受我們的供奉。」我說。阿母的眼珠子持續轉動，持續轉向天花板，那個臉蛋光滑的男孩盤桓在天花板上，嬰孩一般蜷縮成球狀，渴求著愛。

「閉嘴，莉歐妮，拜託妳！」喬喬說：「妳不了解狀況。」

阿母的眼珠子持續轉動，轉向牆邊阿賜站立的地方。阿賜已經不再掙扎。那對眼珠子轉向我，懇求著我。「請進來。」我說。

「走開！」喬喬說。他仰頭看那男孩閃現又消失的地方。「這裡沒有故事可以給你聽了。沒有誰欠你什麼了。」喬喬向阿賜舉起一隻手，他彷彿是解開了一道門的鎖，打開了那扇門，阿賜掙脫了原本困住他的東西。

「你聽見我外甥說的話了。」阿賜說：「走開吧，阿財！」

我什麼也沒看見，但肯定是發生了什麼事，因爲阿賜毫無顧忌地向床邊走來。阿爸順著牆壁滑下來，身上所有筆直的部位都垮了。他看著阿母，就這麼一次，他強迫自己看著阿母。一直以來，他像個月亮，繞著阿母旋轉，背對著門在沙發上過夜，在院子裡和林子裡尋找故障的畜欄或箱子或機器來修理，因爲他修理不了那最待修理的東西。

阿母的呼吸是忽強忽弱的風，愈吹愈緩慢。她的眼皮垂成了細縫，身體毀壞而靜止。喬喬往旁邊跨一步，讓出路來給阿賜走，梅可娜在哭，喬喬一把抱起她，吞了一口口水，毫不迴避地直直看著阿賜。「舅舅！」喬喬看得見他，而且認得他。他向阿賜點點頭，有那麼短短的一刹那，阿賜又重新是阿賜了。他笑容滿面，酒窩裡重現了詼諧。

「外甥！」阿賜說。

阿母的呼吸遲緩成了哽噎。她望著我，臉龐扭曲。

「請進來，與我們共舞。」我輕聲說。

阿賜站在床邊，爬上床，蜷縮躺下，把阿母擁在懷中。他說：「阿母。」他說：「我來接妳了，阿母。」他說：「我來了，阿母。」阿母吸了一口長長的氣，聲如裂帛，她的氣息和血液和精神猶如困在蛛網裡的蛾一般瘋狂鼓動，接著阿賜說：「噓，我駕船來接妳了，阿母。」他的手撫上她的臉，從渴求空氣的下顎，到翕張的鼻孔，到眼睛，睜大又睜大的雙眼，目光從我流轉到阿賜，到喬喬，到梅可娜，到門邊的阿爸，又回到阿賜身上。阿賜的手在阿母的臉上揮擺，恍若他是個新郎而阿母是新娘，他掀開了頭紗，卻又放手讓頭紗落下，於是他們便能深情對望，那深情一如他倆之間的空氣，清澈，甜美。阿母身軀一震，旋即靜止。

時間如暴潮，滔滔淹沒整個房間。

我放聲痛哭。

我們齊聲哭泣。阿爸在門口折彎了腰，我的手上仍握著阿母溫暖的睡袍，梅可娜的臉狠狠撲在喬喬肩上。但喬喬沒有哭泣，他的眼眸晶亮，沒有東西流出，甚至當他說話時也沒有。他問：

「妳剛剛說什麼？」

我說不出話來。悲傷是吞嚥太快的食物，哽在喉頭，哽得我幾乎透不過氣。

「莉歐妮！」

憤怒籠罩了全身，像油在水面擴散。

「是她要求的。」我說。

「不是。」喬喬把懷裡的梅可娜顛一下，望著阿母，像是在等待她睜開眼睛，轉過頭來說：

傻喬喬！「妳剛剛唸的話，引進了一條河，把阿嬤和阿賜舅舅帶走了。」

「對。」他不理解這是什麼意思，不理解爲什麼當一個人終於陪在母親身旁，所做的頭一件事卻是把神帶進來，讓神帶走她。

阿爸在門邊勉力站起來，但他的上背部仍然有條曲線，他的肩膀是一只碗，腦袋在頸子上鐘擺似地晃蕩，他的咽喉斷了。

「確實是她要求的，喬喬。」阿爸的嗓音是他渾身上下唯一還有幾分堅硬的東西，是一把裝在鞘裡的刀。「她痛得受不了。」

「阿嬤不會扔下我們的，就算是阿賜舅舅來帶也不會。」

阿爸流失的姿態全跑到喬喬身上去了。他的腿彷彿撐了條支架，前青春期那種軟綿綿的O型腿幻化成一種花崗岩般的堅韌。

「眞的是她要求的。」我說。

支架延伸到胸膛，於是他的肩膀鐵撬一般挺直。

「她說……」喬喬說。

「孩子，這對她反而是一種慈悲。」阿爸說。

支架最後延伸到頭頂，於是他那張娃娃臉，最後的一點點嬰兒肥，如鋼一般沉靜，凝滯，備戰。唯有他的眼仍是喬喬的眼，仍帶有一絲的稚氣。

「不然你要怎樣？」我問：「要我說對不起？」

那雙眼。

「要我說我也不想這麼做？」

我控制不住我自己的嗓音，那嗓音呼嘯而出，拔尖，細如鞭。我的眼中有條火繩，爬下鼻子，竄下咽喉，在胃裡盤捲成一個繩結。阿母的身體仍然溫熱。

「我不後悔。我做了她需要我做的事。」我說。

她說不定只是在睡覺。這許多年來，我不曾見過她的臉如此安詳，如此地毫無緊繃。我想一巴掌摑醒她，想爲了她要求我送走她而搧她耳光。我想爲了喬喬看我的眼神而搧他耳光，他那眼神像是我可以選擇不送走她。我想把阿賜從冥界帶回來，讓他重新是個血肉之軀，如此我才能爲了他的離去、爲了他帶走阿母而搧他耳光。曾經有棵樹矗立的地方，如今只有天空，天空太空曠了。一切都不對了。繩結拉緊了。

「我沒有要妳做什麼。」喬喬說：「妳什麼也幫不了我。」

他說這話時看著阿母，我不再繼續把阿母的頭髮從臉上撥開。喬喬的目光轉向我，那眼神如阿爸般剛毅，如阿母般溫柔。是譴責，也是憐憫。我是一本書，他讀得懂其中的每一個字。我知道，他看得透我，他什麼都明白了。

「妹仔。」阿爸說。

忽然一切戛然而止，我怒上心頭，厭恨這個世界。我鬆手讓阿母落在床墊上，自己霍然站起，跑向喬喬。喬喬往後縮，但他逃得不夠快，因爲我已經到了他面前，起手揮落，打在他臉頰，疼痛從掌心爆裂，循著手指啪啪流竄，於是我再一下，接著又一下，沒察覺到梅可娜在他懷中放聲號哭，攀在他的胸口一個勁兒往上蹬，急著要逃離我。喬喬站得筆直，像阿爸一樣挺直脊梁，眼中屬於少年的稚氣全褪去了——潮水退了，陽光烤乾了殘餘的水分，把滾燙的沙粒烤成了水泥。阿爸站在我身邊，俯下身，猶如風箏自天空墜落。他抓住我的兩條手臂，併攏，讓我掌心相碰。

「夠了，」阿爸說：「別再打了，莉歐妮。」

「你不懂。」我說：「你不懂。」喬喬把臉埋進梅可娜小小的襯衫裡揉搓，我好渴望，好渴望再揍他，好渴望把他摟進我的懷裡，如同他還是個沒長頭髮的小寶寶一般，用手心捧住他的腦袋。我渴望對喬喬說：我們是一家人。我想問他：你看到了什麼，阿弟仔，你看到了什麼？但我什麼也沒做，僅是從阿爸手中掙脫，經過喬喬和梅可娜身邊，撇下床上的阿母，逕自走掉。阿母臉朝著天花板，眼睛睜著，所有暖意都已從身體的深處散去。她的心冷了，光陰在她逐漸僵硬的血脈中蠕蠕蜿蜒。

邁可回來時，我坐在門廊上。他無視於臺階，一躍躍上了我身邊，落地時木板吱嘎響了一陣，我想像已被熱氣烘得扭曲腐朽的木材崩裂粉碎，我從地板墜入其下的泥土，泥土破了口，形成一條筆直的坑，一座無底的井。這天是春季裡的頭一個熱天，預示著這年夏天將是個火熱煉獄，煉獄將瀰漫在空氣中，使萬事萬物為之折腰。

「寶貝！」

「我們走吧！」

「什麼？我才剛回來。我還想我們今天可以帶孩子們去河邊玩。」

「阿母走了。」我克制不住嗓子在字眼中哽咽，克制不住哭泣代替了嘆息衝口而出。

邁可在我身旁的地板坐下，把我拉到他膝上，我的手、臂、腿，全在他膝上，我成了個大寶寶，癱軟在他的懷裡。我知道他承擔得起我的重量，我知道他願意承擔。我把鼻子戳進他鬍碴粗礪的脖頸。

「我們走吧！」

「噓！」他輕聲呢喃。

「北上到艾爾家去。」

邁可知道，他知道我真正索求的是什麼——是柔軟多汁的果實核心中的籽

去嗑藥，去再見一次阿賜。但縱使在我這麼想的時候，我已經心知肚明他不會來了，他和阿母無論是去了哪裡，都是永恆了。但當年阿母隔著桌子滿懷憐憫望著的那個我，那個我仍懷抱希望。

「我們可以直接走掉。」

「不行。」邁可說。

「求求你。」說出的字打嗝一般，小而酸。字眼在我倆之間耽留不去，邁可扭曲了臉，像是嗅聞得出其中的驚懼與悲哀，這許多的驚懼與悲哀，提煉成了一個短短的、尖刻的詞語。

「孩子們怎麼辦？」

天空變成了紅砂土的顏色，香橙奶油的顏色。熱氣到達了一天的高峰，昆蟲從冬日的蟄居中醒轉。我承受不了這個世界。

「我沒辦法。」我說，這幾個字有許許多多其他的字暗暗跟在後頭。我現在沒辦法當媽媽，沒辦法當女兒，沒辦法記得，沒辦法看見，沒辦法呼吸。他聽見了那些字，因爲他往前一滾，抱著我站起來，抱著我走下門廊，走向車子，把我放在副駕駛座，關上門，爬上駕駛座。車子把世界縮小成現在這樣——我和他在這個玻璃穹頂之中，所有那些令人生厭的光與狗都躲進了壕溝，還有溫順的牛、擁擠的樹、記憶中我唸的禱詞、阿母慘灰的臉、我甩耳光時喬喬和梅可娜的反應、阿爸的蜷縮、阿賜的第二度離開，都躲進了壕溝。我們的世界是個水族箱。

「兜兜風就好。」邁可說。

但我知道，若我持續懇求，持續用求求你求求你來把車子裝滿烏煙瘴氣，他會一路開到蜜絲蒂家，要她打電話給住在北部的朋友，打電話給艾爾，我們會打最後一次電話給阿爸，對他說：我們去去，幾天就回來。然後他會開上幾個小時的車，開進這個州土壤黧黑的中心地帶，往那個曾經禁錮他的牢籠而去，遠遠行去，遠到地平線張了口，如剝開的蠔殼。我知道，只要我要求，他會願意，因爲他心中的某處也渴望拋下與母親的淚眼相擁、與父親的拳腳相向，拋下我那充斥鬼魂的家庭，遠走高飛。我們一路向前，風從敞開的車窗灌進來，吹得玻璃搖顫，宛若覆滿軟體動物的海床在潮水的沖刷下擺盪，生意盎然，泡沫與沙粒閃爍微光。碎石在輪胎輾壓下噴濺飛蹦。我們手牽著手，假裝忘記。

第十五章
喬喬

現在我都睡莉歐妮的床，不用再擔心她會把我踢下床，或是一拳捶在我背上把我揍醒，因爲她從來不回來。這樣說也不對，她每個星期都回來，住個兩天，然後就又走了。她跟邁可睡沙發，他們兩個都超級瘦，像兩條灰色的沙丁魚一樣瘦巴巴，一起睡在沙發上也像沙丁魚一樣擠。早晨我帶小娜去搭啓蒙教育課的校車，從他們旁邊走過，他們動也不動。有些早晨等我回到屋子裡拿書包的時候，他們已經走掉了，只有沙發上長長的凹痕讓我知道他們剛才眞的在這裡。

他們睡沙發是因爲阿拔現在睡阿嬤的房間。阿嬤下葬的那天，阿拔扔掉了原本的病床。他把病床拖到屋子後面的林子裡，放火燒掉。他叫我別再去那邊，可是我看到了那個煙，聽到了火焰的劈啪聲。有些晚上，小娜趴在我的肩膀上睡著，睡得好沉，腦袋像哈蜜瓜一樣重，我走到廚房去喝杯水，會聽見阿拔在門外說話，聲音從鑰匙孔鑽進來。有一次我隔著牆，清清楚楚聽見他說話。開頭我還以爲他在禱告，可是他的聲音抑揚頓挫，我知道應該不是禱告，聽起來比較像是在跟人說話。第二天我放學回來，阿拔跟小娜在等我，阿拔坐在門廊上他常常坐的地方，小娜坐在他旁邊的鞦韆上，我問了他。

「阿拔？」

阿拔正在剝胡桃，他抬起頭來看我，手沒有停，繼續把胡桃殼壓碎，撬出裡面的肉。每挖出一顆胡桃，他就把其中的半顆遞給小娜，小娜則整個扔進嘴巴裡，一邊嚼，一邊對著我笑。

「你昨天晚上是不是在跟誰說話？」

他頓住了，半顆胡桃拿在手上。小娜拍拍他的臂膀催他。

「阿拔。」她說：「我要，阿拔。」

他把胡桃遞給她。

「莉歐妮有打電話回來嗎？」我問。

「沒有。」他說。

「我就知道。」我往門廊外面的沙地吐一口口水。我眞希望她就在那裡，不曉得直接對著她吐口水是什麼感覺。說不定她根本不會注意到。

「不要這樣。」阿拔說，然後又低頭繼續剝胡桃：「她總是你媽。」

「邁可有打嗎？」我問。

阿拔把胡桃肉外面苦苦的粉從手上拍掉，搖搖頭。從那以後，如果我晚上隔著牆或門聽見他抑揚頓挫地說話，我連問都不再問了，因爲從他快速搖頭的樣子，還有頸子上皺褶交疊的樣子裡，我想像得到他在一片黑暗中躺在床上，盯著天花板，望著阿嬤死去的時候望著的地方，目不轉睛。我聽見他喊她的名字，喊一個早在阿嬤得癌症之前，我就沒再聽到過的名字——菲樂美，後來變成菲菲。然後我知道他在以爲我們睡著了之後，都在做什麼。有點像是禱告，可是不是對上帝禱告。我知道他在說話，在詢問，在天花板的山巒跟坑洞之間搜尋，搜尋阿嬤。小娜又拍拍阿拔的臂膀，可是沒有再要胡桃，而是摸著阿拔的臂膀，好像阿拔是一隻小狗，一隻被跳蚤咬得渾身發癢、禿掉了一半的毛、渴求著愛的小狗。

有時候，深夜裡，我聽著阿拔在黑暗裡搜尋，聽著小娜在我身邊打呼，我覺得我瞭解了莉歐妮，我想我懂得她的一點點感受，有一點點明白阿嬤過世之後她爲什麼要跑掉，爲什麼要打我，爲什麼要一走了之。我也有那種感覺，手上有一點癢癢，腳上有一種想踢東西的渴望，胸口有一個東西啪啪鼓動。那是一種不安，比不安更深，每一次我覺得自己就快要睡著，那個感覺就會把我驚醒，把我像球一樣拋在半空中，一直到凌晨三點才放我下來，我才睡著。

我白天不會有這種感覺，大半的白天不會。可是當太陽快要下山，像石頭掉進水裡一樣沉入地平線，天空變成桃紅色的時候，這種感覺會回來。當我知道這個感覺又要出現的時候，我就去散步。可是不是像我那個發瘋的伯公一樣，在街上散步，而是往後面走，走進樹林裡，沿著小徑，越過阿拔土地的界線，走到松樹林下面光線稀疏的陰影裡面，棕黃色的松針鋪滿紅泥地，像地毯一樣，走在上面不會發出一點聲音。

有一天，有一隻浣熊用爪子刨抓一棵傾倒的樹，挖掘樹幹裡的蠕蟲。牠嘶嘶地說：這些都我的，全都我的。又有一天，一條大白蛇從一棵彎彎曲曲的橡樹枝幹上掉下來，掉在我面前，又滴溜溜滑向樹根，重新爬上樹，去捕食剛剛出生的小松鼠，或是剛剛孵化、嘴巴還很柔弱無力的小鳥，鱗片摩擦著樹皮，沙沙作響：那個男孩漂浮著，遊蕩著，仍然困在這裡。再一天，有一隻禿鷹在我的頭頂盤旋，牠生著黑色的羽毛，體格很壯，呱呱喊著：這裡，小弟弟，出去的路在這裡，你那枚鱗片還在不在？往這兒走。這時那種不滿足的感覺，那種隱隱蠕動的悲傷，會舒緩一點點，因為我知道我看見了阿嬤也能看見的景象，聽見了她也能聽見的聲音。在這樣的時候，阿嬤就離我比較近。可是我看見那個男生的時候，情況就不是那樣了。那個男生躺在地上，蜷縮在一棵巨大槲樹的盤根之間，看起來像是死掉了，又像是在睡覺，徹頭徹尾是個鬼。

「嗨！」阿財說。

有時候我看到的比阿嬤看到的還要多。

「呃。」我說。

我氣炸了，因為當我看到他的大耳朵還有手臂和腿像掉落的樹枝一樣又細又脆，我發現在心裡的某處我其實在等著阿嬤，在期待某天散步的時候我會碰到她。看到阿財的時候，我心裡的某處明白了我會看到的永遠不會是阿嬤，坐在樹幹或腐爛樹樁上等我的永遠不會是阿嬤，我明白了我永遠不會再看見阿嬤，也不會再聽見阿賜舅舅喊我一聲外甥了。

風俯衝進黃昏裡，巨大的翅膀從我的身上掠過，又揚起。

「你在這裡幹嘛？」我問。

「我在這裡。」他說。他用手撥撥頭髮，可是頭髮動也沒有動，像被雨侵蝕的石頭。

「我看得出來。」

「不是。」阿財倚在樹幹上，好像那是一個巨大的座椅。「我以為……」他看著我背後的小徑，往我家的方向看過去，發出了一個好像呼吸的聲音，可是並沒有呼吸。

「以為什麼？」

「我以為只要我知道了，就可以，越過那個水域，回家去。也許到了那裡，我就可以……」他的話聽起來像一條扯破的抹布……「變成另一種東西。說不定，我可以，變成，那首歌。」

我覺得好冷。

「有時候，太陽，下山的時候，太陽，升起的時候，我聽見，那首歌。一小段一小段的。星星，像唱片。天空。很棒的唱片。那些生命。活著的生命，死去的生命。在我眼前閃過。那個聲音。在水的那一邊。」

「可是呢？」

「我沒辦法。」

「不要……」

「我沒辦法，進到裡面去。我昨天。試過了。一定要有某種需求，某種缺憾。像鑰匙孔一樣。我才能進去。可是那些事情過後……你阿嬤、你舅舅、你媽媽……之後。我沒辦法，你已經……」他又發出那種吸氣的聲音……「變了。沒有需求了。或者至少是，沒有大到可以當鑰匙的需求了。」

一隻黃蜂在我的頸子旁邊嗡嗡飛舞，想要停下來咬我一口，我揮手把牠趕開，牠又回來繞圈子，我用手去拍，感覺到小小硬硬的蟲身從我的手掌彈開，彈進黑暗裡，去尋找比較好取得的食物。

「有好多。」阿財說。他的聲音像糖漿一樣流得很慢。「好多人。」他說。「找錯。鑰匙。到處遊蕩，找不到那首歌。」他聽起來好像很累。他躺了下來，從床上仰望我，腦袋在樹根上彎得很不正常。樹根頂著他的頸子，是很硬的枕頭。「困住了。你看到。那條蛇了嗎？你知道嗎？」

我搖頭。

「我。」他拖長了聲音說：「也不知道。這麼多人流離失所。迷失了。」

他眨眨眼：一隻就要跌入睡眠的貓咪。

「現在你瞭解了。」他閉上眼睛，發出了一聲牛蛙的鳴叫。「你現在瞭解人生了。你現在瞭解。死亡了。」他沉靜得像是睡著了，可是又還在動。他是一條長長的棕色線條，像水一樣輕輕波動。然後我看到了，他像那條白蛇一樣爬上樹，一起一伏地沿著樹幹爬上樹枝，在其中一根枝椏上伸展身體躺下來。樹枝上全是滿的，滿滿的都是鬼，三三兩兩，一路到頂，到羽毛似的樹葉上，有男有女，有大人有小孩，有些幾乎還是小嬰兒，全都蹲著，看著我。有黑皮膚的、棕皮膚的，幾近於小嬰兒的那個則是煙一樣雪白。沒有一個明說自己已經死掉了，可是他們的眼睛，那些黑洞洞的大眼睛透漏了實情。他們像鳥一樣蹲著，可是看上去是人。他們用眼神說話：他強暴我而且悶死我我舉起手他射了我八槍她把我鎖在小屋裡讓我一面聽著她跟我的小孩在院子裡玩一面餓死他們半夜來到我的牢房把我吊死他們發現我識字就把我拖到穀倉挖出我的眼睛把我打到再也不能動我病了他說我令人討厭耶穌說讓小孩子到我這裡來[1]所以就讓她去吧他把我壓到水裡讓我不能呼吸。他們的眼睛眨呀眨，太陽光已經照得比林木還低了，在林木間閃哪閃，這些鬼照到陽光，反射出紅色，他們身上的衣服——馬褲和破爛衣服、T恤和頭巾、軟呢紳士帽和帽T——全都變成像紅色的羽毛。他們整齊劃一地閉上眼睛又睜開眼睛，往下俯視我，又仰頭望天空，風繞著他們旋轉，咻咻哀號，他們的嘴巴大開，吐出的呼呼氣音是他們的歌，那個氣音說：是的。

我一直站著，站到太陽都下山了，站到我可以在鹽味跟硫磺味中間聞到松樹味，站到月亮升起，他們的嘴巴都閉上了，變成一群銀色的烏鴉。我一直站著，站到樹林變成一群指節烏黑的人，最後我彎下腰，撿起一截中空的枯枝，轉身面向家，揮打著前面的空氣，遠離那些死人，結果看到阿拔，他抱著小娜，兩個人的身影就跟黑暗中的鬼一樣亮。

「我們在擔心你。」阿拔說。

是的，那些鬼斷斷地說。

「你沒回來。」阿拔說。雖然黑暗裡阿拔看不到，我還是聳了聳肩。小娜扭著身體。

「下來。」小娜說。

「不行。」阿拔說。

「下來，阿拔，拜託。」小娜說。

「我們回去吧！」我說。我知道那棵樹上都是鬼，這讓我覺得芒刺在背，好像有幾百隻螞蟻沿著我的背脊往上爬，在尋找骨頭跟骨頭之間柔嫩的地方好大快朵頤。我知道那個男生在那裡，看著我們，像水裡的草一樣搖搖蕩蕩。

「拜託！」小娜說。阿拔讓她從他身上滑下來。

「小娜，不要！」我說。

「要！」她說。她一腳高一腳低地從我旁邊走過去，在黑暗的地上走得顚顚簸簸。她面對著那棵樹，鼻子翹向天空，頭往後仰，好看個清楚。她的眼睛像邁可，鼻子像莉歐妮，肩膀像阿拔，仰起頭來向上望，好像打量著那棵樹的神情，徹徹底底像阿嬤。可是她站著的姿勢，她把每個人的各部位組合在一起的樣子，只像她自己，像小娜。

「回家去！」她說。

鬼都發起抖來，可是沒有離開，又一次張開嘴巴搖搖晃晃。小娜舉起一隻手，掌心朝上，好像是要安撫卡士柏，可是那些鬼沒有靜止下來，沒有站起來，沒有飄升，也沒有消失，只是待在那裡。小娜於是唱起歌來，是一首不成調、不知所云的歌，我一個字也聽不懂，只聽得懂曲調，曲調很低，可是音量跟樹木呼嗤呼嗤搖晃的聲音差不多，這個歌聲既打斷了鬼的低語聲，也跟他們的低語聲纏捲在一塊兒。鬼魂們把嘴巴張得更大了，臉的邊緣皺起來，像是快要哭了，可是又哭不出來。小娜唱得更大聲了，一面唱，手一面在空中揮，我看出來了，我認得那個動作，那是我和小娜害怕著世界的時候，莉歐妮拍我們背的動作。小娜唱著歌，那一群鬼身體往前傾，點著頭，露出一種如釋重負的笑容，一種憶起了往事的笑容，一種安心舒適的笑容。

是的。

小娜拉拉我的手，我把她抱起來。阿拔轉過身，我跟在他身後，他領著我們回家，一路尋找著浣熊、負鼠和郊狼，折彎了一根又一根的樹枝。小娜趴在我的肩膀上哼歌，說著「噓」，好像我是小嬰兒，她才是哥哥。她說著「噓」，好像她記得莉歐妮子宮裡羊水的蕩漾聲，記得所有水的蕩漾聲，現在她把那個聲音唱出來了。

家，那些鬼說著，家。

譯注

1 新約聖經馬太福音第十九章第十四節：「耶穌說：讓小孩子到我這裡來，不要禁止他們；因為在天國的，正是這樣的人。」

謝詞

我要感謝我的編輯凱西・貝爾頓（Kathy Beldon），她總會提出必要的問題，引導出至關重要的答案來。若是沒有她，我的寫作成就必定會相形低落，我非常感激有她與我同行。我也很感激凱西的助理莎莉・豪（Sally Howe），她彌補了我的心不在焉，把我的事務整頓得井井有條。我若是沒有了我的經紀人珍妮佛・里昂斯（Jennifer Lyons），眞不知道該如何是好。珍妮佛持續爲我爭取權益，堅持要讓我的作品接觸到最廣泛的讀者，並且打從篳路藍縷的最初就對我深具信心。凱特・羅伊（Kate Lloyd）和羅莎琳・瑪霍特（Rosaleen Mahorter）是Scribner出版社負責行銷我的書的公關宣傳，她倆聰明穎悟又和善，我很感激她倆爲了捧紅我的書所做的一切。我並要感謝南・葛雷安（Nan Graham）[1]，感謝她支持我的作品，並投資於我的寫作事業。另外我要感謝萊錫安經紀公司（Lyceum Agency）的工作團隊，這個團隊對於我的作品能夠成書並且問世居功厥偉。我的前宣傳兼密友蜜雪兒・布蘭肯希普（Michelle Blankenship）也同樣居功厥偉，她將我的許多作品引介給讀者，持續相信我的能力，並關心照顧我。

我在杜蘭大學的系主任邁可．庫金斯基教授（Michael Kuczynski）慷慨大方且體貼。沒有庫金斯基教授以及杜蘭大學的同事們，我不會有時間及資金來撰寫這本書。我杜蘭大學的學生們卓越非凡，我想他們教給我的只怕比我教給他們的更多。我的作家朋友們時時刻刻幫助我腳踏實地、啓發我並且挑戰我，這些人包括有：伊麗莎白．史道特（Elizabeth Staudt）、娜塔莉．巴可布洛（Natalie Bakopoulos）、莎拉．傅麗詩（Sarah Frisch）、賈斯丁．聖傑曼（Justin St. Germain）、史蒂芬妮．索洛（Stephanie Soileau）、阿米．凱勒（Ammi Keller）、哈莉葉．克拉克（Harriet Clark）、羅伯．艾爾（Rob Ehle）、J．M．泰利（J. M. Tyree）及雷蒙．麥克丹尼爾（Raymond McDaniels）。我崇拜這些人，如果沒有他們，我寫不出這本小說，也改不好這本小說。

最後，我要感謝我的家人：愛我、爲我準備餐點並且擁抱我的母親、教導我擺脫世俗束縛、做個自由靈魂的父親、向我示範如何說個好故事的祖母桃樂西（Dorothy）；我的弟弟約書亞（Joshua），他在我心中點燃如火般灼燒的愛[2]；我的姊妹娜麗莎（Nerissa）和夏琳（Charine），她倆捍衛我，也與我並肩戰鬥；我的教母葛蕾珍（Gretchen），植物與人類都能在她的協助下綻放花朵；我的堂弟艾爾登（Aldon），他記得我所遺忘的一切往事，並幫助我重拾回憶；我的堂兄妹瑞特（Rhett）和姬兒（Jill），他倆當年與我一同成長，目前也仍然與我一同成長；我的朋友馬克（Mark），他幫忙我挑選家具，在我無法站立時撐住我；我的朋友瑪麗哈（Maiha），她握住我的手，堅決不讓我在還不該死去時死去；我的侄兒、姪女、外甥、外甥女，他們教我天眞度日，並且帶給我希望，他們是：德尚（De'Sean）、卡拉妮（Kalani）及約書亞・D（Joshua D）。感謝我的伴侶布蘭登（Brandon），在我需要笑一笑時逗我笑；感謝我的孩子諾娥蜜（Noemie）和布蘭多（Brando），他們教我保持耐性，教我愛，教我擁抱，教我感受愉悅。最後，我想謝謝我在密西西比州迪來爾鎮的所有鄉親，這些鄉親們給我故事的靈感，也給我歸屬感。我永遠感激每一位鄉親。

我愛你們大家。

譯注

1 南・葛雷安為Scribner出版社的總編輯。

2 作者的弟弟約書亞於十九歲時車禍過世。

推薦跋

歷史創傷的悲歌

蔡佳瑾　東吳大學英文系副教授兼系主任

美國非裔作家潔思敏．沃德於二〇一七年出版的第三部小說《黑鳥不哭》（*Sing, Unburied, Sing*），繼她的第二部小說《搶救》（*Salvage the Bones*）之後，爲她贏得第二次的美國國家圖書獎，同年也被《紐約時報》列爲當年度的十大好書之一。在這部小說中，沃德更深入處理種族議題，以魔幻寫實手法、詩歌般的語彙詞句以及民俗傳說的風格揭開非裔族群淌血的歷史傷口。這部小說的寫作風格無法不令人想起二〇一九年過世的諾貝爾文學獎得主，美國非裔小說家童妮．摩里森；摩里森終其一生致力於書寫非裔族群的歷史創傷，擅長以多重觀點，迂迴敘述與魔幻寫實的手法來再現掩埋於歷史灰燼之下的傷痕，以小說形式建構非裔觀點的歷史書寫（historiography）。沃德身爲後起之秀，承襲了摩里森在非裔歷史創傷議題的關注，也承襲其寫作上融合民俗傳說的魔幻寫實手法。在內涵上，沃德的小說《黑鳥不哭》再現美國一九四〇年代黑人被虐殺或隨意誤殺的光景並不因時代的變遷而有太多的改變，充分質疑「後種族主義」

（post-racism）之說——種族歧視與衝突並未因歐巴馬擔任總統而告終，顯然短期內也不會隨著摩里森的逝世而不再成爲非裔小說家關注的議題，歷史的傷口仍在發出悲鳴，如同這部小說的原文標題所示，尚未入土爲安的亡者仍在吟唱著哀歌！

《黑鳥不哭》以多重敘事觀點的形式寫成，全書分作十五章，每章都是以敘述者爲標題，總共有三位敘述者，二人一鬼，分別是莉歐妮（Leonie）與喬喬（Jojo）這對母子，以及名爲阿財（Richie）的鬼魂，透過這三個敘事觀點交替呈現，讀者得以從不同的角度體察人物內心與事件。喬喬是十三歲的黑白混血兒，生活與情感均依附黑人外公與外婆，與白人父親的家族完全疏離，他的爺爺因爲膚色排斥他們一家，而他的堂叔出於種族優越感而殺害了舅舅阿賜（Given）。阿賜的死亡是全家的傷痛與陰影，莉歐妮不時目睹阿賜的鬼魂不僅代表她的思念，也極可能因爲她選擇與凶手的親族結合而心懷罪惡感，進而以嗑藥來尋求逃避，以致在母職上幾乎完全失能。換言之，喬喬和他的妹妹非但不是「後種族時代」的範本，反而更像是在累代種族歧視的壓迫下，於黑白膚色夾縫中求生存的犧牲品。

小說表面上依循公路小說的形式，以莉歐妮帶兩個孩子與朋友駕車至甘可仁接丈夫出獄之後返家爲敘事發展的主軸；然而，敘事眞正的核心卻是喬喬外公阿河（River）在「甘可仁」（原文爲Parchman，字面上意爲「乾渴人」）監獄所經歷的非人待遇——這所監獄的管理可說是黑奴制度的縮影，當中所發生的凌虐事件也可說是美國歷史上黑人各種受虐遭遇的寫照。小說一開始，阿河宰羊、剝皮、除去臟器等一連串令喬喬作噁的血腥過程正是後來將揭露的種族虐殺事件的伏筆，當讀者回頭再讀時必恍然大悟，明白這被屠宰的無辜羔羊究竟是何許人，也定然心生悲悽。

喬喬非常喜歡聽外公講述關於甘可仁的故事，會不斷地要求外公講當年在監獄裡的生活，那時阿河不過十五歲，在那裏他遇見了年僅十二歲、身材瘦小的阿財，並且成了這個孩子在監獄裡的保護者。對喬喬而言，外公所講的關於他與阿財的故事是一種慰藉，甚至是在憂慮中幫助他入睡的管道，但外公一直沒講述阿財逃獄後發生的事，這在喬喬心中是個謎團；就在甘可仁附近，他看見阿財的鬼魂向他顯現而且說話，因爲他認得出喬喬是阿河的後代，他需要阿河告訴他自己死亡的原因，唯有知道原委他才能「回家」。正如摩里森知名的小說《寵兒》（*Beloved*）裡，被殺的女嬰寵兒魂魄歸來時不斷向她的母親索求故事，渴望被故事餵飽，喬喬與鬼魂阿財同樣對故事有一份飢渴或需求。故事，不論是家族故事、族群經歷抑或是民間傳奇，既傳承個人與集體的歷史記憶，也形塑身分認同，黑人靈歌、藍調與爵士樂都具有傳遞故事與集體記憶的特徵；此外，說故事也發揮在心理分析上談話療法（talking cure）的作用，敘述者在一次又一次的迂迴敘述中逐漸趨近創傷的核心，亦即那因過於痛苦而被潛抑（repressed），既無法憶起也不能言表的創傷記憶。創傷研究（Trauma Studies）領域知名的學者卡露絲（Cathy Caruth）在其論著《無人認領的經驗》（*Unclaimed Experience*）中援引佛洛伊德使用過的文學上的例子《解放耶路撒冷》，說明創傷記憶的「延遲性」（belatedness）：騎士譚克瑞德（Tancred）誤殺了僞裝成敵軍的情人柯羅玲妲（Clorinda），之後在魔法森林中揮劍砍中一棵樹，樹的傷口流出血來，發出悲鳴，原來柯羅玲妲的靈魂禁錮在樹中，她控訴譚克瑞德再一次殺了她。卡露絲以此例說明創傷經驗的延遲認知，因爲在意外發生的時候，創傷的衝擊在心理防衛機轉之下無法被主體認知與理解，也無法被記憶。在許多創傷敘事（trauma narratives）裡，鬼魂（例如柯羅玲妲的靈魂）即代表著被潛抑的（歷史）創傷記憶的回訪，摩里森小說《寵兒》中的鬼魂即象徵黑人被販賣爲奴的歷史創傷，這部小說中阿財的顯靈也可被解讀爲創傷記憶的顯現，他雖是小孩卻被外婆形容爲「身上背負著歷史的全部重量」。鬼魂阿財對死後時間的描述也與創傷後憂鬱症狀的時間感若合符節：他將時間形容成一個平原，而非線性的發展，他忽醒忽睡都只徘徊在過去的甘可仁與現在的甘可仁之間，如同卡在被潛抑的創傷記憶，不斷進行強迫性的反覆（repetition compulsion），直到傷口得到平撫。

究竟在甘可仁監獄裡阿財最後遭遇了什麼事？這是阿河故事中未揭露的部分，因爲對阿河來說，這是他不願想起的創傷；對於鬼魂阿財而言，他死亡的原因與過程是他記不起來的創傷。這個被掩埋的歷史之謎透過喬喬去甘可仁的旅程而重見天日，亦即這空間上的旅程帶出時間上的彌補；喬喬把阿財的過去帶到現在，也就是他與外公阿河住的家，透過讓阿河繼續未說完的故事，揭開阿財的死亡之謎——原來是阿河親手殺了他一心要保護的阿財，爲的是避免阿財如同小說開始時被屠宰剝皮的羊那般地殘死，而對阿財而言，眞相是殺他的凶手竟是他視之如父、讓他體會什麼是愛的阿河。

這部小說的情節主要是環繞甘可仁這個歷史創傷核心而發展，此處不僅是阿河與阿財人生經驗的創傷所在，也代表美國非洲族裔集體歷史創傷的根源——如前所述，監獄內部的社會生態是過去奴隸制度的縮影。除此之外，小說另有一個重要的母題（motif）：家。鬼魂阿財與喬喬年齡相若，都身處父母缺席的狀態，透過在甘可仁聽阿河講故事，阿財方知道什麼是家。喬喬至少擁有外公與外婆如同父母，而阿河卻是阿財想擁有卻不能擁有的父親。阿財聽完了自己的故事之後並沒有離開，而是想把阿河的妻子當成自己的母親帶走——她在彌留之時看到阿財，描述這個鬼魂「渴求著愛」、「說要我當他的媽媽」（頁287）。原本阿財以為只要知道了他的死亡之謎，他就可以「回家」，也就是回歸地土，因為他認為：「家的重點在於土地，在於土地會不會打開來接納你」（頁199）；然而，最後他仍遊蕩在喬喬家附近，即使已經知道解答，他未能如他所願地進入另一個領域，就像他自己所說的「找錯鑰匙」（頁304），因為他眞正渴求的是愛中的歸屬感。

小說原文標題「*Sing, Unburied, Sing*」意為：「歌唱吧，未入土為安的靈魂，歌唱吧！」歌唱在小說中是個不斷出現的母題或是隱喻，其意涵與家密不可分。沃德在小說最後描述群鬼如鳥棲息在樹上，整齊劃一地用眼神述說各自飽受凌虐的創傷經歷，於是乎個人的創傷經驗匯集成集體的歷史創傷記憶；喬喬的妹妹小娜以一首難以理解的歌安撫了這些靈魂，直到他們展顏微笑，彷彿憶起往事，最終齊聲說出一個字：「家」。究竟這歌的歌詞內容是什麼，小說裡並無具體提示，但以喬喬母系家族通靈的能力而言，年幼的小娜極可能以本能唱出祖先流傳下來的歌謠，內容包含族群的集體記憶，敘述著遠古的家鄉，如同早期黑奴在種植棉花時所傳唱的黑人靈歌。在非裔族群的歷史裡，歌詠傳唱相當於一種口述歷史的功能，透過口耳傳唱，既抒發身心所受壓迫與骨肉分離的憂傷，也宣揚從宗教信仰中得到的安慰與盼望；此外，在這類極具族裔經驗特殊性的歌曲形式與內涵中，黑人的族裔身分認同得以凝聚。由此可以理解，當阿財想像他在解開自己的死亡之謎後就得以「回家」，這回家的意義包含「變成一首歌」（頁303）。

這些漂泊遊蕩的受創靈魂一直處在極度渴望的狀態；透過喬喬的外婆之口，沃德暗指，所謂的甘可仁（Parch-man，乾渴人）其實是那些飽受創傷的靈魂，他們「會很渴望安息，就像口渴的人渴望喝水一樣。」（頁257），他們終極的渴望就是受創心靈能夠找到眞正可歸屬的家，那才是他們的安息之所。小說最後，小娜靠著喬喬的背發出噓聲，喬喬認爲這是她記起子宮裡羊水流動的聲音，就順期自然地把那個聲音唱出來了，然後鬼魂們齊聲說：「家」……也許，沃德暗示，「家」就是生命的原點，隱含在歌聲所傳達的集體記憶之中。

大師名作坊 177

黑鳥不哭

作者—潔思敏・沃德
譯者—彭玲嫻
編輯—張瑋庭
美術設計—廖韡
內頁排版—極翔企業有限公司
副總編輯—嘉世強
董事長—趙政岷
出版者—時報文化出版企業股份有限公司
108019臺北市和平西路三段二四〇號三樓
發行專線—(〇二)二三〇六—六八四二
讀者服務專線—〇八〇〇—二三一—七〇五・(〇二)二三〇四—七一〇三
讀者服務傳真—(〇二)二三〇四—六八五八
郵撥—一九三四四七二四時報文化出版公司
信箱—(一〇八九九)臺北華江橋郵局第九九信箱
時報悅讀網—http://www.readingtimes.com.tw
電子郵件信箱—liter@readingtimes.com.tw
法律顧問—理律法律事務所 陳長文律師、李念祖律師
印刷—紘億印刷有限公司
初版一刷—二〇二〇年八月二十八日
定價—新臺幣三八〇元
(缺頁或破損的書，請寄回更換)

時報文化出版公司成立於一九七五年，
並於一九九九年股票上櫃公開發行，於二〇〇八年脫離中時集團非屬旺中，
以「尊重智慧與創意的文化事業」為信念。

黑鳥不哭 / 潔思敏・沃德（Jesmyn Ward）著；彭玲嫻譯 . – 初版 . –
臺北市：時報文化, 2020.08
面；　公分 . –（大師名作坊；177）
譯自：Sing, Unburied, Sing
ISBN 978-957-13-8340-8

874.57　　109012071

ISBN 978-957-13-8340-8
Printed in Taiwan